# ミス・パーフェクトの憂鬱

横関 大

DAI YOKOZEKI

幻冬舎

## 目次

次の問いに答えよ。



全問正解なるか?!

# ミス・パーフェクトの憂鬱

装画
tatamipi

装幀
アルビレオ

第一問：

# 介護離職者が<br>相次ぐ零細出版社を<br>どうにかしなさい。

会議室にはどんよりとした空気が流れている。星野達哉《ほしのたつや》は持参した紙コップのコーヒーを一口飲んだ。週に一度、月曜日の午前中におこなわれる社員ミーティング。以前は社員同士が活発に意見を交わす場だったが、今では見る影もない。

ドアが開き、社長の霜田嘉門《しもたかもん》が姿を見せる。霜田は無言のまま窓際の特等席に座った。会議室の空気がさらに澱《よど》んでいく。霜田がかすれた声で言った。

「遅れてすまん。では始めよう。まずは売り上げ報告から」

「はい」と一人の男が立ち上がる。経理部門の担当者だ。彼の口から報告される数字は決して喜べるものではなかった。

「全然駄目だな」報告が終わると霜田は不機嫌そうな顔つきで言った。「次、来月号の構成はどうなってる？」

「来月号の特集は箱根《はこね》を予定しています。リニューアルオープンした老舗旅館にコンタクトをとっておりまして……」

株式会社星霜《せいそう》社。星野が勤める零細出版社だ。新橋《しんばし》の雑居ビル内にあり、社員数は社長を含めてわずか九名。現在では『旅とグルメ』という月刊誌と、そこに連載されたコラム等の

第一問：
介護離職者が相次ぐ
零細出版社をどうにかしなさい。

書籍化が主な仕事だ。

「箱根か。目新しくも何ともないな」

社長がそう言うと編集者たちは一様に背中を丸めた。攻撃に耐えるアルマジロのようだった。自分も同じような姿勢になっているんだろうな、と星野は内心自嘲気味に笑った。

「ほかに何かないのか？　世間がパッと食いついてくれるような企画は」

誰も答えない。皆浮かない顔をしてうつむいている。霜田が続けた。

「使えん連中だな、本当に」

星霜社は今から三十年前、社長の霜田を中心とした五人の会社員が脱サラして起ち上げた出版社だ。最盛期には『旅とグルメ』以外にも二つの月刊誌を発刊していたこともあるが、昨今の出版不況により近年は売り上げが落ち込んでいる。社長の方針によりデジタル化の波に乗れなかったのが大きな痛手となっていた。最近では雑誌も紙ではなくデジタルの時代になりつつあるが、星霜社では一貫して紙の雑誌のみを販売し続けている。

「まったく話にならん」

霜田が吐き捨てる。売り上げ減少を機に霜田が社員に八つ当たりをするようになり、今ではパワハラの域に入っていた。霜田から叱責されるのを恐れ、社員たちは新企画など出さずに現状維持に努める。完全に悪循環だ。

「あのう、社長。ちょっといいですか？」

そう言って手を挙げたのは林《はやし》という名の古参の編集者だ。会社創立以来の社員で、年齢は六十歳を過ぎている。林が立ち上がって突然言った。

「一身上の都合により、退職させてください。よろしくお願いします」

林が深々と頭を下げ、霜田の前に一通の封筒を置いた。そこには『退職願』と書かれている。ほかの社員たちは黙ったままそれを見守っていた。まさか、というより、またか、という感想を星野は抱いた。

先月も、先々月も退職者が出た。それも創立以来の古参のメンバー、五人衆の二人だった。会社の設立に携《たずさ》わった五人の社員は五人衆と呼ばれている。もしも林の退職願が受理されてしまうと、五人衆は霜田以外にいなくなってしまう。給料の高い五人衆が人件費削減のために示し合わせて退職しているのではないか。そう勘繰る者もいるくらいだ。

「ちなみに辞めたあとはどうするんだ？」

腕を組んだまま霜田が訊くと、林が答えた。

「実家に帰る予定です。母の介護をしないといけないので」

先月と先々月に会社を去った社員も、親の介護を退職の理由として挙げていた。彼らの年齢は六十代であり、両親は八十代くらいかと思われた。介護が必要な年代であるのは想像がつく。

霜田は林の退職願を放置したまま、目を閉じて何やら考え込んでいる。やがて顔を上げた霜田は険しい顔つきで言った。

「そろそろ潮時かもしれないな」

その場にいた社員たちが凍りつく。潮時という単語が社長の口から出てしまう。その重要性に誰もが気づいていた。社員たちが顔を見合わせている。ここは自分が訊くしかないな、と星野は判断し、社長に問うた。

「社長、潮時というのはどういう意味でしょうか？」

「そのままの意味だ。会社を畳む頃合いかもしれん」

いずれそういうときが来る。社員は各々、胸の中で覚悟していた。しかし今日この場でそれが告げられると想像していた者はいなかったはずだ。

「急な話で申し訳ないが、来月号で廃刊とする方向でいきたい」

誰もが驚愕し、理解が追いついていない様子だった。今は四月の中旬。来月十日に発売予定の六月号の編集作業に追われている最中だ。校了――校正終了の略であり、印刷工程に移ること――まであと一週間程度の猶予しか残されていない。

「社長」星野は確認するかのように霜田に訊いた。「来月号で廃刊とする。それは決定事項ととらえてよろしいのでしょうか？」

「ああ。構わん。無念ではあるが、それしか道はあるまい」

霜田にとっても苦渋の決断なのであろう。その証拠に目がやや赤くなっている。自分が創刊した雑誌が三十年の歴史に幕を閉じるのだから。が、それにしても話が急だ。廃業に伴って解雇なども有り得るのか。

「林、この退職願を受けとるわけにはいかない。あと少しだけ辛抱してくれ」

「わ、わかりました」

霜田が会議室から出ていった。社員たちは誰も口を開こうとはしなかった。一人二人と会議室を出ていく。星野も重い足を引きずるように会議室を出て、自席に戻る。やりかけのゲラを前にしても仕事をする意欲が湧いてこない。ほかの者も同様らしく、呆然と椅子に座っているだけの社員もいた。

星野はデスクの上にあった『旅とグルメ』五月号を手にとった。ゴールデンウィークの旅行特集をした号で、表紙の写真は鎌倉の寺院だった。六月号で終わってしまう。そう考えると何とも言えない淋しい気持ちになると同時に、先行きの見えない未来にどうしようもない不安が押し寄せる。星野はしばらくの間、表紙の写真を見つめることしかできなかった。

*

「どうだ？　勉強は順調か？」

城島真司《じょうじましんじ》は助手席に座る娘の愛梨《あいり》に訊いた。愛梨はタブレット端末に目を落としたまま答える。YouTubeを観ているらしい。

「うん。まあまあかな」

愛梨は小学五年生になった。そろそろ反抗期に入りつつあり、父親である城島との会話も素っ気ないものになりつつある。ただ、周囲の話を聞いている限り、会話をしてくれるだけでもマシなのかもしれない。なかには父親と一切口を利かない娘もいるらしい。

「夕飯、何か食いたいもん、あるか？」

「マックでいいよ」

「昨日もマックだっただろ。二日連続は駄目だ」

第一問：
介護離職者が相次ぐ
零細出版社をどうにかしなさい。

今、城島の運転するプリウスは神奈川県北相模《きたさがみ》市内を走行中だ。小学校の前で愛梨をピックアップして、そのまま隣町にある学習塾に送っていく途中だった。愛梨は中学受験をする予定であり、志望校は都内にある難関私立校だ。少しでもレベルの高い塾にということで、週に五日、愛梨は隣町の塾に通っている。

「今日も莉子《りこ》ちゃん、遅いの？」

「ああ。迎えは十一時でいいってさ。だからお前は先に寝てろよ」

去年、城島は再婚した。なんと相手は一回り以上年下の女性であり、しかも彼女は総理大臣の隠し子だった。まさか自分が再婚することになるとは思ってもいなかったし、再婚相手が総理の隠し子とは想像の域をはるかに超えていたが、それらはすべてが現実だった。頬をつねってみたのも一度や二度のことではない。

とはいえ、相手の素性を考慮すると通常の結婚――役所に婚姻届を出すなどの法律婚と呼ばれる形式――は難しく、城島たちが選んだのはいわゆる事実婚だ。法律的な婚姻手続きはおこなわず、内縁の夫婦として共同生活を送っている状態だ。結婚を機にそれまで生活していた北相模市内の莉子の実家を出て、同市内のマンションに引っ越した。二年後に愛梨が晴れて都内の私立中学に合格したら、そのときには都内に戻る予定だった。

結婚後も城島は莉子の運転手兼ボディガードを務めているため、さしてその関係に変化はない。強いて言えば呼び方が変わったくらいか。城島は莉子のことを「莉子さん」と呼び、莉子は城島のことを「真司さん」と呼ぶようになった。変わったのはそのくらいで、今でも城島は莉子に対して敬語を使っている。愛梨からは「家ではタメ口にすればいいじゃん」とからかわれることもあるが、どうしてもそれはできない。彼女は妻であると同時に、大事な警護対象者でもあるのだから。

「お父さん、大丈夫？」

「大丈夫って、何が？」

「莉子ちゃんのことだよ」

「莉子さんがどうかしたのか？」

思い当たる節はない。喧嘩もしていないし、今日もごく普通に朝食を摂ってから東京まで送っていった。車内のムードも悪くなかった。といっても彼女は車内では常に仕事をしているのだが。

「お父さん、鈍いなあ」

「意味わからん。もったいぶらずにはっきり言ったらどうなんだ」

「最近、莉子ちゃん、帰り遅いよね」愛梨はタブレット端末を裏返して膝の上に置いた。「先週は週末以外は夕飯一緒に食べてないもん、私の記憶だと」

「忙しいんじゃないか」

「お父さん、本当に鈍いね」

愛梨が目を細める。見下しているような表情。城島はムッと腹が立ったが、それを押し殺して言った。

「鈍いだと？　どういう意味だよ」

「だから莉子ちゃんのことだよ。もしかして莉子ちゃん、不倫してるんじゃないの？」

不倫。そんな単語が娘の口から出ることに驚いた。城島は思わず訊き返していた。

「あれだよな。不倫って、あの不倫だよな」

「そうだよ、あの不倫だよ。莉子ちゃん、帰りが遅い理由って本当に仕事なの？　お父さん以外の別の男の人と会ってたりして」

「馬鹿言うな。莉子さんに限ってそんなことは……」

「絶対にないって言い切れる？　だって莉子ちゃん、まだ若いんだよ。それに綺麗だしお金も持ってるし、ついでに総理の娘だし。お父さんみたいな平凡な男と結婚したのが不思議なくらいなんだよ」

そう言われてしまうと返す言葉がない。彼女がバチイチ子持ちのボディガードと結婚してくれたこと自体が僥倖《ぎょうこう》に近い。

「お父さん、莉子ちゃんのスマホ、どうにかして見られないの？」

「お前な、そんなことできるわけないだろ」

「心配じゃないの？　もしかしたらお父さん捨てられちゃうかもしれないんだよ」

「韓流ドラマの観過ぎだ」

城島は知っている。愛梨がここ数年韓流アイドルにハマっていて、推しの出演する恋愛ドラマを繰り返し観ていることを。

「じゃあどうして帰りが遅いの？　その理由、お父さんに説明できるの？」

城島は答えなかった。答えられないというのが正確なところだった。莉子は常に複数の仕事を同時に抱え、毎日忙しくしている。が、ここ最近は差し迫った仕事を抱えているという話は聞いていない。莉子が深夜まで働く理由に心当たりはまったくない。

「着いたぞ」

そう言いながら城島は車を停めた。塾の前には小学生たちがたむろしている。愛梨は何も言わずに車から降りていった。友人らしき女の子が愛梨のもとに駆け寄ってきて、そのまま合流して塾の建物に入っていく。

「まさか、な」

城島は思わず口に出していた。莉子が不倫するなど絶対にない。いや、絶対にないと言い切ることはできないのか。元刑事という仕事柄、男女関係のもつれは嫌になるくらい目にしてきた。

だって莉子ちゃん、まだ若いんだよ。それに綺麗だし……。

さきほどの愛梨の言葉が耳に蘇《よみがえ》る。それを頭から振り払い、城島は車を発進させた。

＊

「次の議題に移ります。続いてはアスリートの性的画像問題です。これについては多くの会員から不満や不安の声が寄せられています」

真波《まなみ》莉子はそう言ってパソコンのマウスを操り、アンケート結果を画面に表示させる。場所は港区赤坂《あかさか》にある複合ビル内のコワーキングスペース。その中にあるレンタル会議室だ。日本女性プロスポーツ選手会の理事会がおこなわれていた。

日本女性プロスポーツ選手会は昨年発足した日本初の女性アスリートのための労働組合的な組織であり、莉子自身も発足に深く携わっている。今日は理事という立場で参加していて、ほかの参加者は理事長である天沼《あまぬま》未《み》央奈《おな》というコンサルと、二人の理事だ。一人は大学教授（オリンピック女子柔道金メダリスト）で、もう一人は女性の産婦人科医（国立スポーツ科学センター非常勤医師）だ。彼女ら三人に莉子を加えた四人が、理事会のメンバーだ。

「一応、試験的にバレーボールのユニフォームのデザイン変更を検討中です。これが新ユニフォームの案です。いかがでしょうか？」

莉子は一枚の画像を表示させる。従来のショートパンツタイプではなく、ややゆったりとした感じのデザインだ。パンツというより半ズボンといった印象だ。

「それで選手の評判は？」

天沼未央奈が訊いてくる。莉子は苦笑して答えた。

「あまり芳しいものではありません。動きづらいみたい」

「ですよね。私もそう思いました」

昨年発足した日本女性プロスポーツ選手会は、当初は女子バレーボール選手のみが加入していたが、今ではバスケットボール、サッカーと会員数が右肩上がりで伸びている。どのリーグにおいても女性アスリート特有の問題を抱えており、なかでも性的画像問題は世間を騒がせるほどの難題だった。試合会場などで撮影された画像・動画がネットを通じて拡散され、ときには商品として売買されることもあるのだ。難しいのは撮影者側には「表現の自由」という大義名分があり、主催者側もすべての撮影を禁止できないというジレンマがあった。

「やはり」と莉子は発言した。「不審者を発見した場合、迅速に対応すべきでしょう。すぐに警備員が駆けつけ、不審者のスマホの中身をチェックする。そういう態勢を整えたいですね」

「スマホをチェックする。そこまでの権限が主催者側にあるのでしょうか？」

大学教授が発した疑問に対し、莉子はパソコンを操ってある文章を画面に出す。

「これは来季の女子バレーの公式戦におけるチケットの利用規約です。チケット購入時に提示されるものですね。その中に一文を追加しようと思います。『主催者側が必要と認めた場合には、観戦者の電子機器等の確認をおこなうことができる』というものです。皆様の了承が得られれば、実験的に導入してみようかと考えています」

ほかの三人から反対の声は出なかった。産婦人科医が手を挙げた。

「盗撮を処罰する新しい法律ができたんですよね。効果は期待できるんですか？」

日本には盗撮を罰する刑法の規定がなく、これまでは各都道府県ごとの迷惑防止条例や名誉毀損罪などで取り締まってきたのだが、二〇二三年に性的姿態撮影等処罰法なる法律が施行され、悪質な場合は懲役刑が科されることになった。女子児童の性的画像を撮影した学習塾の講師に対し、検察側が懲役二年を求刑したというニュースを最近目にしたばかりだ。

「難しいですね」答えたのは天沼未央奈だ。「ユニフォーム姿を撮影することが盗撮に当たるのか。そこが焦点になってくると思いますが、立件のハードルは高いと予想されます」

「言われてみれば、そうよね」

その後もいくつかの議事を進めたあと、理事会は解散となった。複合ビルの一階エントランス前で三人と別れた。莉子は一人、赤坂の街を歩いた。時刻は午後四時過ぎ。四月も中旬となり、桜は完全に散っていた。新緑にはまだ早そうだった。莉子は早歩きで歩道を進み、とある高層ビルに入った。

莉子が向かったのは会員制の雀荘だ。案内された個室に向かうと、すでに先客が待っていた。

「すみません。お待たせしました」

「真波君、よく来たね」

手前側の空いている椅子に座った。二人の男性が麻雀卓を囲んでいる。一人は馬渕《まぶち》栄一郎《えいいちろう》という元政治家で、もう一人は無頼派作家として知られる織部《おりべ》金作《きんさく》だ。馬渕は莉子の父、栗《くり》林《ばやし》智樹《ともき》内閣総理大臣を支持する自明党の最大派閥、旧馬渕派の領袖だ。政界を引退した今もその影響力は大きいと言われている。

「あれ？　もうお一方は？」

席が一つ空いている。今日は高名な建築家が参戦すると聞いていた。馬渕が答えた。

「急に発熱したようでキャンセルとなった。代役は織部先生が手配してくださった。真波君、相変わらず忙しいのか？」

「それほどでもございません」

日本女性プロスポーツ選手会の運営は軌道に乗っている。天沼未央奈という優秀なコンサルを理事長に据えたのは正解だった。もはや莉子なしでも十分にやっていけるほどにまで体制は整っている。ほかにも北相模市の市立病院の経営再建も一定の目途がつき、莉子の手を離れつつあった。そろそろ何か新しい問題が欲しい頃だ。

仕事とは問題を解決すること。それが莉子の信条だった。常に新しい問題に取り組み、それを解決していくことが莉子の仕事であり、生き甲斐でもあった。だから莉子は常にアンテナを張り、新しい問題を探している。大小は問わない。大事なのは莉子の直感だ。

「お待たせいたしました」

黒服のスタッフがシャンパングラスを運んでくる。莉子はグラスの中に満ちている液体を見る。莉子の大好物、シャンパーニュだ。繊細な泡を見ているだけで心地よい。

一口飲む。それだけで疲れが飛んでいく。向かいに座る馬渕が笑って言った。

「真波君ほど美味しそうにシャンパンを飲む女性をほかに知らんよ」

「だって美味しいものは仕方ないじゃないですか」

ただし麻雀のときはアルコールは最初の一杯だけと決めている。麻雀は真剣勝負。酔ってしまうと判断力が低下し、それが敗因ともなるからだ。莉子はもう一口飲んだ。喉を滑り落ちていくシャンパーニュの余韻は今日も素晴らしいものだった。

＊

自分が場違いなところに入り込んでしまったような、妙な感覚だった。黒服に案内され、星野達哉は絨毯《じゅうたん》の敷かれた通路を歩いている。一見して高級ホテルの最上階のバーのような趣《おもむき》だが、実はここ、会員制の雀荘らしい。

第一問：
介護離職者が相次ぐ
零細出版社をどうにかしなさい。

話は二時間ほど前に遡《さかのぼ》る。星野は今年の夏から『旅とグルメ』誌内で新連載を受け持つ予定になっていた。「日本全国渓流巡り（仮）」という企画であり、日本国内の渓流釣りの名所を巡りながら、その旅先で見つけたご当地グルメを紹介するという内容だった。その執筆者として星野が選んだのが作家の織部金作だった。あちらは高名な純文学作家、駄目もとで企画書とともに執筆を打診したところ、色よい返事がもらえたのだ。星野は今夏からの新連載に向け、候補地のピックアップ作業に入っていた。ところが――。

昨日の社員ミーティングの席上、突然社長の霜田が『旅とグルメ』の廃刊を宣言した。のみならず、会社の身売りまで検討しているとのことだった。一夜明けた今日、霜田の決意は変わることがないようで、社員たちは廃刊に向けて本格的に動き始めた。星野も織部金作にメールを送った。折り入って話があるので時間をとってもらえませんか、と。せっかく色よい返事をもらった新連載を反故《ほご》にする。できれば会って直接謝罪したい案件だ。

メールを送った直後、織部から電話がかかってきた。急で悪いが今夜なら空いているとのことだったので、こうして駆けつけた次第だった。

「こちらでございます」

案内されたのは個室だった。中央に雀卓があり、それを囲んで三人の男女が談笑している。織部金作は和装だった。もう一人の男を見て星野は息を呑んだ。自明党の元幹事長、馬渕栄一郎その人だった。十年ほど前、総裁選の最中に銃撃を受け、そのまま政界を引退した大物政治家だ。

ここは魔窟《まくつ》ではないか。そんな感想を抱きつつ、星野は恐縮しきりで空いている椅子に座る。織部が話しかけてくる。

「星野君、急に呼び出して申し訳なかったね。一人発熱で欠員が出てね、そのときにちょうど君からのメールが届いたんだよ。あ、まずは自己紹介といこうか。こちらの男性は星霜社の編集者、星野君だ」

「ほ、星野と申します。よろしくお願いします」

星野は頭を下げた。もう一人は妙齢の美女だった。いったいどういう素性の女性か。自明党の元幹事長と無頼派作家。この二人と卓を囲める人物など限られてくる。星野の知らない映画女優あたりか。最近は若手の女優の顔などにも疎《うと》くなっている。

「それではいざ尋常に、勝負」

「よろしくお願いします」

厳《おごそ》かな雰囲気の中、麻雀が始まった。緊張しているせいか、どこか心が落ち着かない。東《トン》一局、星野は親の馬渕に八千点を献上してしまい、幸先《さいさき》の悪いスタートとなったが、続く東一局一本場で安い上がりを決めることができ、少しだけ心が落ち着いた。

「星野さんの会社ではどんな書籍を出版されていらっしゃるんですか？」

映画女優に訊かれ、星野は答えた。

「雑誌が中心です。『旅とグルメ』という雑誌です。ご存じありませんか？」

「知ってます」と映画女優は答えた。「購入したことはありませんが、病院の待合室とかに置いてあったら必ず手にとってしまいますね。いい雑誌だと思います」

「光栄です。ありがとうございます」

第一問：
介護離職者が相次ぐ
零細出版社をどうにかしなさい。

素直に嬉しかった。が、来月号を最後に廃刊となってしまうのだ。この話題をどうやって切り出そうかとタイミングを窺《うかが》っていると、織部みずからが話を振ってきた。

「ところで星野君、私に用というのは何だろうか？　メールだと伝えにくい内容とあったが。あ、この二人のことは気にしないでくれ。口の堅さは保証するよ」

「実はですね……」

星野は恐る恐る切り出した。『旅とグルメ』の廃刊に伴い、予定していた新連載の企画も立ち消えになったと。釈明を聞き終えた織部が言った。

「そいつは残念だ。あの企画、楽しみにしていたんだけどな。まあ廃刊なら仕方ないな」

「それにしても」と馬渕が口を挟んでくる。「ああいう歴史のある雑誌が廃刊になってしまうというのは淋しいものだな。紙には紙の良さがあるのだが、世の中の流れには逆らえないのかもしれない。そういえばうちの近所にあった本屋も……」

話題は全国的な書店の減少から、さらに若者の活字離れへと移っていく。映画女優が二人を前にして物怖じせずに持論を述べているのが驚きだった。その持論はどれも的を射たものであり、彼女の教養の高さを物語っていた。

「星野さん、ちょっといいですか？」

南《ナン》二局、映画女優が親番だった。彼女が話しかけてくる。

「何でしょうか？」

「星霜社には社員がいらっしゃるわけですよね。その方々はどうなるんでしょうか？」

「さあ。場合によっては解雇されてしまうかもしれませんね。我々も非常に気になっている部分ではあります」

　星霜社の社員たちの平均年齢は高い。今年で四十二歳になる星野は一番の若手だった。四十代、五十代の社員たちが職探しをする。かなり難しいと言えよう。しかも新しい会社が決まったとしても、そこでイチから仕事を覚えなければならない。まさに前途多難だ。

「星野さん、よろしかったら力をお貸ししましょうか？　あ、立直《リーチ》です」

　映画女優が点棒を出しながら言った。星野が応じる前に織部が笑って言った。

「おやおや。莉子ちゃんがやる気になったか。星野君、これは面白いことになってきたぞ」

　この女性、いったい何者か。星野は真波莉子なる女性を見た。どこかのコンサルか何かだろうか。

「星野さん」と馬渕が声をかけてきた。「遠慮せずにここは乗っておいた方がいいぞ。厚労省に真波ありと言われた才媛だ。問題解決の手腕は折り紙つきだ」

　つまりこの女性は官僚なのか。星野は訳もわからぬままツモした牌《パイ》をそのまま捨てた。あまりに不用意だった。すると――。

「ロンです。立直、一発、平和《ピンフ》、タンヤオ、ドラ。一万二千点ですね」

　真波莉子なる女性は嬉しそうな笑みを浮かべて、自分の点数を宣言した。


　翌日の午後二時。真波莉子が星霜社にやってきた。城島というボディガードも一緒だった。星野は彼女たちをまずは応接室に案内した。

「こちらでございます」

「失礼します」

真波莉子がソファに座る。城島というボディガードは直立したまま警護に当たっている。彼女がボディガードをつけている理由について、昨夜のうちに織部から教えてもらっている。実はこの女性、栗林総理の隠し子であるというから驚きだ。

言われてみれば数年前、総理の隠し子騒動が世間を騒がせたことが星野の頭の片隅に残っていた。発覚当時、彼女は厚生労働省のキャリア官僚だったが、騒動以降は野《や》に下り、赤字続きの市立病院の経営再建に乗り出したり、はたまた女性アスリートのための労働組合的な組織を発足させたりと、多方面で活躍しているという。

「まずは決算報告書から見せてください」

「わかりました。少々お待ちください」

星野は自席に戻り、資料を用意してから応接室に運んだ。莉子はすぐさま資料に目を通し始めた。星野は少し落ち着かない気分のまま、その様子を見守った。

すでに霜田には話を通してある。自分の知り合いに会社の倒産手続きや再就職先の斡旋に長《た》けたコンサルがいるので、彼女に相談してみていいか。そう霜田に打診したところ、好きにしろと言われた。霜田は星霜社の経営に関して諦めているのは明らかだった。

「うーん、厳しいですね」

十五分ほど経った頃、莉子が顔を上げた。赤いボールペンを手にしている。途中、ノートに何やら書き込む場面も見られた。

「できれば廃刊を免《まぬが》れることもできるのではないか。そういう期待もあったのですが、前年度の売り上げを見る限りはそれも難しそうです。これでは廃刊も致し方ないですね。他の単行本の売り上げもよくありませんし」

「仰せの通りです。情けない話ではありますが」

「社員の方々のプロフィールも拝見しました。社長を含めて社員は九名。年代別の内訳は六十代が二名、五十代が三名、四十代が四名。間違いありませんね？」

「はい。その通りです」

「少々平均年齢は高めではありますが、隠退するのはまだまだ先。やはり次の就職先を探すのが肝要ですね」

「そうですね。仕事を続けたいと考えている者が大半でしょう」

恐怖心しかない。編集一筋でやってきた出版社の社員を、どこの企業が雇ってくれるというのだろうか。今さら新しい技術を習得し、それを活かした専門職に就くことなどまったく想像できなかった。

「あの写真はどういったものでしょうか？」

莉子の視線の先には一枚の写真がある。額縁に入れられた大判サイズのものだ。バイクに跨《また》がった五人の男が写っている。場所はどこかの観光地だ。

「うちの社の設立メンバーです。真ん中が社長です。五人衆と呼ばれています」

「お若いですね。この五人はどういうご関係《かんけい》だったのでしょう？」

「高校の同級生です。長野県東後《とうご》市内の高校を卒業して、大学進学を機に上京しました。東京でもずっと連絡をとり合っていたようでして……」

五人とも一般企業に就職した。霜田ともう一人の男が音頭《おんど》をとる形で、五人が三十二歳のときに星霜社を起ち上げた。五人の共通した趣味がツーリングと食べ歩きであったため、『旅とグルメ』という雑誌を創刊した。最盛期には毎号二十万部近く売れ、さらに連載をまとめた単行本もそれなりに好評を博した。

「この方々は今も社に？」

「いえ、残っているのは社長の霜田と林だけです。あとの三人はすでに退職しました」

「そうですか」

退職した三人のうちの一人、星野知道《ともみち》は星野の父親だ。霜田とともに会社を起ち上げた発起人であり、霜田と星野の名字から星霜社という社名が誕生した。星野は創業者の息子であるということから、今も「坊ちゃん」扱いされる傾向にある。最年少ではあるが、霜田とは星野が子供の頃からの付き合いであるし、物申せる立場ではあった。

「星野さん、ちなみに雑誌の廃刊ですが、前々から決まっていたことなのでしょうか？」

「違います。一昨日、突然決まったことなんです。だから我々も驚いてしまって……」

「そうですか。星野さん、改めまして今回の件、微力ながら協力させていただくことは可能でしょうか？」

「今回の件、と申しますと？」

「皆様の再就職の件です。以前、私は航空会社のキャビンアテンダントのセカンドキャリア支援に携わったことがあります。それに近いと思うんです。廃業の危機に追い込まれた出版社。そこの社員のセカンドキャリアを考える。なかなか興味深い案件です」

大手航空会社のＣＡのセカンドキャリア支援。その話なら数年前にネットニュースで見た記憶がある。あの件にもこの女性が関与していたのか。

「是非とも」思わず星野はそう答えていた。その場で頭を下げた。「真波さんにお願いしたいです。よろしくお願いします」

「わかりました。この問題、私が解決いたします」

莉子はそう言ってにっこりと笑った。この女性に任せておけば万事何とかなるのではないか。そんなことを感じさせるほど、自信に満ちた笑みだった。

＊

その店は新橋の路地裏にひっそりとあった。看板もなく、青い暖簾《のれん》がかかっているだけのシンプルな店構えだ。城島は暖簾をくぐるようにしてドアを開けた。時間が早いせいか、まだ客の姿はない。

「いらっしゃい。なんだ、またあんたか」

「すみません。お邪魔します」

カウンターに八席あるだけのこぢんまりとした店だ。カウンターの中に鉢巻きをした頑固そうな大将が立っている。魚料理を専門とした小料理屋で、星霜社の社長、霜田の行きつけの店だと聞いている。

「ノンアルコールビールをください。あと海鮮丼も」

「あんたもしつこい男だね」

大将が笑ってノンアルコールビールの瓶とビアタンブラーをカウンターの上に置く。この店を訪れたのは二日連続だ。この度、莉子は廃業する零細出版社の社員のセカンドキャリア支援を請け負っており、その会社の社長の調査を命じられた。この店に頻繁に通っているという話を社員から聞き出し、昨日も聞き込みに訪れたのだ。

「最近、霜田社長はこちらにはおいでにならないのですか？」

「来ないね。最後に来たのは一ヵ月くらい前になるかな」

二日連続で足を運んでいるせいか、大将の口もだいぶ軽くなってきた。城島は元警視庁のSPであり、刑事課に所属していた経験もあるため、こうした捜査には多少覚えがある。そろそろ頃合いだろうな。城島はそう心に決め、踏み込んだ質問をする。

「霜田社長、会社を畳む決意を固めたようです。ご存じでしたか？」

「さあね」

大将はとぼける。何か知っている感じだった。城島は質問を重ねた。

「どうして突然会社を畳もうと思ったのか。その真意は何なのでしょうか？」

「まあ、あの年になれば人間いろいろあるってことだよ」

「ご存じなんですね？」

大将はまな板の上で慣れた手つきで刺身を切っている。手元を見たまま話し始めた。

「俺もはっきりと聞いたわけじゃないが、故郷に対する思いが年々増してきたらしいよ。元気なうちに長野に戻りたい。そんな風に思い始めたみたいだね」

「吉見《よしみ》さんと新井《あらい》さん、お二人の件も影響しているのでしょうか？」

「だろうな。二人は長年一緒にやってきた戦友なわけだからさ。二人が故郷に戻っちまって、霜田さんも思うところがあったのかもしれないね」

吉見と新井は二人とも『旅とグルメ』創刊時の社員であり、霜田の同級生だ。吉見は先月、新井は先々月に会社を辞め、実家のある長野県に戻っていた。城島はすでに二人とコンタクトをとり、電話で話した。二人とも退職の理由は同じだった。介護離職だ。

二人はともに六十二歳。実家のある長野県に家族を残していた。吉見の場合は八十六歳になる母が軽度の認知症になり（父は数年前に他界）、その介護のために退職の決意を固めたという。新井は両親ともに健在だが、父親の方が自動車事故を起こして脚に障害を抱えてしまったことから、二人の日常生活をケアするために帰郷する決意を固めたようだ。

「霜田社長のご両親には健康上の不安はないんですよね？」

「そう聞いてる。でも社長は一人っ子だしね。ほかに両親の面倒をみてくれる親類縁者はいないみたいだ。デイサービス？　ああいうのに頼るしかないらしいね」

身につまされる思いがした。城島自身も山梨の片田舎から上京してきた田舎者だ。実家の両親の面倒は兄に任せてしまっており、何一つ親孝行らしいことはできていない。

「社長が故郷を思う気持ちも理解できるよ。奥さんとも離婚して、息子さんも独り立ちした今となっては、あの人を東京に縛りつけているのは『旅とグルメ』だけだもんね」

霜田は二年ほど前に離婚していた。熟年離婚というやつだ。息子は外資系の金融機関で働いているそうだ。

第一問：
介護離職者が相次ぐ
零細出版社をどうにかしなさい。

「はい、お待ち」

　カウンター越しに海鮮丼が提供された。色とりどりの刺身がご飯の上に盛られている。醤油を垂らし、城島は海鮮丼を食べた。新鮮で魚の身がプリプリしていた。別の客が入ってきたので、大将との会話を中断して食べることに専念した。食事を終え、城島は代金を払って店を出た。コインパーキングに停めてあるプリウスに向かう。運転席に乗り込んでからスマートフォンで莉子に電話をかけた。

「もしもし、莉子です」

「莉子さん、俺です。今、例の小料理屋の大将から話を聞いてきました。やはり霜田社長も長野への帰郷を検討しているみたいですね」

　逐一、莉子には報告しているため、吉見と新井の件も彼女は知っている。話を聞き終えた莉子が言った。

「霜田さんたちは同郷の仲良し五人組で三十年前に会社を起ち上げ、『旅とグルメ』を創刊した。そして今、彼らは全員が六十二歳となり、親の介護などの問題に直面して、退職の決断を迫られている。現代日本の縮図のようですね」

　たしかにそうだ。介護離職という言葉は聞いたことがあるが、実際にそれを目の当たりにするのは初めてだった。

「真司さん、今私は飯田橋《いいだばし》にいます。迎えに来てもらえますか？」

「わかりました。場所はどこでしょう？」

　詳しい場所を教えてもらう。飯田橋にある出版社のようだ。莉子は星霜社の社員の再就職先を探している。出版社や新聞社などを巡っているらしい。

通話を終えた。今日はこのまま北相模市に帰ることになりそうだ。莉子が不倫をしているかもしれない。愛梨の不吉な予想がいまだに胸の中で燻《くすぶ》っている。

ここ一ヵ月ほどの勤務日誌を調べてみて、城島はある法則性に気がついた。毎週月、水、金曜日は決まって莉子は帰りが遅いのだ。迎えに行く場所は大抵銀座《ぎんざ》周辺で、時間は深夜零時近くになることもあるし、一人で電車で帰ってくることも度々ある。人目を忍んで男と密会しているのか。これ以上調べると愛梨の想像が現実となってしまいそうで怖いが、このまま黙って見過ごすわけにもいかない。疑いを晴らしてすっきりしたい。それが城島の本心だった。

今日は木曜日。明日の金曜日がチャンスかもしれない。城島はカーナビに目を走らせ、道順を確認してから車を発進させた。

*

「すみません、お待たせしました」

店員に案内され、一人の女性が星野の座るテーブル席までやってきた。星野は立ち上がって彼女を迎えた。池田《いけだ》真緒《まお》という名前のフリーのライターだ。

「僕も今来たばかりです。お呼び立てして申し訳ありません」

彼女は白いワンピースにデニム生地のジャケットを羽織っていた。以前は大手旅行会社で働いていたが、コロナ禍を機に退職してライターに転身したらしい。フットワークも軽く、何より旅行会社時代の経験もあることから、かなり重宝しているライターの一人だった。

「一応軽めのコース料理を注文しています。飲み物は何にしましょうか？」

「では私はグラスのスパークリングワインを」

星野は店員を呼び、ドリンクを注文した。スパークリングワインが運ばれてくる間に、用件を伝えることにする。星野は姿勢を正し、まずは謝罪した。

「誠に申し訳ございません。実は『旅とグルメ』ですが、来月号をもちまして廃刊することが決定いたしました」

真緒の反応は予想よりも穏やかなものだった。さほど驚いた様子もないし、ショックを受けている感じでもなかった。彼女の収入の中で『旅とグルメ』関連の原稿料が大きな割合を占めているのは明らかだった。もし自分が彼女の立場だったらもっと動揺したに違いない。

「あまり驚かれないんですね？」

「メールの文面からある程度のことは予想していました。それにこんな高そうなお店、初めて連れてきてもらいましたし。経費で落ちるんですか？」

門前仲町《もんぜんなかちょう》にあるフレンチレストランだ。真緒がこの近くに住んでいることから、打ち合わせは門前仲町でおこなうが、場所は大抵カフェか居酒屋だ。

「大丈夫ですよ。何とかなります」

「でも残念ですね。星野さんも星霜社を退職なさるんですか？」

「はい。あ、僕のことは心配なさらずに。池田さんの方こそ大丈夫ですか？」

「私は友人に紹介してもらって、企業案件っていうんですか、そういう仕事も始めたので、収入的にはそこそこ安定しているんです。一人で食べていく分には問題ないですね」

前菜が運ばれてくる。話題は過去の取材がほとんどだった。彼女とは何度も国内の観光地に足を運んでいた。あの漁港の食堂で食べたアラの煮つけが美味しかったとか、あの温泉の露天風呂は最高だったとか、話題は尽きなかった。あっという間にコース料理は終了していて、時計を見ると二時間近く経っていた。

「そろそろお開きにしましょうか」

星野はそう言って店員に対して会計する旨を伝えた。カードで支払ってから店を出る。門前仲町は賑わっていた。駅の方に向かって二人並んで歩き出す。

名残惜《なごり》しかった。実は星野は真緒に対して好意を抱いていた。最初は仕事を通じた編集者とライターという関係だったが、時間が経つにつれて、微妙な空気が流れることがたまにあった。向こうも星野に対して好意を抱いているであろうという確信めいたものがあった。星野は四十二歳の独身で、真緒は三十九歳でバツイチ子供なし。一線を越えてしまっても何ら不思議はなかったが、星野はこれまで自制して踏みとどまってきた。しかし『旅とグルメ』が廃刊になったら、彼女と会うこともなくなってしまう。それでいいのか――。

次の角だ。星野は直進して地下鉄の入り口へ、彼女は左折して自宅に向かう。どんな台詞でもいい。もう一軒行きましょうとか、今度プライベートで会ってくださいとか、それだけでいいのだ。だが星野はそういった台詞を飲み込み、ビジネスライクに言った。

「今日はお時間をとっていただきありがとうございました。失礼いたします」

彼女がどんな顔をしてこちらを見ているのか、怖くて正視できず、星野は足早に地下鉄の入り口に向かって歩いた。地下鉄を乗り継いで帰宅する。星野は東上野《ひがしうえの》のマンションに住んでいる。鍵を開けて中に入ると、リビングでは父の知道が車椅子に座って野球のナイター中継を観ていた。父はこちらを見ずに言った。

「今日、林から電話があった。『旅とグルメ』、廃刊になるそうだな」

「うん。月曜日に社長から言われた。ごめん、なかなか言い出せなくて」

父の知道も星霜社の創立メンバー、五人衆の一人だ。父は『旅とグルメ』が創刊して三年後、急性くも膜下出血で倒れ、生死の境をさまよった。一命はとり留めたものの下半身に障害が残り、それを機に退職した。今も車椅子生活を余儀なくされている。

「再就職の目途は立っているのか？」

「全然。でも知り合いに頼んである。できれば社員全員の再就職先を確保してほしいって」

真波莉子という総理の隠し子だ。ひょんなことから彼女に依頼することになった。過度な期待は禁物だが、彼女のこれまでの実績を考慮すると、何らかの見通しを立ててくれるのではないかと期待している。

「そうか。大変だな、いろいろと」

「ごめん。何とかして続けたかったんだけど」

「気にするな。時代の流れだ」

父が倒れたとき、星野は中学生だった。父が倒れた一年後、その将来を見限ったように母が家を出ていき、以来、星野がずっと父の面倒をみてきた。現代で言うところのヤングケアラーというやつだった。父は懸命にリハビリを続け、身の回りのことくらいは一人でおこなえるまでになった。それでも父が障害者であることに変わりはなく、介助は必要だ。

スマートフォンに真緒からのＬＩＮＥのメッセージが届いた。『今日はご馳走様でした』と短く書かれていた。その文面を読み、星野は後悔の念に駆られる。どうしてあと一歩、踏み込めなかったのか。今日で彼女と会うのが最後かもしれないんだぞ。そう思うと自分に腹が立って仕方がなかった。

たとえば真緒との交際が始まったとする。お互い年も年だし、結婚という話も出てくるだろう。もしそうなったときに父はどうなるのだろうか、と星野は考えずにはいられない。障害者である父の人生まで彼女に背負わせてしまうことになるのではないか、と。

何と返信すべきか。思い悩んでいると今度はショートメールを受信する。送り主は真波莉子で、明日会社の方に伺いますという内容だった。何か進展があったのか。

テレビから歓声が聞こえる。四番打者がホームランを打ったようだ。神宮球場の夜空に花火が上がっていた。

「ようこそお越しいただきました。こちらへどうぞ」

午後一時過ぎ、真波莉子は先日と同じくボディガードとともに星霜社にやってきた。二人を出迎えた星野は会議室に彼女らを案内する。莉子は今日もグレーのパンツスーツに身を包んでいた。ボディガードの城島は黒いスーツ姿だった。

「お時間をとっていただきありがとうございます」

莉子がそう言って二枚の書類を出した。会社案内のパンフレットだ。

「こちらをご覧ください」

「拝見いたします」

星野のほかにもう一人、飯田《いいだ》という若手社員も同席させている。若手といっても四十過ぎだ。星野だけでは冷静な判断ができないと思ったからだ。

二枚とも出版社のパンフレットだった。片方は〈タイガ社〉という漫画専門の出版社で、もう片方は〈大洋堂出版〉という小中学校の教科書を専門に手掛ける出版社だった。どちらも星霜社よりは規模の大きな出版社だ。莉子が説明する。

「タイガ社では一名、大洋堂出版では二名、雇用していただけるそうです。タイガ社は正社員として、大洋堂出版では一年間の試用期間を経て正社員として採用となるみたいです。できれば皆さんを同じ会社にと思ったのですが、この出版不況の中、大量の雇用枠を確保するのは難しいですね」

星野は隣に座る飯田を見た。彼の表情からも満足している様子が窺える。この二社なら再就職先として申し分ない。むしろ編集者としてステップアップできるくらいだ。

「引き続き探してみます。もしご希望等がございましたら何なりと……」

突然、会議室のドアが開き、霜田が中に入ってきた。星野たちの姿を見て社長が言った。

「何だ、使用中だったのか。ん？　そちらの方は？」

霜田の目が莉子に対して向けられている。社長は二人の男を背後に従えていた。二人は小綺麗な身なりをした男で、外部の人間であるのは明らかだった。取引している金融機関の男たちか。それにしては垢抜けているような気がする。

「こちらは真波莉子さんといいます。作家の織部先生からご紹介いただきまして……」

星野がこれまでの経緯をざっくりと説明すると、霜田は莉子に向かって言った。

「そういうことでしたか。ご尽力感謝いたします。ただですね、実は私も社員の行く末を案じておりまして、その道のスペシャリストに依頼済みなんですよ」

話が違うではないか。そう思って星野は腰を浮かせた。再就職先の斡旋について莉子に依頼することは霜田にも電話で伝えてある。彼は二つ返事で了承した。しかし霜田はそんなことはおくびにも出さずに笑顔で続けた。

「ご紹介します。ユニバーサル・アドバイザリー日本支社のお二人です」

霜田に紹介され、二人の男が前に出た。どちらも年齢は若く、二十代半ばかと思われた。一人はジーンズに革のジャケット、もう一人はゆったりとした中性的なコートを羽織っていた。革ジャケットの方が一歩前に出た。

「ユニバーサル・アドバイザリーの高瀬《たかせ》です。こちらは永井《ながい》。もしかしてあの真波莉子さんですか？」

莉子はそれには答えず、にこりと笑っただけだ。それを肯定の意味と受けとったのか、高瀬が嬉しそうに手を叩いた。

「こいつは幸運だ。あの真波さんに出会えるとは。お噂はかねがね耳にしております。いやあ、凄い。今日はマジでツイてるな」

霜田だけは状況を把握できていないらしく、首を傾げている。すると後ろに控えていた永井が霜田の耳に口を寄せ、説明していた。すると霜田が表情を一変させた。

「えっ？　栗林総理の？　いや、これは驚きだ」

星野は内心笑ってしまった。これは水戸黄門か。ボディガードの城島はこういう事態に慣れっこなのか、顔色一つ変えずに壁際に立っている。

「なるほど」莉子が立ち上がった。「ユニバーサルさんが関与されているとなると、私の出番はございませんね。失礼させていただきます」

ユニバーサル・アドバイザリーは外資系の大手コンサルティング会社だ。霜田の依頼を受け、会社の残務整理に乗り出しているのだろう。その中には当然社員の再就職先の確保も含まれているに違いない。

「お待ちください、真波さん」高瀬が莉子を呼び止めた。「ここでお会いできたのも何かの縁だ。ここは一つ、私どもと勝負いたしませんか」

莉子が足を止め、怪訝《けげん》そうな顔で高瀬を見た。高瀬は不敵な笑みを浮かべて続けた。

「真波さんはこちらの社員さんの再就職先を探しておられるのですよね。我々も霜田社長の依頼を受け、現在動いているところです。両者でプレゼンをして、社員さんの投票によって決めていただく、というのはどうでしょう？」

星野は何だか申し訳ない気持ちになった。莉子を余計な騒動に巻き込んでしまったからだ。彼女は何やら考え込んでいる。

「どうでしょうか、真波さん。我々の挑戦を受けていただけないでしょうか？」

受けないだろうな。星野にはそんな予感がした。彼女にとってメリットがないからだ。しかし彼女は予想外のことを言った。

「よろしいでしょう。お受けいたします。期限は？」

「一週間後の金曜日。ここで互いにプレゼンして、後日社員さんに投票してもらうという形でいかがでしょうか？」

「異存はありません。では一週間後に」

莉子は会議室を出ていった。城島もあとに続く。これは大変なことになった。星野は霜田に向かって一礼してから、二人を追って会議室を出た。

＊

「えっ？　どういうことですか？　勝ち目はない？」

城島は喫茶店にいた。店内はレトロな雰囲気で、どこか昭和の雰囲気が漂っている。黒光りする床からほのかにワックスの匂いが立ち昇っていた。星霜社の星野も一緒だった。今後のことを検討するため、ここに立ち寄ったのだ。注文したコーヒーが運ばれてくるや否や、莉子が思いがけないことを言い出したのだ。

「ですから、このままでは百パーセント、彼らには勝てません」

莉子がコーヒーを啜《すす》りながら、涼しい顔でそう言った。星野が困惑気味に言った。

「つまり真波さんが負けてしまうわけですか？」

「はい。このままでは」

莉子がコーヒーカップを置き、タブレット端末を出した。それを操作し、テーブルの上に置いた。

「こちらをご覧ください」

隣の星野と一緒に画面を覗き込む。ある人物のインタビュー記事のようだった。どこかで見憶えがある顔。さきほど星霜社の会議室で会った高瀬という男だ。

「彼はユニバーサル・アドバイザリーのM&A部門のコンサルタントです。どう考えても勝ち目はありませんよね。その分野のスペシャリストなのですから」

M&Aというのが企業の合併・買収を意味することは城島も知っている。星野が身を乗り出して言った。

「つまり星霜社は買収されてしまうのでしょうか？」

「おそらく」と莉子は冷静な顔で言う。「私が霜田社長なら同じことをするでしょうね。コンサルとしてユニバーサルは非常に優秀ですし、実績もあります。おそらく事業譲渡のような形になるのではないでしょうか。『旅とグルメ』はコンテンツとして価値があります」

「となると『旅とグルメ』は生き残ると？」

「長い歴史を持つ雑誌です。売り上げはよくありませんが、ブランド力は高いです。欲しがる出版社は多いかもしれませんよ」

「社員も一緒に引きとってくれるのでしょうか？」

「そうなれば一番ですね。私の出る幕はありません」

最初から白旗を上げる。こういう莉子を見るのは珍しい。顔に似合わず負けず嫌いなのは知っている。いったいどういう風の吹き回しか。城島の疑問を星野が代弁してくれた。

「どうしてです？　どうして不利を承知でプレゼンに参加してくださるんですか？」

「一つは選択肢です。プレゼン形式にした方が社員さんにとって選択肢が増えますよね。ユニバーサルの提示する案と、私の提示する案。どちらかを選べるわけです」

それは当然だ。もし莉子が撤退した場合、社員はユニバーサルが提示した案を呑むしか道はない。もしそれが嫌なら退職するしかないだろう。

「もう一つは、そうですね……。星野さんは身だしなみに気を遣っていますか？」

「ええ、まあ。一応は」

「私は元公務員で、少々古い考えかもしれませんが、身だしなみを気遣うのはビジネスにおける最低限のマナーだと思っています。実際、厚労省でも仕事ができる先輩はパリッとした格好をしていました。まあ、一部そうではない方もいらっしゃいましたが。ところで星野さん、さきほどのユニバーサルのお二人の格好、憶えておいでですか？」

「もちろんです。斬新でした」

城島も似たような感想を抱いた。ファッション誌から抜け出してきたかのようだった。少なくとも城島の周りでは仕事中にああいう派手な服を着る人間はいない。

「社風だと思うので、私が口を出す問題ではないのかもしれません。ですが、行き過ぎたファッションはビジネスにおいて無意味だと思うんです。ああいう格好をして喜んでいるような連中には負けたくない。そう思ってしまったんです」

わかる気がする。あの高瀬という男が穿《は》いていたジーンズは膝のあたりが破れていた。あんなジーンズでもきっと数十万円はする代物なのだろう。

「負け戦になると思いますが、私は私で勝手にやらせていただきます。何しろ敵は天下のユニバーサル。相手にとって不足なしです」

莉子はそう宣言するように言い、コーヒーカップに手を伸ばした。負け戦と口では言っているが、それで終わるようなタマじゃないことは城島も知っている。ただ、星野だけはこの状況に戸惑っているのか、少々落ち着かない様子だった。

城島は港区赤坂の路上にプリウスを停め、あるビルのエントランスを見張っている。現在の時刻は午後九時過ぎ。今から三時間前、莉子はこのビルに入っていった。七階にコワーキングスペースがあり、そこで仕事をするためだ。最近莉子がよく利用している施設であり、日本女性プロスポーツ選手会の登記上の住所もここに設定されていた。

今日は雀荘に行くので、真司さんは先に帰ってて。莉子からそう言われていたが、城島は残る決意を固めた。今日は金曜日。莉子の帰りが決まって遅くなる曜日だ。彼女がどこで何をしているのか、それを見届けたい気持ちがあった。疑念が解消されればそれでいい。仕事を終え、雀荘に行き、そして帰宅する。そうであってほしいと心の底から願っていた。

まだ彼女が出てくる気配はない。城島はスマートフォンをとり出し、娘の愛梨に電話をかけた。五コール目で繋がり、愛梨の気怠《けだる》そうな声が聞こえてくる。

「はいはい」

「俺だ。もう家か？」

「うん。今帰ってきたところ」

愛梨は今日も学習塾だった。城島が送迎できない場合は路線バスを使って通っている。

「夕飯は？　何を食べるんだ？」

夜が遅くなるとわかっている場合、城島がカレーなどを作って用意しておくのだが、最近はそれも面倒になり、夕食代として千円渡すのが習慣となっていた。北相模市にも宅配サービスが普及していて、千円あればそれなりの食事を頼むことができる。

「ええと、あれだよ、あれ。牛丼」

城島は娘の嘘を見抜く。おそらくマックあたりではないか。だが愛梨の夕食を用意してやれなかった負い目もあるため、城島は突っ込まずにいた。

「お父さん、莉子ちゃん近くにいる？」

「ああ。会議室の中で仕事してるよ」

今度は城島が嘘をつく。実際は彼女が今、何をしているのか、城島は知らない。まあコワーキングスペースで仕事をしているのは確かだろうが。

「お父さんってさ、浮気したことある？」

「お前、いきなり何を言い出すんだよ」

「知ってた？　ある調べによると男の四割が浮気した経験があるんだって。で、女は二割。つまり既婚女性の五人に一人が浮気をしたことがあるってこと」

「何が言いたい？」

「莉子ちゃんのこと、しっかり見張ってた方がいいよ。お父さんよりはるかにかっこよくて頭もよくて仕事もできてお金持ってる人、滅茶苦茶たくさんいるからね」

だからこうして張り込みみたいな真似してるんじゃないか。そう言いたい気持ちをこらえて城島はぶっきらぼうな口調で言った。

「もう切るぞ。早く寝るんだぞ」

城島がスマートフォンを助手席のシートの上に置いたときだ。ビルのエントランスから二人の女性が姿を現した。一人は莉子で、もう一人は天沼未央奈だ。二人は仕事仲間であり、最近は行動をともにすることが多い。未央奈が通りに出てタクシーを停め、それに二人とも乗り込んだ。タクシーが発進したので、城島はアクセルを踏んだ。尾行開始だ。

ただし、城島は楽観していた。仕事終わりで二人して食事にでも行くのではないか。どこかで美味しいイタリアンでも食べるのだ。きっとそうに違いない。

二人を乗せたタクシーは外堀通りを新橋方面に進み、さらに銀座方面へと進んでいった。タクシーが停まったのは銀座五丁目の交差点だった。しかしタクシーから降りたのは天沼未央奈だけだった。未央奈は車内にいる莉子に手を振り、銀座の雑踏の中に消えていく。タクシーが再び走り出す。雲行きが怪しくなってきたのを感じた。雀荘がある赤坂方面からは離れる一方だ。

次にタクシーが停まったのは日本橋《にほんばし》だった。タクシーから降りた莉子は一軒の店に入っていく。しばらく間を置いてから城島はその店に近づいた。〈ソラ〉という名の店だった。窓がないので中の様子は窺い知ることはできなかった。

城島は車に戻り、少し離れた位置から店を見張ることにした。スマートフォンで検索してみると、その店は創作フレンチの店らしく、グルメレビューサイトの評価も高かった。オープンしたのは三年前で、それほど大きな店ではないようだ。どうして莉子はこの店を訪れようと思ったのか。中で誰と会っているのだろうか。疑念はどんどん大きくなっていった。

時間が過ぎていく。午後十時になると店のドアが開き、五人ほどの男女が店から出てきたが、莉子の姿はなかった。グルメレビューサイトによると店の閉店時間は午後十時となっている。閉店時間が過ぎても莉子は店内にとどまっているのだ。何をしているのだろうか。

そこから先は長かった。時間が経つのが苦しく感じられるほどだった。九十分後の午後十一時三十分、ようやく莉子が出てきた。その後ろから一人の男性も姿を見せた。顔は遠目なのでわからないが、長身の男性であることだけはわかった。男性がドアに鍵をかけるのが見えた。あの男、店の経営者か。

二人は地下鉄の入り口に向かって歩き始める。何やら楽しげに談笑している。そろそろ終電の時間であり、このまま帰宅するものと思われた。莉子は一人で外泊することはなく、どんなに遅くなっても必ず家に帰ってくる。莉子より先に帰宅しなければならないため、城島は慌ててプリウスを発進させた。

ハンドルを握ったまま城島は考える。閉店したあと、莉子とあの男は店の中に二人きりだったというわけだ。二人はどういう関係なのか。さきほど愛梨が語った言葉が脳裏をよぎる。つまり既婚女性の五人に一人が……。

よせよせ、と城島は頭を振る。莉子に限ってそれはないと思うが、確証がないのがもどかしくて仕方がなかった。

第一問：
介護離職者が相次ぐ
零細出版社をどうにかしなさい。

＊

「やあ、莉子。やっと来てくれたね。君が来ない間に私の支持率が五ポイントも下がってしまったよ」

莉子が総理執務室に足を踏み入れると、ゲーミングチェアに座った内閣総理大臣、栗林智樹がこちらを見て言った。ヘッドホンを着けている。オンラインゲームをしているらしい。

今日は土曜日なので時間の過ごし方は自由だ。たとえそれが一国の首相であっても。

「たった一週間来なかっただけじゃない」

「ん？　何だって？」

莉子は父の耳からヘッドホンを外し、もう一度言った。

「たった一週間でしょ。いいからそこをどいて。溜まっている仕事を片づけるから」

「いつも悪いね、莉子」

莉子はパソコンの前に座り、仕事を開始する。決裁文書の確認や各省庁からの通達事項の把握等、総理のやるべき仕事は多い。莉子が栗林総理のブレーンとして大きな役割を果たしていることは、側近だけが知っている秘密だ。しかし栗林の隠し子騒動で莉子の存在が世間に明らかになって以降、莉子の存在はなかば公然化していた。総理の陰にミス・パーフェクトあり。政府関係者の間ではそう囁かれているらしい。

「お父さん、あれは何？」

莉子は壁を見た。ダーツボードがかかっている。先日来たときにはなかったもので、かなり本格的なボードのようだ。

「ダーツだよ」

「見ればわかるわよ」

「ほら、最近あれだろ。いろいろストレス溜まるからさ。解消できないかと思って」

今、栗林政権は揺れている。事の発端は自明党の第二派閥、牛窪《うしくぼ》派が定期的に開いていた政治未来研究会なる会合だ。政治の未来を考えるという名目でおこなわれる政治資金パーティーであり、そこで得た収入の一部が議員の懐に入っていたと某新聞がスクープしたのだ。しかもその収入を収支報告書に不記載の議員が三十名以上いると見られていて、国民の政治不信を深めていた。

「牛窪さんにも困ったものだよ。引退したのに迷惑をかけてくれるんだから」

牛窪派の会長、牛窪恒夫《つねお》は昨年政界から身を退いた。健康上の理由とされているが、実はそうではない。コロナ新薬を巡る医療ベンチャー企業のインサイダー取引疑惑があり、それに牛窪が関与している事実を莉子が突き止め、個人的に追及したからだ。栗林や莉子にとって因縁浅からぬ相手だった。

「えいやっ」

父が投げたダーツはボードには当たらず、壁に突き刺さった。腕前はよろしくないようだ。

牛窪が議員辞職をしたのち、その補選で勝ち上がったのが牛窪の長男、牛窪隆正《たかまさ》だった。

予想していたことなので驚きはなかった。政治の世界なんてこんなものだ。現在、牛窪派はナンバー2だった黒羽《くろばね》という老政治家が会長代行を務めているが、将来的には牛窪の長男に引き継がれるものと思われた。

「これで処分決めるのもいいかもね」

「処分って、不記載の議員の？」

「もちろん。まずは会長代行の黒羽さんから。莉子、君が投げていいよ」

「えっ？　私？」

「特別に投げさせてあげよう」

栗林からダーツを一本、渡される。ダーツなど大学時代に何度かやっただけだ。適当に狙いをつけて投げると、ダーツは見事中央にある二重円の内側部分に突き刺さった。

「おっ、凄い。五十点だ」

「ここの処分は何？」

「除名だね。一番重いやつだ」

自明党の党紀委員会では八つの処分を規約で定めており、除名はもっとも重い処分だ。その次に離党勧告、党員資格停止と続く。

「黒羽さんを除名にしたら国民は喝采するだろうけど、牛窪派の議員から猛反発を受けるでしょうね」

「だよね。そこが難しいところなんだよね。弱っちゃうよ、まったく」

栗林は情けない声を出し、ソファに座る。家族や身内にだけ見せる姿だ。それが母性本能をくすぐるというか、この人のために何かしてやろうという不思議な気持ちにさせられるのだ。彼は内弁慶ならぬ外弁慶であり、ひとたび外に出れば明朗闊達な総理大臣に早変わりする。

「あ、そうだ。莉子、今晩何してる？」

「今晩？　特に予定はなかったと思うけど」

莉子はこうして総理公邸に足を運んでいるが、世間は土曜日だ。城島は愛梨のミニバスの試合に同行していた。午後には終わると聞いている。夜は三人で外食する予定だった。

「ここでパーティーやるんだけど、よかったら莉子も来ないか？」

「こんなときにパーティー？」

「支持率低下を嘆いていても仕方ないし、こういうときこそパーッとやろうと思ってね。集まるのは身内の者だけだから気兼ねしなくていい。城島君も呼んでくれても構わないよ」

実は莉子は城島と結婚したことを母以外の誰にも告げていない。事実婚で籍が変わるわけでもなく、仕事にも支障をきたさない。取り立てて誰かに報告する必要があるとは思えなかったからだ。だから父に対しても内緒にしているのだが、そろそろオープンにしてしまっていいのではないかと考えを改めつつあった。父が政略結婚まがいの縁談とかを考えていたら厄介だし、実際に考えていそうな気がする。

「城島さんの娘さんも招待していい？」

「そうか。彼は子持ちだったのか。もちろんいいよ」

血は繋がっていなくとも、一応愛梨は父にとっては孫ということになる。これはある意味で地均《じなら》しだ。徐々に均していき、どこかの段階でカミングアウトすればいい。そのためには城島父娘と栗林家の関係を良好なものにしておきたい。

「じゃあ彼に確認してみる」

「そうしなさい」

莉子はスマートフォンをとり出すと、それを操作して耳に当てた。

＊

「愛梨、味わって食べろよ。こんな豪勢な料理、滅多に食べられないんだから」

「うるさい、お父さん。興奮しないでよ」

「そうよ、真司さん。少し落ち着いて。そうだ、今年の愛梨ちゃんの誕生日、美味しいフレンチに行こうか？」

「うん、そうしよ。莉子ちゃん」

城島たち三人はなぜか総理公邸で開かれている食事会に招かれていた。総理に近しい関係者三十人余りが集まり、高級フレンチのコース料理を食べている。どこぞのホテルの総料理長が招かれ、みずから腕をふるっているという話だった。集まっているのは総理の家族以外には、長年仕えている秘書とその家族、運転手などもいるらしい。完全に栗林総理のファミリーとも言える顔触れだ。

「やあ、城島君。よく来てくれた」

栗林総理がやってくる。城島はナイフとフォークを置き、起立した。

「本日はお招きいただきありがとうございます」

「堅苦しいなあ、城島君。もっと肩の力を抜きなさい。ここは楽しむ場なんだから」

「はっ。ありがとうございます」

「だからその挨拶が堅苦しいんだって」

「すみません」

城島は恐縮しながら椅子に座る。隣で莉子が可笑《おか》しそうに笑っている。

「君が城島君の娘さんだね？」

栗林の目が愛梨に向けられていた。城島は不安な気持ちで娘を見る。頼むから粗相《そそう》をするんじゃないぞ。

「はい。城島愛梨です。父がいつもお世話になっております」

「今、何年生だい？」

「小学五年生です」

「将来の夢とかあるのかな？」

総理と小学生のやりとりが珍しいのか、周囲の視線が二人に集まっていた。愛梨は莉子の顔をチラリと見てから答えた。

「官僚になりたいです」

「ほう、官僚ねえ。官僚になって何をしたいのかな？」

「国民の生活が向上するような改革をしたいです」

「たとえば？」

「議員定数を削減したいです」

周囲がドッと笑う。栗林が大袈裟に肩をすくめた。

「こりゃ一本とられた。たいした娘さんだ。愛梨ちゃん、ついてきなさい。私が総理公邸の中を案内してあげようじゃないか」

栗林はどうやら愛梨のことを気に入ってくれたようだ。何やら談笑しながら二人は広間から出ていった。次にやってきたのは栗林の妻、ファーストレディーである朋美《ともみ》夫人だった。今日も全身ブランド品で固めている。彼女は根っからのパーティー大好き人間だ。

「莉子ちゃん、楽しんでる？」

「ええ、とても。奥様もお元気そうで」

「元気よ。主人は内閣支持率ばかり気にしてるけどね。あ、今日はボルドー五大シャトーの飲み比べをやる予定だから楽しんでって」

「それは楽しみです」

朋美が去っていく。パーティー慣れしている彼女はゆく先々で人々と語らっていた。隣を見ると莉子がワイングラス片手に固まっている。

「莉子さん、どうしました？」

「いえ、このワイン……」

莉子はグラスに鼻を近づけ、匂いを嗅いでいる。このワインはさきほど栗林と愛梨が話しているとき、給仕が置いていったワインだ。城島も一口飲んでみる。爽やかな味わいの白ワインだ。

莉子が通りかかった給仕を呼び止め、何やら告げた。しばらくすると広間にコック服を着た男が入ってくる。やや肥満体の初老の男性だ。男性は城島たちのもとにやってきた。

「コック長、ご無沙汰しております」

「真波さん、楽しんでおられますか？」

「非常に。ところでコック長、このワインですが」莉子が手にしたグラスを持ち上げた。

「このワイン、産地はどこでしょうか？」

「さすが真波さん、お目が高い。こちらでございます」

コック長が背中に隠していたボトルを出し、莉子の前に置いた。すでにボトルは空になっている。薄い緑色のラベルが貼られている。そのラベルを見て莉子が目を見張った。

「長野、ですか？」

「そうです。長野県の東後市で造られたワインです。こないだ試飲会で飲んで気に入りましてね。今日お持ちした次第です」

「ありがとうございます。勉強になりました」

コック長が去っていく。給仕が三皿目の料理を運んでくる。真鯛のポワレに季節の野菜が添えられていた。自分のスマートフォンでボトルの画像を撮影してから莉子が言った。

「このワイン、品種はソービニヨン・ブランといって、世界各地で栽培されている品種よ。有名な産地はフランスとニュージーランド。私も好きな品種の一つ」

莉子はワイン・エキスパートの資格を持っているためワイン通だ。他にも漢字検定や世界遺産検定など、数十種類の資格を持っている。すべて学生時代に取得したのだそうだ。

「このワイン」莉子はグラスを持ち上げ、一口飲んだ。「飲んだ瞬間、ソービニヨン・ブランだとわかったの。でもほかにはない滋味っていうのかしら、出汁《だし》にも似た味わいを感じて、産地がどこか疑問に思ったの。まさか日本だったとはね」

フランスあたりの高級ワインだと思って城島は飲んでいた。もっとも城島は繊細な舌の持ち主ではなく、割と何を食べても満足してしまう男だ。

「しかも長野県の東後市よ。真司さん、聞き憶えがない？」

そう言われてみれば最近耳にした地名だ。あれはいつのことだったか。記憶を辿っていくと思い出した。

「霜田社長ですね。星霜社の」

彼の出身地だと聞いたのだ。会社を起ち上げた五人とも東後市の出身であると。

「その通り。これは単なる偶然なのか、それとも天の配剤か」

莉子が意味深長な笑みを浮かべ、ナイフとフォークを手にとって真鯛のポワレを食べ始める。昨夜のことを思い出した。昨夜、深夜零時近く、莉子は帰宅した。起きて待っていた城島に対し、「ちょっと麻雀が長引いちゃって」と言い訳したのだが、彼女が雀荘に行っていないのは城島自身も知っていた。

それにしても華やかな場所だ。まあ当然だ。この国の首相が極秘で開いているパーティーなのだから。果たしてＳＰ風情の自分にこの場は似つかわしいものなのか。そう思わずにはいられなかった。

「ここはかつてリンゴ農園でした。それを私が十五年ほど前に買いとって、ブドウ畑にしたのです」

城島たちの目の前では一人の白人男性が流暢《りゅうちょう》な日本語で説明している。東京より気温が低く、少し肌寒く感じられるほどだ。遠くの山の峰には残雪が見受けられる。あまり聞いたことのないような鳥の鳴き声が茂みの中から聞こえてくる。

今日は日曜日。愛梨のミニバスの練習が休みということもあり、三人で長野までドライブに来た。計画を立てたのはもちろん莉子だ。昨夜、総理公邸で飲んだ長野のワインがいたく気に入ったらしく、ワイナリーを訪ねたいと言い出した。最近遠出する機会もなく、愛梨も賛成の声を上げた。女二人の意見に逆らうわけにもいかず、城島たち三人はこうして長野県東後市内にあるワイナリーを訪ねている。

「どうしてワイナリーを設立しようと思ったんですか?」

莉子が尋ねると白人男性が答えた。彼はジャンという名前のフランス人らしい。

「私は都内で貿易関連の会社を経営していたんですが、いつかワイナリーを設立したいとずっと思っていました。休日には土地を探して日本各地を訪ね歩きました。そのときに見つけたのがここです。一目惚れですね」

「畑の面積は?」

「現在は十二ヘクタールくらいでしょう」

「年間でどのくらいのワインを生産できるんですか?」

「ブドウの出来にもよりますが、平均して二万本くらいですね。あちらをご覧ください」

第一問：
介護離職者が相次ぐ
零細出版社をどうにかしなさい。

緩い坂道を上ったところに開けた土地があった。小学校の運動場くらいの広さだろうか。土が剥き出しになっていて、とても畑のようには見えない。

「ここは雑木林だったんですが、二年かけて開墾しました。今年から苗木を植える予定です」

「何本くらい植えるんですか？」

「二千本ほどでしょうか」

「かなりの重労働ですね」

「定植作業にはボランティアを募集するので、意外に何とかなるんです。収穫もそうです。ボランティアがいないと厳しいですね。私も年ですし」

毎年、秋の収穫の時季になるとホームページを通じてボランティアを募集するそうだ。都会からピクニック気分でやってくる人が多く、中には毎年来てくれる常連もいるらしい。

「東後市内にはワイナリーが急増しているんでしょうね」

「ええ。しかしワイナリーの経営は一筋縄ではいきません。目論見が甘く、経営破綻してしまうところもあります。うちはお陰様で何とかなっていますが」

さらに歩くとかなり高い場所に来た。もう周囲は畑ではなく、完全に雑木林だ。視界が開けた場所があり、そこでジャンが立ち止まった。

「ここが絶景ポイントです。ではランチをお楽しみください。ごゆっくり」

「ありがとうございます」

ジャンが去っていく。城島は持参したシートを地面に敷き、そこに三人並んで座った。このワイナリーではレストランが併設されており、そこで購入したピクニックランチセットを広げた。バスケットの中にはサンドウィッチやポテトサラダなどが並んでいる。

「美味しそう」

「愛梨ちゃん、何から食べる？」

「どうしようかな。莉子ちゃんは？」

「私はそうだな。このハムが挟んであるやつかな」

「じゃあ私も同じやつにしようっと」

ランチを食べた。サンドウィッチも旨かったし、ポットに入っていた熱いコーヒーも体に染み渡った。景色も抜群だ。標高千メートル弱はあるだろうか。この位置からだと段々状になっているブドウ畑を見下ろすことができる。春の息吹も感じられ、鼻先をくすぐる風も心地よい。眼下を流れている川は千曲《ちくま》川だろう。

「愛梨、スマホはほどほどにな」

城島は注意する。愛梨はスマートフォンに夢中になっていた。ランチや周囲の景色の写真を撮っている。少々早い気もしたが、今年から愛梨にもスマートフォンを持たせている。

「これでよし」

愛梨はスマートフォンを置き、サンドウィッチを食べ始めた。莉子が愛梨に訊く。

「さっきの画像、誰に送ったの？」

「総理」

「お父さん？」

「そう。昨日ＬＩＮＥ交換したの」

「マジか？」

城島は思わず声を上げていた。愛梨は平然とした顔つきで答える。

「マジだよ」

そう言いながらスマートフォンをとり、画面を見せてくる。そこには栗林とのやりとりがあった。おはようを意味するクマのスタンプが栗林から送られていた。それを見て軽いめまいがした。まさか自分の娘が総理大臣とＬＩＮＥをする日が訪れようとは想像もしていなかった。

「愛梨ちゃん、お父さんと仲良くしてあげてね。ああ見えてあの人、孤独な人だから」

「孤独なんだ、総理って」

「まあね。だから頼んだわよ、愛梨ちゃん」

「うん。わかった」

一応、城島と莉子は事実婚の状態にあり、愛梨にとって栗林は血の繋がりのない祖父とも言える。いつか愛梨が彼のことを「お祖父《じい》ちゃん」と呼ぶ日が来るのだろうかと思いを馳せてみたが、そんな日が来るとはとても思えなかった。

＊

午後一時過ぎ、星野は遅めの昼食を摂ろうと思い、一人会社をあとにした。立ち食い蕎麦で済ませようと思っていたところ、背後から声をかけられた。

「星野さん、こんちはっす」

振り返ると高瀬が立っていた。ユニバーサル・アドバイザリーのコンサルタントだ。今日も勤め人とは思えない服装だ。ジーンズに派手な幾何学模様のシャツを着ている。

「これからお昼ですよね。奢《おご》らせてください」

「いえ、そういうわけには……」

高瀬は星野の答えを待たずにタクシーを停めてしまう。背中を押されるようにして後部座席に乗せられた。向かった先は新橋の外れにあるイタリアンの店だった。普段、ランチは千円以内と決めている星野にとっては縁のない店だ。一番安い千八百円の日替わりパスタとサラダのセットを注文した。

「もしかして」星野はその可能性を口にした。「こういう感じで社員一人ひとりと接触してるんですか？」

有り得そうなことだと思った。飯を奢って恩を売り、プレゼンが有利になるように仕向けるのだ。外資系のコンサルの割には、やることは古典的だ。

「いえ、星野さんだけですよ」高瀬は飄々《ひょうひょう》と言った。「我々は星野さんがキーパーソンだと思っています。あなたを攻略できれば、この勝負は勝ったも同然です」

「何をおっしゃっているのかわかりません。僕は社員の中では最年少ですし」

「ご謙遜を。我々の見立てでは、社長の次に影響力をお持ちなのはあなたです」

その見立ては半分当たっている。現社長の霜田とは子供の頃からの付き合いであるため、彼に意見できる社員は星野だけだった。ワンマン経営の霜田の方針を軌道修正するのは、いつも星野の役割だった。

料理が運ばれてくる。午後一時を過ぎているが、店内はそれなりに混んでいる。商談をしているビジネスマン風の客が多かった。夜は若い客で賑わいそうな感じだった。この際だから訊いておくか。フォークを手にとりながら星野は訊いた。

「それで、私たちの再就職先についていて目星はついたんですか？」

高瀬はすぐには答えなかった。もったいぶったようにゆっくりとパスタをフォークに巻きつけ、それを口に運んだ。それを咀嚼《そしやく》しながら彼は答えた。

「ええ。大方は」

「どのあたりでしょうか？」

高瀬はフォークを持ったまま答えた。

「S社です。水道橋にある」

敢えてアルファベットで言ったらしいが、地名との組み合わせで明らかだ。水道橋にある出版社となると、新生館しか考えられない。あんな大手の出版社が、本当に――。

「社長と林さん以外の七名全員、引きとってくれるという内諾を得ています。事業譲渡の形になるでしょう。S社が星霜社のすべての権利を買いとる形です。当然『旅とグルメ』も対象ですし、これまで星霜社が手がけてきた書籍も対象となります。そして社員の皆さん方も」

事業を手放す見返りとして、社員の雇用確保や、その他諸々の負債の補塡などがなされるらしい。

「S社は大手ですからね。拒む人なんていないでしょう」

余裕たっぷりの顔つきで高瀬が言った。悔しいが何も言い返すことができない。

新生館。業界最大手の総合出版社だ。一般書、漫画、雑誌、専門書とありとあらゆる書籍を出版している老舗だ。特に漫画週刊誌『少年ジェット』は毎週の発行部数が五十万部を超えるマンモス誌で、星野も小中学生の頃は愛読していた。

「配属先については未定です。プレゼン当日までに具体的な話を詰めていきたいと思っています」

さすがだ。星野は内心唸った。まさか新生館ほどのビッグネームが出てくるとは思ってもみなかった。新生館なら再就職先として悪くない。いや、出版業界ではこれ以上ないと言っても過言ではない。

「星野さん、よろしくお願いします」

食後のコーヒーを飲み終えると、高瀬は含みを持たせる言い方で頭を下げた。高瀬が支払いを申し出たが、そこは何とか割り勘にしてもらった。徒歩でも帰れる距離なので、高瀬とは店の前で別れた。会社に向かって歩き始めたところで、スマートフォンにメールが届いた。フリーライターの池田真緒からだ。

内容は昨日送った六月号の最終チェックに関するものだった。問題ないとのことなので、六月号に関する彼女との仕事はすべて終了となる。それはつまり、彼女との仕事上の関係が途切れることを意味していた。

さきほどの高瀬の提案を思い出す。新生館への再就職は何とも魅力的なオファーだ。同じくプレゼンを争う真波莉子は、複数の出版社に受け入れを打診していると思われた。たとえば先日莉子から聞かされたタイガ社や大洋堂出版も悪くはないが、ネームバリューという点では新生館に遠く及ばない。それに――。

漫画を専門とするタイガ社や、教科書の出版を扱う大洋堂出版に入ってしまえば、フリーライターの真緒との関係もそこで途切れてしまう。万が一、新生館に再就職して、そこで復刊する『旅とグルメ』の編集部に配属されれば、また彼女と仕事ができるかもしれないのだ。さすがにそれは夢を見過ぎだろうか。

小雨が降り始めていた。星野は早足で会社に向かった。戻ったら真っ先に真緒への返信メールを打たなくてはならない。

＊

「ユニバーサル・アドバイザリー？　もちろん知ってるわよ。莉子ちゃん、ユニバーサルと喧嘩してるの？」

天沼未央奈が目を丸くして言ったので、莉子は笑って答えた。

「別に喧嘩してるわけじゃないって。プレゼンで戦うことになっただけ」

「それが喧嘩ってことじゃない。どういうこと？　詳しく聞かせて」

莉子は赤坂にあるコワーキングスペースに来ている。今日は会議室ではなく、共有スペースで未央奈と軽い打ち合わせを兼ねて会っていた。

「へえ、そんなことになったんだ。ていうか、莉子ちゃん。常に誰かと戦ってないと気が済まない性分なのね」

「そういうわけじゃないわ。なぜかこうなっちゃうのよ、いつも」

「で、勝ち目はあるの？」

「ほとんどない」

「へえ、珍しい。莉子ちゃんにしては随分弱気ね。もしかして敵のプレゼン内容を入手したとか？」

「まあね」

ここ数日、時間があるときは星霜社を見張ってくれるよう、城島に依頼していた。ユニバーサル側が何か仕掛けてくるかもしれないと考えたのだ。そして昨日、こちらの網に敵がまんまと引っかかった。

城島が会社の前で見張っていると、社員の星野にユニバーサルの高瀬が接触し、二人はレストランに向かったらしい。城島は簡単な変装をして店に潜入、二人の会話に耳を傾けた。そしてある情報を入手した。

「水道橋にあるＳ社。高瀬っていうコンサルはそう言ったみたい」

「Ｓ社。ええと……もしかして新生館？」

「多分ね。確証はないけど」

「新生館だったら勝ち目は薄いわね。同じ出版業界の最大手。誰もが行きたがるんじゃないかしら」

　城島から報告を受けたとき、莉子は負けを覚悟した。今、莉子は都内にある出版社を回っているが、まだ五人分の雇用しか確保できていない。この分では負けは濃厚だ。

「ユニバーサルか」未央奈が腕を組んで言う。「何度か仕事で関わったことあるけど、正直あまりいい印象はないわね。莉子ちゃんがあんな奴らに負けるのかと思うと私も悔しい」

「勝ち負けじゃなくて、星霜社の人たちがどういう未来を選択するか、そこに懸かっていると思うの」

「何か方策があるの？」

「一応ね。今、プランを練っているところ」

「さすが莉子ちゃん。私も全面的に応援するわ」

　少々奇抜ではあるものの、アイデアはある。ユニバーサルが新生館への社員全員の再就職を画策しているのであれば、中途半端なプランでは勝てっこない。度肝を抜くような斬新なプランがちょうどいいとさえ思っている。

「あ、思い出した。莉子ちゃん、これ見てよ」

　未央奈が自分のタブレット端末を出し、ある画像を見せてくる。床に座っているバレーボール選手の画像。日本代表の松田茜《まつだあかね》だ。昨年、トランスジェンダー疑惑が報じられて話題になった。モデルのような整った容姿をしており、男性からの人気も高い。

「ある通販サイトの画像よ。動画も売られているみたい」

　松田茜は試合前のストレッチ体操をしているらしく、あまり警戒心もなく股を開いて柔軟体操をしている。盗撮した画像がこうして販売されているのか。

「今、顧問弁護士に動いてもらってるわ。警察に被害届を出すつもり」

「その方がいいわね。あと試合前の練習時の撮影はNGにしてもいいかもしれない」

「私もそう考えてた。近々緊急の理事会を開いて協議しましょう」

驚いたことに動画は五千円で販売されていた。まったく酷い世の中だ。盗撮した女子スポーツ選手の動画をネット通販で売る。肖像権の侵害にも当たるし、卑劣な犯罪行為だ。

「この前、所用で長野に行ったんだけど」莉子はタブレット端末を未央奈に返しながら言った。「帰りの車内でサッカー中継が流れていたの。ぼうっと見ていたんだけど、VARっていうの？　最近のスポーツ、特に審判のジャッジメントに関してはAIがかなり導入されてるじゃない」

「そうね。VARは画期的だったわね」

ビデオ・アシスタント・レフェリーだ。審判の目だけではなく、複数台のカメラを使用して主審をサポートするシステムだ。最近ではそこにAI（人工知能）が組み合わされ、AI審判などとも呼ばれている。

「性的画像の取り締まりにAIを応用できないかと思ったのよ。たとえばバレーボールの試合会場に何台かのカメラをとりつけて、AIを使って学習させるの。盗撮する人には外見的な特徴とか写真を撮るタイミングとか、癖みたいなものが必ずあると思うのよ」

「そういう癖みたいなものをAIに学習させて、盗撮者を炙《あぶ》り出すってことね」

「そういうこと。やってみる価値はあると思うけど」

未央奈が立ち上がった。彼女も莉子に負けず劣らず行動が早い。スマートフォン片手にどこかに行った。五分後、戻ってきた彼女が言った。

「首都工科大学にＡＩ研究をしている教授がいるんだけど、一応話だけは聞いてくれることになった。莉子ちゃん、同行してくれる？」

「もちろん。予定が決まったら教えて」

今日も問題解決の糸口が見つかり、そこに向けた具体的なアクションがある。これだから仕事はやめられない。

＊

火曜日の昼。城島は日本橋に来ていた。もちろん一人だ。莉子の姿はない。彼女は赤坂にあるコワーキングスペースで仕事をしており、夕方まで迎えの必要なしと言われていた。

例の〈ソラ〉という名の創作フレンチの店だ。かなりの人気店らしく、正午過ぎには五、六人の行列ができるほどだった。ネットで調べると夜の価格帯に比べてランチは格安になっているようだ。

時刻は午後十二時四十五分。ドアを開けて中に入る。店は奥に長い造りになっていて、手前から四人掛けのテーブル席が四台、並んでいた。カウンター席も六席ほどあった。若い男性スタッフが近づいてきて、カウンター席に案内される。料理を作っているのは例の男だ。薄く髭を生やしていて、何ともお洒落な感じのコックだ。厨房にいるのは彼だけだった。

ランチメニューは三品だけ。そのうちの一つ、ハンバーグステーキのセットを男性スタッフに注文した。すでにランチタイムのピークは過ぎているようで、店内は落ち着いた雰囲気だった。

実は昨日の夜も城島はこの近くまで足を運んでいる。昨日も莉子は夜の迎えは不要と言ったため、城島は夜の九時くらいからここを見張っていた。すると午後十時前、先日と同様に莉子が店の前でタクシーを降り、店に入っていった。そして一時間半ほど経ってから、二人は出てきた。先日と同じく二人は肩を並べて去っていった。

二人の間には何かある。もはやそれは疑いようのない事実だった。閉店した店の中で一組の男女が九十分間も何をしているというのだ。しかも美男美女という組み合わせ。何もない方がおかしい。

城島はスマートフォンを出し、画面を見る振りをしながら、全精力を注いで厨房内に立つコックの様子を観察する。今はフライパンでハンバーグを焼いていた。きっと城島が注文したものだろう。ブランデーを注ぐとパッと炎が上がった。手際よく調理を進めている。フライパンの柄を握る左手に城島は着目した。薬指に銀色の指輪が光っているではないか。この男、既婚者なのか。

戸籍上は違うが、莉子も一応既婚者ではある。いわゆるダブル不倫というやつか。でもあの莉子が……。城島は信じることができなかった。

彼女は家では一切そういう素振りを見せない。今朝も三人で朝ご飯を食べた。城島が作ったハムエッグを――朝食を作るのは城島の役割になっている――美味しそうに食べていた。

愛梨ともいろいろ話していた。愛梨の小学校での出来事が主な話題だった。クラスの誰々がどうしたとか、今度の体育の授業がどうのこうのといった話題だ。莉子は愛梨の言葉に笑ったり、時には適切なアドバイスを送ったりと、いつもと変わらぬ様子だった。もし彼女が本当にこのコックと不倫していたら？　そんなことを考えると人間不信に陥ってしまいそうだ。

「お待たせいたしました」

男性スタッフがハンバーグランチを運んでくる。白い皿の上にハンバーグが上品に置かれている。一口食べてみると、驚くほどに美味だった。特にソースが複雑な味わいだ。トリュフの香りもする。旨いのだが、どこか腹立たしくて仕方がない。俺は今、妻の不倫相手が作った料理を食っているのかもしれないのだ。

半分ほど食べたところでスマートフォンにＬＩＮＥのメッセージが届く。莉子からだ。別にやましいことをしているわけではないが、少しだけ罪悪感を覚えつつ、城島はＬＩＮＥを開いた。

『予定変更。これから出かけたい。北相模に戻っちゃった？』と記されていた。城島がすぐに『本社です。今から向かいます』と返信すると、すぐに既読マークがつき、お願いしますを意味するスタンプが送られてきた。城島が籍を置くジャパン警備保障は東京都丸の内に本社が置かれており、そこで書類仕事をすることもある。

慌ててハンバーグランチを食べ終え、席を立った。店の出入り口付近にあるレジに向かう。応対してくれたのは若い男性スタッフだ。イケメンコックは今、厨房の奥に姿を消している。城島は財布から紙幣を出しながらそれとなく言った。

「最近、奥さんは店に出てきてないの？」

完全にはったりだ。しかし男性スタッフは城島のことを常連客の一人と認識したのか、ごく当然のように答えた。

「お子さんが生まれてからは店に出ることは減りましたね」

「そうなんだ」

既婚者でしかも子持ちであることが確定する。レジの前に店の名刺が置かれていたので、城島はそれを一枚もらった。お釣りを受けとってから店を出る。近くのコインパーキングに向かい、車に乗り込む。名刺を見ると、そこにはオーナーシェフの名前が記されていた。

向坂晃司《さきさかこうじ》。名前までカッコいいじゃないか。少し腹が立ったが、これから莉子を迎えにいくのだ。名刺を内ポケットに入れ、表情を引き締めてから城島は車を発進させた。


「へえ、『旅とグルメ』か。何度か買ったことあるよ。結婚する前、女房と旅行する機会があったんだが、そういうときには参考にさせてもらったな」

城島は八重洲《やえす》にある居酒屋にいた。職場であるジャパン警備保障の本社近くの店だ。一緒に杯を傾けているのは上司である的場《まとば》だ。彼も城島と同じく元警視庁のＳＰであり、今は警備部門の責任者を務めている。

「出版業界も大変だな。まあどの業界も同じようなものかもしれんが」

今日は木曜日の夜だ。いよいよ明日、プレゼンテーションがおこなわれる。莉子はその準備に追われている様子だった。

「あ、そうそう。来週から新人の研修があるんだが、お前にも手伝ってもらうぞ」

「わかりました」

「Z世代ってやつは難しいよ。下手に強く注意してしまうと、いきなり辞めるとか言い出すからな」

話題は自然と仕事の話になり、若い世代の取り扱いの難しさで盛り上がる。警視庁上がりの城島たちにとって、民間の警備会社に入社してくる者たちは少々物足りない部分があったりする。しかしそれを注意してしまうと、今のご時世ではパワハラと認定されてしまうのだ。

「そろそろ行くか。明日も仕事だし」

会計を済ませ、店の前で的場と別れた。車は自宅に置いてきたので、電車で帰らなければならない。駅に向かって歩いているとスマートフォンに着信が入ってくる。実家の兄、裕一《ゆういち》からだ。彼から電話がかかってくるのはおよそ二年振りだ。城島は電話に出る。

「もしもし」

「真司か。俺だ。今大丈夫か？」

「ああ、大丈夫だけど。何かあったのかい？」

城島の脳裏に浮かんだのは両親のことだった。どちらかが大きな病気にでも罹ったのではないか。そう思ったのだ。親の介護が社会問題となっているのは今回の星霜社の件でも目の当たりにした。城島にとっても他人事《ひとごと》ではない。

「別に何もないよ。さっきまで町の寄り合いに参加していてな。たまたま隣に座ったのがお前の同級生だった。真司は元気にしてるかと訊かれて、何て答えたらいいのかわからなかったよ。元気にしてると答えておいたけどな」

「元気にしてるよ」

「それは何よりだ。娘さん、愛梨ちゃんだっけ？　もう大きくなったんだろ？」

「小学五年生だ。兄貴の子供だってもう……」

「うちはとっくに成人してる。社会人だよ」

城島は三人兄妹の真ん中だ。上に兄の裕一、下に妹の美沙《みさ》がいる。城島は高校まで地元山梨県の片田舎に住んでいて、大学進学を機に上京した。大学生の頃は盆や正月には帰省していたが、父親との確執がきっかけとなり、もうかれこれ二十年以上、帰省していない。

「親父も年のせいか丸くなったぞ」

今年で七十二歳になるはずだ。筋骨隆々とした父は、上半身裸のまま庭で竹刀を振っているような男だった。あの父が丸くなったというのは少々信じ難い。

「夏に法事がある。じいちゃんの七回忌と、ばあちゃんの三回忌を一緒にやる予定なんだ。よかったら帰ってこないか？」

兄は酔っているようだ。兄の口からはっきりと「帰ってこい」と告げられたのは初めてだった。祖父母の葬式にも駆けつけなかったくらいなのだ。それほどまでに実家との断絶は深かった。

「わかった。考えておくよ」

とりあえずそう答える。電話の向こうで裕一が言った。

「前向きに検討してくれ。じゃあな」

通話が切れる。兄はこちらの事情など何一つ知らない。今は十歳以上年が離れた女性と事実婚の状態にあり、しかもその女性というのは現総理大臣の隠し子なのだ。

気は晴れなかった。頭に浮かぶのは向坂というイケメンシェフだ。仮に莉子が本当に不倫していたとしても、彼女や相手の男を糾弾する気にはなれなかった。やはり最初から間違いだったのだ。城島としては潔く身を退く構えだが、それをしてしまえば愛梨が悲しむのではないか。娘が悲しむ顔を父親としては見たくない。複雑な心境だ。

駅に近づくにつれ、人の往来が増えていく。帰りの電車内で飲むミネラルウォーターを自販機で購入してから、城島は地下鉄への階段を駆け下りた。

＊

「いやあ、どうなるんだろうね」

「俺はユニバーサルに一票だな。だって新生館だよ、新生館。俺、一回落ちてるんだよ、就活のときに。あんな大手の出版社に中途入社できるなんて夢みたいだ」

「お前だけ入れてくれなかったりして」

「冗談はやめてよ、もう」

星野ら星霜社の社員たちは会議室にいた。遂にプレゼン当日である金曜日を迎えたのだ。

さきほどから社員たちは談笑している。ユニバーサルが再就職先として新生館を候補に挙げているのは、すでに社員の間でも話題になっていた。星野は誰にも洩らしていないので、おそらくユニバーサルの人間は別の社員にも接触したものと思われる。

会議室のドアが開き、社長の霜田とユニバーサルの高瀬と永井が入ってくる。永井はスーツ姿だったが、高瀬はプレゼン当日だというのにジーンズに黒いライダースジャケット姿だ。ここまで徹底してくれると逆に清々しいというものだ。

続いて真波莉子が入ってくる。彼女は薄いグレーのパンツスーツだった。彼女の背後には生真面目そうな男が従っていた。いつものボディガードではない。いったい何者か。

両者の間で事前に取り決めがあったのか、最初にプレゼンをするのはユニバーサルだった。高瀬が前に出る。

「こんにちは。ユニバーサル・アドバイザリーの高瀬です。我々がご提案するのは某出版社への事業承継及び再就職先の確保です。我々が予定しているのは業界最大手、新生館への事業承継でございます」

プロジェクタの画面に新生館の簡易説明が出る。そんなものを見ずとも出版業界に身を置く者なら誰しも知っている。

「社員の数は七百人程度。年間の売り上げは一千億を超える総合出版社です。会社の創業者は……」

改めて見ると、星霜社とは雲泥の差だ。あちらが巨大なコンテナ船だとすれば、こちらは小さな漁船レベル、いやそれ以下かもしれない。

「我々が内々に打診したところ、事業承継について色よい回答を得ております。御社の代表的発行物『旅とグルメ』については是非引きとりたいと申しておいでです。これまでに刊行されたすべての書籍の権利等につきましても、いったん新生館に移る予定です。その次に皆さんの再就職についてですが……」

周りの社員たちが身を乗り出す気配を感じた。一番重要なのは自分たちの行く末がどうなるのか。そこが切実な問題だ。高瀬は余裕たっぷりの表情で続けた。

「霜田社長と林さん以外の七名の方が、再就職先の斡旋を希望していると伺っております。その七名様に関しましては、もれなく新生館に再就職できる旨をお伝えいたします。現時点では編集局第二編集部、ここは雑誌編集に携わる部署のようで、七名全員がこちらに配属される予定となっております。最初の仕事は当然、『旅とグルメ』のリニューアル刊行になるでしょう」

星野は周囲の社員たちの顔色を窺う。誰もが満足げな顔をしている。業界最大手の出版社への再就職が約束されたのだ。喜ばない方がおかしい。

質疑応答に移る。最初に手を挙げたのは五十代の社員だった。

「再就職後の給料はどうなるのでしょうか？」

「現在、皆さんがもらっている給料の水準を維持することをお約束します。ほかに住居手当等の各種手当につきましても、あちらの規程に合わせて支給される予定になっておりますので、手取り分に関しては増える方が多いでしょう」

続いていくつか質問がなされたが、高瀬は澱みのない口調で回答し、質疑応答は終了した。百点満点に近いプレゼンだ。それが星野の率直な感想だった。

果たして、対する真波莉子はどのようなプレゼンを展開するのか。気になるところだった。ユニバーサルの示したプレゼンに勝る案など、どこをどう探してもありそうにない気がするのだが……。

「それでは真波さん、よろしく頼む」

霜田の声に反応して、莉子が前に出た。ユニバーサルの二人は窓際の椅子に座り、お手並み拝見といった顔つきで莉子の方を見ている。彼女は開口一番、こう言った。

「私がご提案したいのは、皆さんを幸せにするためのライフプランです」

幸せにするライフプラン。彼女が言わんとしている意味がわからなかった。ほかの者も同様らしく、一様に首を捻っている。莉子は笑みを浮かべて続けた。

「今回、ユニバーサル・アドバイザリーとプレゼンで対決するに当たり、正攻法では勝負にならないと私自身考えておりました。そして蓋を開けてみれば予想通りでした。社員全員を新生館に再就職させるなど、私には真似のできない芸当です。さすがM＆Aのスペシャリストと言わざるを得ないでしょう」

莉子は最初に敵のプレゼンを褒めた。しかし彼女の口調にはどこか余裕が感じられる。負けを覚悟した者の開き直りか。それとも――。

「私が着目したのは幸福度です。人生における満足度と言い換えてもいいかもしれません。残りの人生を新しい環境、つまり新生館に捧げることが、皆さんの幸福に繋がるのでしょうか。要するに皆さんは自分の人生を新生館というマンモス出版社に捧げることができるのか。私はそう問いたいのです」

答える者はいない。自分の人生を捧げるという表現は多少大袈裟に感じる。要は仕事だ。会社が潰れてしまったから、別の会社に移る。それだけだ。

「ここは思い切って、百八十度舵をきってしまってはどうか。私はそう考えました」

会議室のドアが開き、ボディガードの城島が入ってくる。彼はなぜか二本のワインボトルを持っており、それを莉子の近くのテーブルの上に置いた。莉子はそのうちの一本を手にとった。

「先日、某所でワインを飲む機会があり、私はこのワインと出会いました。長野県で生産されたものですが、大変美味しくて衝撃的とも言えるほどでした。日本でもこんなに美味しいワインが造られるようになったんだな。そう思ったほどです」

城島が会議室の中を動き回り、皆にプラスチック製のワイングラスを配っている。

「そこで私からのご提案です。星霜社の皆さん、私と一緒にワイナリー作っちゃいませんか？」

星野は自分の耳を疑っていた。今、この人は何て言った？　ワイナリーを作るとか言わなかったか？　ワイナリーって、ワインを造るところだよな。いったい何を言い出すのだ、この人は。

＊

鳩が豆鉄砲を食ったような顔で、皆がこちらを見ている。莉子は持参したソムリエナイフを操り、ワインのコルクを抜いた。会議室を回り、ワインをグラスに注いでいく。ちょうどボトル一本がなくなった。莉子は元の位置に戻って言った。

「まずはお飲みください」

恐る恐るといった顔つきで社員たちはワインを飲む。もちろん、ユニバーサルの二人にもワインを振る舞っている。莉子は霜田に訊いた。

「社長、いかがでしょう？」

「うん、たしかに旨い。ソービニヨン・ブランだな」

「ご名答です。こちらのワインは社長の出身地でもある長野県東後市のワイナリーで生産されました」

「そうなのか？」

「はい。東後市のワイン造りは活気に溢れています。二〇〇〇年代初めに東後市産のワインが国際的に高い評価を受けたのがきっかけとなり、ワイナリーや栽培農家が急増して、その勢いはまだ続いています。これは長野県全体で言えることでして、県は二〇一三年に『信州ワインバレー構想』を発表し、行政としてワイン産業を推進しております。あ、私なんかが説明しなくても、博学の皆様ならご存じかもしれませんね」

実は星霜社の社員は皆、ワイン・エキスパートの資格を持っている。話を聞いたところによると、彼らは仕事でフランス料理やイタリア料理を食べることが多いため、霜田の鶴の一声で全員が資格をとることを義務付けられたらしい。莉子が説明しなくても彼らはワインに詳しいのである。

「ゴールドラッシュならぬワインラッシュと言えるほどの賑わいをみせている東後市ですが、そこは競争社会であるため、光もあれば影もあります。なかなか経営がうまくいかず、倒産してしまうワイナリーもあるようです」

莉子はタブレット端末を操作して、プロジェクタの画面に写真を表示させた。東後市内にあるワイナリーの外観だ。丸太小屋っぽい造りのオフィスがあり、その向こうにはワインを醸造する工場もある。

「これは東後市内にある、今年の三月末で閉鎖となったワイナリーです。十五年ほど前に都内のレストラン経営者が建てたもので、現在は売りに出されています」

コロナ禍で本業のレストラン経営が打撃を受けたため、ワイナリー経営が疎かになり、遂に閉鎖することになったらしい。この物件についてはあのジャンが教えてくれたのだ。

「詳しく説明いたします」莉子はそのワイナリーの詳細情報を画面に表示させた。「栽培面積は六ヘクタール、標高は五百メートルから七百五十メートル、現在栽培されている主要品種はソービニヨン・ブラン、シャルドネ、メルローで、最盛期のワインの生産本数は一万二千本でした。ちなみに従業員数は正規スタッフが六名だったようです」

ブドウ畑や工場内の様子など、莉子は次々と画像を表示させた。誰もが驚きを隠せないといった様子で画面を見ていた。霜田が手を挙げた。

「ちょっと待ってくれ。つまりあんた、私たちに東後市に移住してワイナリーを経営しろって言いたいわけか？」

「その通りです。社長や林さんにとってはUターン、ほかの方々にとってはIターン転職というものですね。ここである方をご紹介します。東後市役所の山宮《やまみや》さんです。彼からは東後市に移住した場合の特典等を説明していただきます」

スーツ姿の男が莉子の隣にやってくる。彼の名前は山宮といい、東後市役所の職員だ。今日のためにわざわざ東後市から来てもらったのだ。今週、二度ほど東後市に行き、ワイナリーを見学するついでに市役所にも足を運んだ。こういうときは行政を巻き込んでしまうのが得策であると、元公務員の莉子は知っている。

「東後市役所広報課の山宮です。真波さんに代わって説明いたします。現在、国がおこなっている『地方創生移住支援事業』というのがございまして、東京二十三区内から地方に移住した場合、最大で百万円、単身世帯では六十万円の支給を受けることができます。細かい条件等はありますが、私が調べたところによると皆さんは支給の条件に合致するものと思われます」

国はほかにも『地方創生起業支援事業』という施策もおこなっており、地方で起業した場合は最大で二百万円を受けとれる。ただし細かい条件等もあるため、支給されない場合もある。こちらに関しては県の担当者に問い合わせ中だ。

「あとは東後市が独自に実施している施策として、空き家バンクというものがあります。市内に登録されている空き家を移住者に対して安価で貸し出す制度です。月二万円から五万円で一戸建ての住宅を貸し出しています」

山宮が説明している間に莉子は二本目のワインを開け、皆のグラスに注いでいく。今度は赤ワインだ。品種はメルロー。

「あとは子育て世代には商品券の配布、要介護の方がいる世帯にはタクシークーポンの配布などもおこなっております」

現在、地方の各自治体ではより多くの移住者を呼び込むため、独自の施策を打ち出している。東後市も例外ではなく、移住支援に関するいくつかの政策を実施していた。

「移住における最大のデメリットは、生活の不便さだと言われております。学校が少ないとか、病院が遠いとか、そういう話ですね。たしかに東京の便利さに比べると数段落ちますが、我が東後市はそれなりに発展しており、多少の不便さはあるものの、快適に過ごしていただけるものと考えております」

莉子はタブレット端末を操り、東後市内の小中学校の数、市民病院の場所、主要スーパーやコンビニエンスストアの写真などを連続して表示させた。

「是非当市にお越しくださいませ。そのときには歓迎いたします」

山宮が腰を折って挨拶をして、後ろに下がっていった。莉子は一歩前に出る。

「この度の星霜社の問題は、五人衆と呼ばれる会社創立に携わったメンバーの高齢化、介護離職問題に端を発していると私は考えます。すでに退職された吉見さんと新井さんもそうですし、林さんもそうです。社長も同じような心境だと伺っております。あとはお若いのに苦労されている方もいるようです」

莉子はチラリと星野を見た。彼の父は車椅子生活を余儀なくされていて、介護に苦労しているのは城島の調べでわかっていた。星野は莉子の視線に気づき、ハッとしたように背筋を伸ばした。

「五人衆の皆さんが東後市のご出身であり、しかも東後市はワインの銘醸地であること。この巡り合わせを利用しない手はありません。東後市内には介護施設もございますし、ご両親を預けて働くこともできるでしょう。社長も林さんもまだ六十二歳とお若いですし、仕事をお辞めになるには早いです。私の提案するワイナリー経営案においては、お二人にはまだまだ現役でいてもらわないと困ります」

霜田と林は何とも言えない、複雑な顔をしている。実際、彼らはまだ仕事がしたいはずだ。可能であれば先に退職した二人にも声をかけるつもりでいた。

「明日は土曜日。天気予報では全国的に晴れるそうです。百聞は一見に如《し》かずと言います。実際に東後市に出向いて、そのワイナリーを見学するというのはいかがでしょうか？」

いきなりの提案に社員たちは面食らっている。それでも霜田を筆頭に反対する者はいなかった。彼らは『旅とグルメ』の編集者であり、もとより旅行好きの面々が集まっているのだ。

「私の提案するライフプランはいかがだったでしょうか。大手出版社に再就職して、肩身が狭い思いをして働くよりは、ブドウを育ててワインを造る方がはるかに健康的ですし、幸福度も高いと思います」

高瀬が咳払いをして、不満げな顔で言った。

「肩身が狭い思いをするですって？　撤回してください」

莉子はそれには答えず、みずからのプレゼンを締めくくった。

「私からは以上です」

＊

「いい感じです。皆さん、頑張りましょう」

城島は立ち上がり、腰のあたりを気にしながらあたりを見回した。星霜社の社員たちがブドウの苗木を植えている。普段はパソコンとにらめっこしている編集者たちも、慣れない作業に四苦八苦している様子だった。それでも基本的に彼らの顔からは笑みが零《こぼ》れている。

星霜社の一行は長野県東後市を訪れていた。午前中は莉子が探してきた売り出し中のワイナリーを見学し、午後になってジャンのワイナリーにやってきた。今日、ジャンのブドウ畑では新しい区画にブドウの定植作業をおこなっており、流れでそれを手伝うことになったのだ。実は莉子が裏でこうなるように仕向けていたのではないか、と城島は推察している。

「お父さん、サボってないで」

「サボってるんじゃない。休憩してただけだ」

愛梨も一緒だった。基本的に二人一組になり、ブドウの苗木を植えていくのだ。事前に機械で穴が開けられていて、その穴に細長い苗木を入れ、土を被せていくだけの単純作業なのだが、これがなかなか骨が折れる。

三十分ほど作業が続き、用意されていた二百五十本の苗木をすべて植え終えた。ホースから水が撒かれると、綺麗な虹が見えた。

「皆さん、お疲れ様でした。今日の分は終わりです」ジャンが城島たちに声をかけてくる。

「ワインと軽食を用意しました。皆さん、こちらにお越しください」

　ブルーシートが敷かれ、その上にサンドウィッチなどの軽食が載せられた皿と、ワインが数本置かれていた。城島もワインを飲む。疲れた体にワインが染み渡っていく。社長の霜田がジャンに訊いた。

「ジャンさん、今日植えたこの苗木、ブドウがなるのはどれくらい先なんだい？」

「三年ほどでしょうか」

「へえ、そんなに先なのか」

「はい。今後は剪定作業が重要になってくるんです。栄養を実に届けるためには、不必要な枝は除去する必要がありますから。つまり今日植えたブドウが収穫できるのは三年先、そこからさらにワインにして醸造するので、皆さんが飲めるのは最低でも四年後です」

　星霜社の社員たちはジャンの話に熱心に聞き入っている。城島は立ち上がり、少し離れた場所にいる莉子のもとに向かった。彼女はワインを飲んでいないようだ。スカートを穿いてきてしまったため、定植作業には参加していない。

「莉子さん、飲まないんですか？」

「ええ」と莉子は答えた。「帰ってから少し仕事をしたいから。愛梨ちゃんも楽しそうでよかった」

「平日は塾ばかりですからね、あいつは。息抜きも必要ですよ。それより……」

　城島は振り返った。皆の輪から少し離れた場所にユニバーサル・アドバイザリーの高瀬と永井の姿もある。ジャンから振る舞われたワインを飲んでいるようだ。

「どうして彼らも呼んだんですか？　別に彼らはここを見学する意味、ありませんよね？」

すでに昨日、両者はプレゼンを終えている。あとは週明け、社員九名の投票を待つだけだ。二人がこうしてわざわざ東後市まで足を運ぶことに意味などなさそうにみえるのだが。

「もし私がプレゼンに勝った場合、あとのことは彼らに任せようと思っているの」

「えっ？　どういう意味ですか？」

「そのままの意味よ。閉鎖されたワイナリーを再建するって一言で言っても、結構煩雑な作業があると思うの。たとえば銀行から融資も受けないといけないし、場合によっては新会社を設立しなきゃいけないかも。だから彼らにはコンサルとして引き続き手伝ってほしいと思ってる。まあ、私の案が勝ったらの話だけど」

会社も清算しなければならない。そのうえで社員をIターンで東後市まで連れていき、そこでワイナリーを再建する。たしかに相当な労力を必要とするだろうし、役所や金融機関との交渉事も多そうだ。そのあたりをユニバーサルに丸投げするつもりなのか。

「一応、彼らにも私の意思は伝えたわ。こうして足を運んでくれているということは、彼らも満更ではないのかもしれないわね」

城島は莉子との付き合いが長いため、彼女の仕事術というのを間近で見てきた。あらゆるものを——たとえそれが敵であっても——利用するのが彼女の流儀の一つだった。

「お父さん、ジャンさんがカート乗せてくれるって。行ってもいい？」

愛梨が大声で訊いてくる。いつもの塾の行き帰りの素っ気ないやりとりに比べると、今日は少し子供っぽい。

「ああ。気をつけるんだぞ」

愛梨がジャンの運転するカートに乗り込んでいく。ゴルフ場などで見かける小型の屋根付きカートだ。ゆっくりとカートが走り出した。それを見守っていると、隣で莉子が言った。

「真司さん、ちょっとよろしいですか？」

改まった口調になっている。少し緊張の度合いが増し、城島は背筋を伸ばした。

「な、何でしょうか？」

「折り入って大事な話があります。そうですね。来週月曜日、プレゼンの結果が判明する日の夜、少しお時間をとっていただけると有り難いです。できれば愛梨ちゃんも」

「わ、わかりました」

莉子が前に進み、星霜社の社員たちに声をかけた。今日の感想などを聞いているようだ。その姿を離れた位置から城島は見守った。

大事な話とはいったい何か。おそらくあの日本橋の創作フレンチ店のシェフとも無関係ではないだろう。たとえば男の方が離婚が成立し、晴れて二人は一緒になることに決まったとか。戸籍上は何の縛りもないため、莉子が城島父娘から離れることに制約などない。

空を見上げる。雲一つない青空が広がっているが、城島の心は一足早く梅雨入りしたかのように晴れなかった。

＊

「星野君はどう考えてる？　やっぱり一番若いんだし、新生館に行きたいんだろ」

八重洲地下街にある居酒屋にいた。時刻は午後八時過ぎ。さきほど北陸新幹線で長野から帰ってきた。四十代の若い社員四人が何となくまとまる感じになり、そのままこの店に入ったのだ。

「正直迷ってます」

星野が率直に胸の内を語ると、ほかの三人は驚いたような顔をした。星野は続けて言った。

「僕の父、東後市生まれなんですよ。僕はあまり馴染みのない土地ですけど、さほど知らない土地というわけでもないですし」

「そっか。星野君のお父さん、五人衆だったんだよな」

父は実家のある東後市に戻りたいのではないか。根拠はないが、そんな風に思うことがこれまでにも何度かあった。たとえばテレビに長野県の田舎町の風景が映ったときの懐かしそうな表情とか、先祖の仏壇に長々とお経を唱えているときの横顔とか、そういうときに父の本心が垣間見えるような気がするのだ。

「俺はワイナリー案に一票投じようと思ってるよ」

一人の男が早くも宣言する。彼はもともと文芸志望で、できれば小説などの編集がしたいと常々言っていたため、総合出版社である新生館への再就職を希望するものと思っていた。彼が続けた。

「俺も四十半ばで、そろそろ老後の心配もしなくちゃならんだろ。幸いなことに独り者だし、キャリアチェンジするなら今しかないような気がしてさ。つい先日まで会社が潰れるなんて思ってもみなかった。こういう生活がずっと続いていくんだろうと思っていたけど、それが突然、目の前に違う道が現れた。俺はこの新しい道に進んでみたい気がする。怖い気持ちはあるけど」

別の男が笑みを浮かべて口を挟んだ。

「今日の苗植え、楽しかったよな」

「ああ。マジで楽しかった。ああやってワイン造りが始まるんだなって体験できたのはデカかったよ。それに考えてもみろよ。新生館に再就職できたとするだろ。最初のうちはいいかもしれない。『旅とグルメ』のリニューアルに携わって、今と同じような仕事ができるはずだ。でもそのうち定期人事異動ってやつが必ずやってくる。そうしたらバラバラに解体されて、わけがわからない仕事をさせられるかもしれないだろ」

その懸念は星野にも理解できる。七人まとまって仕事ができるのは最初だけだ。あとは個々での戦いになるのは明らかだった。外様《とざま》である自分たちが業界最大手の出版社でやっていけるのか、それを考えると怖気《おじけ》づいてしまう気持ちもある。

「俺は新生館に一票入れるよ」三人のうち、一番年長の男が言った。「うちはまだ下の子が小学生だし、上の子も受験とか控えているしね。長野県に引っ越したいなんて言ったら女房に何言われるかわからないよ。一人で行ってきなって言われるだろうな」

妻帯者、特に子供のいる家庭はそうかもしれない。そう簡単に見知らぬ土地にIターンなど難しいだろう。

それでも四人中二人がワイナリー案に傾いているのが意外だった。すんなりと新生館に決まるものとプレゼン前は予想していたからだ。莉子が出してきた案があまりにも突拍子がなく、同時に魅力的だったのは認めざるを得ない。星野自身もワイナリー案に傾いていた。

割り勘で支払って店を出た。その場で別れてそれぞれが帰路に就く。電車に揺られながら星野はあれこれ思案したが、自分の中で答えは出ているような気がした。あとは覚悟を決めるだけだ。

自宅の最寄り駅に着き、駅近くのコンビニで缶のハイボールを買った。すでにかなり飲んでいるのだが――新幹線の車内から飲んでいる――あと一杯だけ飲みたい気分だった。帰路途中にある公園に入り、小さなベンチに座った。夜のため公園には人があまりいない。たまに犬の散歩をしている人が通りかかる程度だった。

スマートフォンを出す。今日撮った東後市の画像を眺める。ジャンのワイナリーで定植作業に参加したのが夢のようにも思えたが、その疲労だけは確実に全身に残っていた。

電話帳を開き、フリーライターの池田真緒のデータを呼び起こした。基本的に土日には電話をかけないようにしているが、これは酔った勢いだと自分に言い訳をしてから、星野は真緒に電話をかけた。電話は繋がらなかった。

ああ、いったい俺は何をやっているんだろう。罪悪感に駆られてハイボールを一口飲んだときだった。スマートフォンに真緒から着信が入る。星野は咄嗟にスマートフォンを耳に当てた。

「はい、星野です」

「池田です。すみません、ちょっと掃除中だったので」

「こちらこそすみません。休日にお電話してしまいまして」

「構いませんよ。どういうご用件かしら？」

「実は、個人的な相談というか……」

どうにでもなれ。腹を括り、星野はこれまでの経緯を説明する。星霜社の今後についてプレゼンがおこなわれ、そのうちのワイナリー案に心が動かされていること。話を終えると電話の向こうで真緒が言った。

「星野さんご自身はワイナリーの経営に携わってみたいと考えておられるんですね？」

「ええ。一時の気の迷いかもしれませんが、新生館みたいな大きな出版社で働くよりも、田舎のワイナリーで汗水垂らして働く方が自分の性に合っているかもしれないと思っているんです。それにワインは大好きですし、『旅とグルメ』でお世話になったお店とかに、将来僕が造ったワインを置いてもらえる。そう想像するだけでワクワクしてきます。僕、間違ってますかね？」

「とても素敵だと思いますよ。私が星野さんの立場だったら長野に行くと思います」

非常に嬉しい言葉だった。これってつまり、彼女は俺と一緒に長野に来てくれる。そういうことか。なぜか星野はそう勘違いし、暴走する。

「でしたら、俺と一緒に長野に行きませんか？」

言った瞬間、しまったと思った。しかしあとの祭り。どうやって言葉を撤回しようかと思案していると、電話の向こうで彼女が言った。

「何か星野さん、いろいろな段階を端折《はしょ》っているような気がしますけど」

「……すみません。今の言葉、失言でした。なかったことにしてください」

「なかったことにはしません。大人なので自分の発言に責任を持ってください。私はフリーのライターなので基本的に打ち合わせとかはリモートでできます。もし星野さんが長野でワイナリー経営に携わるのであれば、私もそこで働いてみたいです。農業とかしたいなってずっと思っていたので」

「ほ、本当ですか？」

「はい。嘘じゃありません。一度お会いして詳しい話を聞かせていただけると有り難いです」

「わかりました。でしたら来週だと……」

予定を調整してから通話を切った。ハイボールはすでになくなっていた。星野は公園から出て自宅に向かって歩いた。夜空に綺麗な月が見える。このままずっと歩いていけるような、軽やかな心境だった。

＊

「莉子ちゃん、何か手伝おうか？」

「大丈夫よ、愛梨ちゃん。もうすぐできるから座って待ってて」

月曜日の夜。城島は北相模市の自宅にいた。折り入って大事な話があります。そう言われたのは一昨日のこと。いったいどんな話があるのかと戦々恐々と待っていたところ、莉子は夕方からスーパーに買い出しにいき、キッチンで料理を始めた。すでに一時間が経過している。普段は忙しく働いているため、莉子がキッチンに立つのは稀《まれ》なことだ。

「お父さん」と愛梨が小声で訊いてくる。「どういうこと？　莉子ちゃん、かなり気合い入れて料理してるよ。何かあったの？」

「さあ……」

城島も首を傾げることくらいしかできない。莉子は今、揚げ物をしているようだ。飛び跳ねる油に悪戦苦闘している様子だった。

今日の午後、星霜社で投票がおこなわれ、見事莉子の案が採用された。社員九名中、賛成したのは八名で、反対が一名だった。反対したのは受験を控えた子供がいる父親で、彼だけは東後市に行かずに、莉子が探してきた教科書専門の出版社に再就職するつもりらしい。それ以外の八名は東後市に移住し、そこでワイナリーの経営に携わるとの話だった。ただ、星霜社の清算業務も残っているし、ワイナリー経営に関しても膨大な準備があると予想される。引き続きユニバーサル・アドバイザリーが間に入り、ワイナリー経営に向けてのコンサル業務を引き受けてくれることになった。

「もうすぐできるわ。真司さん、スパークリングワインの用意をしてもらえる？」

「わかりました」

冷蔵庫からスパークリングワインを出す。ジャンのワイナリーで購入してきた東後市産のものだ。栓を抜き、グラスに注いだ。莉子が次々と完成した料理をダイニングテーブルに運んでくる。すでにテーブルの上には溢れんばかりの料理が並んでいる。ポテトサラダ、根菜の煮物、ハンバーグなどなど。とても三人で食べ切れる量ではない。

「これで最後よ」

莉子がそう言って大皿をテーブルの上に置く。天ぷらが山盛りになっている。東後市の直売所で買ってきた季節野菜の天ぷらだ。

「じゃあ食べましょう」

莉子がエプロンを外しながら椅子に座る。「いただきます」と城島は箸をとった。愛梨は早くもハンバーグを一口食べ、「メチャクチャ美味しい」と喜んでいる。

これは何なのだ？　そんな疑問を感じつつ、城島はスパークリングワインを一口飲む。プレゼンが成功したお祝いか？　だとしたら大事な話とは何だろうか。

「真司さん、あなたが私の行動を疑っているのは知ってました。尾行してたわよね？」

「えっ？　あ……」

城島は言葉に詰まる。いきなりそんな話になるとは思ってもみなかった。でも愛梨に聞かせてもいい話なのか。城島の気持ちを悟ったのか、莉子が言った。

「愛梨ちゃんにも聞いてほしいの。大事な話だから」

何事か、といった顔で愛梨が莉子の顔を見る。やはりそういうことか。城島はすべてを悟った。やはり彼女は俺たち父娘の前から立ち去るつもりなのだ。この豪勢な料理は彼女なりの罪滅ぼし。最後の晩餐のための料理なのだ。

城島は固唾《かたず》を呑み、彼女の言葉を待つ。莉子が神妙な顔つきで言った。

「今まで二人に打ち明けてなかったことがあるの。こう見えて実は私、家事全般がすっごい苦手なの」

「へ？」

思わず変な声が出てしまった。城島は口を開いた。

「あのう、ちょっとわからないんだが……。莉子さんが家事が苦手とか、そういう風に思ったことは一度も……」

「最低限のことはできるの。でも特に苦手なのが料理。作るの面倒臭いし、作る暇あったらどこかで買ってきてしまった方が時間を有効利用できる。学生時代からずっとそう思ってた」

そんな素振りは微塵も感じさせなかった。最初に北相模市にやってきて彼女の実家に居候した際のこと。莉子の母親、薫子《かおるこ》は入院中で、朝食の用意や掃除・洗濯等、全部彼女がやっていたと思っていたのだが……。城島がその件について話すと、莉子は申し訳なさそうに俯いた。

「あれは全部、冷凍モノだったの。それがバレないように誰よりも早起きして、ご飯を炊く以外は全部レンジでチン。だから私はパーフェクトなんかじゃないの、全然」

そうだったのか。たしかに彼女はここ最近滅多にキッチンに立たない。朝食は城島が作るし、愛梨が塾に通うようになってから、夕食は三人バラバラで摂ることが多かった。

「このマンションで暮らすようになって、お母さんに頼ることもできなくなった。でも母親らしいことをしてあげたい。そのためにはまずは料理を習おう。そう一念発起して、知り合いのコックのもとに弟子入りしたの。真司さんは知ってると思うけど、彼は未央奈ちゃんから紹介してもらった私の師匠。フレンチだけじゃなく、和食の料理屋さんでの修業経験もあるから相応《ふさわ》しい人材だった」

なるほど。城島は腑に落ちた。だから莉子は閉店直前に彼の店に入り、閉店後の空いた時間に料理を習っていたというわけか。

「莉子ちゃん、美味しいよ。このハンバーグなんて私が今まで食べたハンバーグの中でも一番美味しいし、この味噌汁だって美味しいよ」

「そ、そうだな。本当に旨いな。俺はこの天ぷらがあったらいくらでも飲めちゃいそうだ」

城島は天ぷらを食べ、そしてスパークリングワインを飲む。それを見て莉子が嬉しそうに笑った。

「よかった。そう言ってもらえて」

「莉子ちゃんも食べよう。冷めないうちに」

「そうだね」

改めて乾杯してから、三人で食べ始める。城島は思った。この真波莉子という女性、やっぱりパーフェクトだ。

**第一問**：介護離職者が相次ぐ零細出版社をどうにかしなさい。

解答例

会社を丸ごと地方にIターンさせ、
ワイナリーを経営する案を
プレゼンする。

面倒臭い仕事はコンサルに
任せてしまってもよい。

第二問：

ハラスメント町長問題で
炎上した某町のイメージを
回復させなさい。

城島加奈《かな》の一日は一杯のお茶を淹《い》れることから始まる。

力士の名前が書かれた大きめの湯呑みをお盆に載せ、加奈は「失礼します」と声をかけてから町長室に入った。手前には来客用の応接セットがあり、その奥に重厚なデスクが置かれている。デスクの向こうに町長である徳山雅弘《とくやままさひろ》が椅子にふんぞり返るように座っていた。朝刊を読んでいるようだ。

「お茶をお持ちしました」

湯呑みを置いた。デスクの上には未決裁のファイルが積まれており、一番下には薄型ノートパソコンが顔を覗かせている。徳山がノートパソコンを操っている姿は一度も見たことがない。自他ともに認める機械音痴で、いまだにガラケーを使っていた。電子決裁など夢のまた夢。この町長室だけはＩＴ化とは無縁の地だ。

「待ちなさい」

立ち去ろうとすると呼び止められる。今日はいったい何だろうか。暗澹《あんたん》たる気分になるが、それを悟られないように作り笑いを浮かべて返事をした。

「何でしょうか？」

「これだ」

徳山は腰を屈め、デスクの下からビニール袋をとり出した。中にはナスやキュウリといった夏野菜が入っている。徳山が立ち上がり、袋片手にこちらにやってきた。

「うちの畑で穫《と》れた野菜だ。加奈ちゃんにあげるよ」

「ありがとうございます」

仕方なく受けとる。徳山からポマードのきつい香りとともに、獣っぽい匂いが漂ってくる。それだけで「ウッ」となってしまいそうになるが、加奈は息を止めてそれを耐えた。

「加奈ちゃん、キュウリを一本、持ってくれるかい？」

言われるがまま、一番上にあったキュウリを手にとった。すると徳山が下卑た笑みを浮かべて言った。

「大きいだろ、私のキュウリは」

キモッ、超キモイ。逃げ出したい気持ちを何とか抑え、加奈は愛想笑いを浮かべた。

「そ、そうですね」

「おや、加奈ちゃん。指に何かついてるぞ」

そう言って徳山はキュウリを握った加奈の手に自分の手を重ねてくる。徳山の手の甲には毛が生えていて、それを見ただけで気持ちが悪くなってくる。

「ね、ネイルです」

「そうか。可愛いねえ。肌もスベスベしてるじゃないか」

背中のあたりに蛇でも這っているのではないかという気持ち悪さだ。ちょうどそのとき始業を知らせる音楽が流れ出し、同時にデスクの上で内線電話が鳴った。徳山は露骨に舌打ちをすると、加奈から手を離して受話器に手を伸ばした。その隙に加奈は退散する。

「失礼しました」

廊下を小走りに進み、執務室に向かった。自分のデスクの上に夏野菜の入った袋を置き、アルコール除菌シートで自分の手を丹念に拭いた。近くにいた直属の上司、林田《はやしだ》係長が声をかけてくる。

「城島さん、お疲れ。大変だったろ」

「ええ、まあ」

加奈は苦笑交じりに言う。夏野菜の入った袋を見て、林田が言った。

「その野菜、俺が引きとろうか？」

「そうしてください。お願いします」

加奈はパソコンを起ち上げる。そしてさきほどの徳山とのやりとりを思い出しながら、それを克明に記録した。加奈が個人的に記録をとっているわけではなく、命じられているのだ。あまりにも目に余る徳山のハラスメント行為は役場内で問題となっており、すでに第三者委員会が動き始めている。職員らは徳山から受けたハラスメント行為を記録に残すよう、義務付けられているのであった。しかし本人はどこ吹く風、今日も朝からセクハラ全開だった。

通常業務に戻る。書類のチェックなどをしながら、たまに役場内に確認の電話をかけたりした。加奈が勤務しているのは猿飛《さるとび》町役場の総務課だ。

猿飛町は山梨県北西部に位置する人口二万人弱の小さな町だ。長野県との県境にあり、主要産業は果樹栽培と林業だ。涼しい気候から避暑地としても知られているが、それはあくまでも穴場的な価値であって、全国的にはそれほど知られていない自治体だ。

「城島さん、ちょっといい？」

林田に呼ばれた。彼と一緒に向かった先は会議室だった。部長や課長といった偉そうな人が八人ほど集まっている。林田とともに一番隅に座る。口を開いたのは総務部長だった。

「倉前《くらまえ》君からこれが届いた」総務部長が一通の封筒を掲げ、中から書類を出した。「退職願だ。本日付けで受理する形で行きたいと思う」

一同がどよめいた。倉前圭子《けいこ》は加奈の前にお茶係をやっていた女性だ。お茶係というのは毎朝徳山にお茶を出す係のことで、徳山自身の指名によって決められる。倉前圭子は既婚者だが、同性の加奈から見ても美人さんであり、長年にわたりお茶係をやっていた。それはつまり、その間ずっと徳山のセクハラを受け続けていたことを意味している。それが祟ったのか、昨年末から体調を崩し、以来ずっと休職中だった。圭子が休職となってから新たなお茶係として町長直々《じきじき》に任命されたのが加奈だったのだ。

「記事はいつ出るんだ？」

「来週の頭だろうな。大きな騒ぎになるぞ」

圭子は猿飛町から転出しており、旦那の勤務先のある甲府市内に住んでいた。彼女はすでにマスコミからの取材を受けていて、ハラスメントを受けた記事が出る予定になっていた。現役職員による告発記事はよく見かけるが、結局匿名だったり肝心な部分は触れられなかったり、少々弱い部分がある。しかし被害者が退職してしまえば話は別だ。思う存分に取材を受けることもできるし、場合によっては顔を出して告発することも可能なのだ。記事が出れば徳山に大きなダメージを与えることができる。ようやくそのときが訪れたのだ。

「第三者委員会の調査は進んでるのか?」

「近々報告書もできるらしいぞ」

「あとは来週の記事次第だな」

偉い人たちが話している。現役のお茶係というだけの理由で、加奈もなぜかこういう場に呼ばれるのだ。加奈としては一刻も早くお茶係を卒業したい。それだけだった。

あーあ、席に戻って仕事したいのにな。小さく溜め息をつき、加奈は会議の成り行きを見守った。

*

「莉子ちゃん、ワイン造りは順調かい?」

「それなりに。今年はブドウの栽培はしていないので、海外からブドウを購入して試験的にワインを造る予定です。本格的な稼働は来年からですね」

そう言って莉子はシャンパーニュを一口飲む。赤坂の雀荘に来ていた。馬渕と作家の織部、もう一人は高名な書道家だ。話題は長野県東御市に設立されたワイナリー〈星霜ワイン〉のことだった。

「まさか莉子ちゃんがワイナリーを設立するとは思ってもみなかったな」

「織部先生、私が作ったわけではありませんよ。あくまでもオブザーバーですから。先生も一度ワイナリーにお越しください。実際にワイン造りを体験していただきたいので」

「遠慮しておこう。私は飲む方が専門なんでね」

今は七月。星霜社の解散手続き等も完了し、社員たちは移住を始めている。秋からは実際にワインの醸造が始まる予定だった。

「おや？　先生はお飲みになられないんですか？」

莉子は馬渕に訊いた。いつもスコッチの水割りをチビチビやりながら麻雀をするのが馬渕の流儀だが、今日はミネラルウォーターを飲んでいる。馬渕が笑って言った。

「明後日、健康診断なんだよ。だから今週は控えているんだ」

「なるほど。そういうことでしたか」

厚労省にいた頃は年に一度、必ず職場の健康診断を受けていた。しかし厚労省を辞めて以降、健康診断を受けていない。受けなきゃと思っているのだが、ついつい後回しにしてしまうのだ。今年こそは人間ドックを受けよう。

「そういえば」織部が話題を変える。「どこぞの町長がまたセクハラ問題で世間を騒がせているようだな。まったく困った連中だよ」

「猿飛町ですね。私も聞きました」

今週、週刊誌の記事でスクープされた。退職した元職員による告発記事だった。あまりに酷いハラスメントの内容から、マスコミは「ハラスメント大王」というあだ名をつけた。第三者委員会も調査を始めており、その報告書も近々公表されるという話だった。その週刊誌による、徳山町長のハラスメントの数々は次の通りだ。
・尻を撫でながら、「旦那に可愛がってもらっているのか」と言われた。
・アダルトＤＶＤのパッケージ写真を見せられ、「君もこういう格好で仕事に来なさい」と言われた。
・ぬるくなったお茶をわざと自分のズボンにこぼし、それを拭けと命じられた。
・（若手の男性職員に対し）「お前みたいな脳足りんは一生出世できないぞ」と恫喝《どうかつ》した。
・（妊娠五ヵ月の女性職員に対し）「早く産んで職場に復帰しろ」と言った。
・（下戸の男性職員に対し）酒を強要して飲ませた。飲んだ職員は急性アルコール中毒で病院に搬送された。
・（東京出張の際、ホテルの従業員に対し）「東京タワーの見える部屋に変更しろ」と詰め寄った。そのホテルからは東京タワーが見られず、無理だとわかるや、「だったら半額にしろ」と無理強いした。

これがほんの一部というのだから恐れ入る。彼の場合、告発した女性職員へのセクハラ（性的な嫌がらせ）だけではなく、パワハラ（権力を使った嫌がらせ）、マタハラ（出産・育児に関する嫌がらせ）、アルハラ（飲酒の強要）、そしてカスハラ（客の立場を利用した理不尽な要求）と、まさにハラスメントのオンパレードだ。ハラスメント大王というあだ名は的を射た表現だ。

## 第二問：
ハラスメント町長問題で炎上した
某町のイメージを回復させなさい。

「どうしてこういう問題が起きるんだろうね」と織部が牌を捨てた。「猿飛町だけじゃないだろ。全国的に増えてるような気がするのだが」

莉子はその問いに答える。

「地方自治体の長というのは権力者なんです。田舎に行けば行くほど、その傾向は顕著です。しかも狭い世界なので誰も注意できません」

独裁的な首長を制御する役割として議会があるのだが、その議会も結局は首長の言いなりだ。猿飛町の場合も半年ほど前に町議会において町長のセクハラが問題となったようだが、スルーされていた。仕方なく職員たちは県に相談し、そこで紹介してもらった弁護士が第三者委員会の設置に動いたという経緯があるようだ。

「もし真波君だったら、どういう方策で地方自治体の長によるセクハラを防ぐかな？」

挑戦的な顔つきで馬渕が訊いてくる。莉子はしばらく考えてから答えた。

「地方自治体の長は、ある意味でお山の大将です。だから誰も注意できない。だったらお山の大将同士をまとめてしまえばいいと思うんです」

「まとめる？　どうやって？」

「三つでも五つでもいいので、首長同士を組ませて、相互に監視させる制度を整えます。共通の目安箱などを置くのもいいかもしれません。首長に物申せるのは首長のみです」

「なるほど。その手があったか」馬渕がうなずいた。「来週、総務大臣と会食する予定になっているから、今の案を提言してみよう」

「よろしくお願いします」

馬渕はいまだに政界に対して強い影響力を持つ。麻雀を打ちながら馬渕が話していたことが、数週間後の記者会見で官房長官がそのまま話している、なんてこともざらにある。

「あ、織部先生、それロンです」

「うわ、莉子ちゃん。また闇テンかよ」

織部が大袈裟に嘆き、一同が笑った。莉子にとっての麻雀とは唯一の息抜きであり、同時に勝負勘を養う場でもある。莉子は織部から点棒を受けとり、下から出てきた牌に意識を集中した。


午後八時過ぎ、莉子は城島が待つ地下駐車場に向かった。プリウスの後部座席に乗り込むと、車はすぐに発進した。

「お疲れ様です。このまま帰宅して大丈夫ですよね？」

「うん、大丈夫」

今日は朝早く起きてカレーを作ってきた。温めて食べるだけなので簡単だ。今日も愛梨は塾に行っており、帰り際に塾の前でピックアップする予定になっている。そうなるようにこの時間に出てきたのだ。麻雀は馬渕の圧勝で、莉子は二着だった。

「明日は終業式ね。私も早めに帰るから、どこかに食事にでも行かない？」

「いいですね。多分愛梨も喜ぶと思います」

明日で一学期も終わり、愛梨たち小学生は夏休みに突入する。休みとはいっても宿題や塾の夏期講習、ミニバスの練習と愛梨もなかなか忙しいようだ。

第二問：
ハラスメント町長問題で炎上した
某町のイメージを回復させなさい。

「真司さん、この夏休み、せっかくだから旅行でもどうかしら？　愛梨ちゃんが忙しいのはわかるけど、息抜きも必要だと思うのよ。来年は受験だし、のんびりできるのは今年だけじゃないかな」

現在は大きな仕事を抱えていない。ワイナリーも無事に設立できたし、しばらく出番はなさそうだ。

「どこがいいかしら？　海外もいいけど、円安でハードル高いわね。国内だと北海道とか……」

「あのう、莉子さん」ハンドルを握ったまま城島が言った。「ちょっといいですか？　実は来週、実家で法事があるんです」

城島が山梨県の片田舎で生まれたのは知っている。事実婚を選んだとき、彼の実家のご両親に挨拶に行くべきだと思ったし、そうするのが筋だと考えたのだが、頑なに彼は実家に帰省しようとしなかった。詳しい事情は聞いていないが、父親との不仲が原因らしい。だから敢えてこれまでその話題には触れなかった。

「よかったら俺の里帰りに付き合ってもらえませんか？」

何か心境の変化があったのかもしれない。彼の両親も高齢のはずなので、元気なうちに顔を見ておきたいとでも思ったのか。いずれにしても断る理由はなかった。

「ちなみに真司さん、どちらの生まれだっけ？　たしか山梨県だと……」

「猿飛町です」

「えっ？　あの猿飛町？」

「そうです。恥ずかしながら」

何とタイムリーな、と思わずにはいられない。さきほど麻雀をやりながら語り合ったばかりだった。ハラスメント大王が君臨している地方自治体であり、今、日本中を騒がせている町だ。

「愛梨のスケジュールを確認したんですが、七月一杯はどうにかなりそうです。八月に入ってしまうと夏期講習が本格的に始まります。いかがですか？　来週から予定つきそうですか？」

「私だったら大丈夫。でも楽しみ。真司さんの里帰りに同行できるなんて」

「はあ」

当の本人は浮かない表情だ。しかし莉子はテンションが上がるのを感じていた。去年、長野県の某自治体の過疎化問題に携わったことがあり、そのときにキャンプの楽しみを覚えたのだ。きっと猿飛町もキャンプスポットが点在しているに違いない。早くも莉子はまだ見ぬ田舎町でのキャンプに思いを馳せていた。

＊

「城島さん、そろそろ帰ったらどうだい？」

係長の林田に声をかけられ、加奈はパソコンの画面から目を逸らさずに答えた。

「はい、これが終わったら帰ろうと思ってます」

第二問：
ハラスメント町長問題で炎上した
某町のイメージを回復させなさい。

時刻は午後八時を回っている。加奈の業務は時間外勤務が少なく、基本的に定時に帰宅することができるのだが、ここ数日は異常事態が続いている。原因は明白だ。ハラスメント大王こと徳山町長の問題だ。

週刊誌にスクープ記事が出たのは六日前のことで、反響は凄まじかった。それなりに世間の注目を浴びるだろうと安易に考えていたが、その予想をはるかに超えていた。全国ニュースでも毎日のようにとり上げられ、有名なコメンテイターたちがこぞって徳山を批判した。当然、猿飛町役場にもメールやファクスなどで徳山宛ての批判が寄せられた。職員に対する激励のためか、ふるさと納税の寄付依頼が殺到した。逆に徳山の悪行に腹を立て、ふるさと納税の寄付金の取り消しを求める声も相次いだ。まさにカオス状態だ。

マスコミからの取材依頼も殺到し、総務課ではその対応に追われていた。今も加奈は首都圏のテレビ局からの取材依頼に対する回答を作成していた。丁重にお断りする文面だ。取材は受けない。それが町役場の基本姿勢だ。

回答文の作成を終えた。明日、課長に見せてから送信すればいい。加奈はパソコンの電源を切ってから席を立った。

「お疲れ様でした」

周囲の人たちに挨拶をして役場を出た。裏手の駐車場に停めてある軽自動車に乗った。友達からＬＩＮＥが届いていた。あるネット記事へのリンクが貼ってある。開いてみると夕方に配信された記事だった。タイトルは『ハラスメント大王問題、町役場職員の意識にも問題ありか』だった。読み進めるうちに怒りが湧いてきた。簡単に言うと、長年徳山のハラスメントを放置してきたのは町役場職員の怠慢でもあり、閉鎖的な組織が原因であるという内容だ。たいした取材もしていないのによくここまで嘘を並べられるものだ。

まったく、と溜め息をついてから加奈は車を発進させた。

加奈は今年で二十五歳になる。甲府市内にある短大を卒業後、猿飛町役場に就職した。公務員になろうと思ったのは農協職員である父の強い薦めだった。猿飛町ほどの田舎であっても地方公務員は人気があり、二十倍を超える競争率だったが、すべての運を使い果たして合格した。今年で五年目だが、仕事はそれなりに順調だ。

信号のない一本道を飛ばし、帰路に就く。町役場から車で十五分ほどのところに加奈の自宅はある。このあたりの民家は大抵庭付き車庫付きの一軒家であり、加奈の自宅も同様だった。

「ただいま」

玄関ドアを開けると、奥の方から人の声が聞こえてきた。お客さんが来ているらしい。足元を見ると見慣れぬ靴があった。子供の靴もある。

「お帰り、遅かったな」

リビングに向かうと、父の裕一に声をかけられた。母の有美《ゆみ》はキッチンで料理をしていた。

「これ運んで」と母に言われ、加奈は皿に盛られた鶏の唐揚げを運んだ。リビングのテーブルには父のほかに家族連れらしき三人の男女が座っている。父の真向かいに座る男性の顔を見て、加奈は薄々気がついた。多分この人たちは……。

「加奈、お前も座りなさい」

母もやってきて、全員でテーブルを囲む形になる。父が言った。

「加奈、憶えてるか？　真司叔父さんだ。もうかれこれ二十年振りか」

父に似ているので加奈にもわかった。叔父である城島真司だ。叔父は少々照れたように会釈をしてきた。

「憶えてるわけないでしょ」と母が横から言った。「だって加奈は二歳とか三歳だったはずだから」

かろうじて加奈が子供の頃の写真に若かりし頃の叔父が写っているが、彼の記録はそれだけだった。城島家において彼の存在はないものとされていた。東京に出ていったきり帰ってこない、不肖の息子。それが城島真司という男だった。

「でもまさかお前がこんな若い嫁さんを連れてくるとは思ってもみなかったよ」

「兄貴、やめてくれ。籍を入れてないんだ」

「事実婚だっけ？　そういうのがあるのは俺も知ってる。まあ飲めよ、真司」

父が中心となって会話が進む。叔父の娘は愛梨といい、小学五年生の女の子だった。少々疲れ気味なのか、口数も少なくテレビをずっと観ていた。彼女は前妻との間の子のようだ。叔父の現在の妻は真波莉子といい、楚々とした印象の美女だ。都会の空気を全身にまとっている。少なくとも猿飛町にはいないタイプの女性だ。

「真司、いつまでこっちにいられるんだ？」

「週末の法事が終わったら帰る予定だ」

週末、城島家では法事が営《いとな》まれる。加奈にとって曽祖父、曽祖母にあたる二人の法事だ。

加奈はテレビの前にいる愛梨に目を向けた。不思議な感じだった。あの子、私にとって従妹になるんだな。

「そうか。うちはいつまでいてくれても構わないからな。離れも空いてるし」

「悪いな、兄貴」

以前、母から聞いた話によると、叔父が家を出ていったのは加奈の祖父——叔父にとっては父——である郁夫《いくお》との確執が原因だという。郁夫は元警察官だ。たしか叔父も警察官だったと聞いている。十年ほど前に政治家が銃撃される事件が都内で発生し、叔父もSPとしてその場にいたというのだ。その事件が発生した当時、加奈は高校生だった。そのときはまだ祖父母と同居していて、不機嫌そうにしている祖父の姿が印象的だった。

「加奈、飲み過ぎじゃないの」

母に言われる。気づくと二本目の缶ビールを飲み干していた。酒は強い方ではないが、大好きだ。それに今日はいつもの夕飯よりも豪勢な料理が並んでいる。

「大丈夫だよ、お母さん。まだビール二本だし」

「加奈、正月にもらった日本酒があっただろ。純米大吟醸だ。あれを持ってこい」

すっかり顔が赤くなった父が上機嫌で言った。弟が二十数年振りに帰省したのだ。飲みたくなる気持ちもわかる。加奈が日本酒をとってくると、その封を切りながら父が言った。

「この酒、旨いんだよ。真司も飲むだろ。真波さんも一杯いかがかな?」

「いただきます」

真波莉子が言う。男たちがすっかり酔っ払ってしまっているのに対し、この人だけは顔色がほとんど変わらない。彼女の表情を横目で窺いつつ、加奈も日本酒を飲んだ。こんなに飲み易い日本酒は初めてだった。

＊

「……だから、私だって大変なんですよ。お茶係なんてやりたくてやってるわけじゃないし。町長をぶっ殺してやろうと思ったことも一度や二度じゃありませんから」

莉子の目の前では城島の姪、加奈が管を巻くように話している。彼女はすっかり出来上がっており、顔も真っ赤だった。少々呂律の怪しい言葉遣いできさほどから猿飛町役場のハラスメント大王問題について熱く語っていた。

「……こないだなんてキュウリを持たされて、私のキュウリは大きいだろとか自慢するんですよ。気持ち悪いったらありゃしない。気絶しそうになりましたけど、何とか我慢しました。気絶なんてしたら何されるかわかりませんから」

城島の生まれ故郷、山梨県猿飛町は風光明媚な土地だった。去年訪れた長野県の王松村に似通った部分があるが、猿飛町の方が若干都会だ。コンビニもあるしドラッグストアもある。

「……でも前任者に比べたら私なんてまだまだです。私の前にお茶係やってた人、五年近くやってたんですよ。信じられないっすよ」

加奈は猿飛町役場に勤務する公務員のようだ。彼の父、裕一は地元農協で働いているそうだ。猿飛町は果樹栽培が盛んであり、車で走っていても観光客相手の直売所をよく目にした。

「……本当大変ですよ。苦情の電話もかかってくるし、取材対応もしなきゃいけないし。残業とかしてるんですよ、私」

城島は兄の裕一と静かに語らっている。裕一は穏やかな人らしく、日本酒を飲みながら城島と何やら話していた。

「お姉ちゃんも公務員なんだ？」

突然、愛梨がそう言った。ずっとテレビを観ていた彼女だったが、会話だけは耳に入っていたのだろう。加奈は真っ赤な顔で答えた。

「そうだよ、公務員だよ」

「莉子ちゃんも元公務員だよ」

「へえ、そうなんだ」と加奈はうなずき、莉子に目を向けた。「どちらに勤務されていたんですか？」

「厚労省」と愛梨がすかさず答えた。「官僚なんだよ。エリート官僚。半端なく仕事できるんだから」

「うわ、凄っ」

「あだ名はね、ミス・パーフェクト」

なぜか愛梨は自分のことのように自慢げに胸を張っていた。莉子は話題を戻した。

「でも第三者委員会も動いているみたいだし、辞職は秒読みじゃないの？」

「だといいんですけどね。田舎だし、いろいろしがらみがあるんですよ。今の町長が辞職しても、じゃあ次は誰が町長やるんだって話ですよ。町の評判は地に墜ちてますから」

それはうなずける。火中の栗を拾うようなものだ。次の町長には相当な胆力が求められるであろうし、世間の注目度も高い。

「本当参っちゃったなあ」

加奈はそう言って日本酒を飲む。もっとしっかりとメイクをすれば、それなりに注目を集める顔立ちだ。鼻筋のあたりが愛梨と似通っていて、ああ二人は血が繋がっているんだなと実感する。

「莉子ちゃんに頼めば？　莉子ちゃんだったら何とかしてくれるかもよ」

愛梨がまた訳のわからないことを言い出す。加奈はキョトンとした顔をする。

「えっ？　真波さんなら何とかしてくれるって、どういうことですか？」

「莉子ちゃん、問題解決のプロだからね。何だってしてくれるよ」

「こらこら、愛梨ちゃん。余計なことは言わないで」

莉子は苦笑しながら愛梨をたしなめた。加奈がすがるような目を向けてくる。

「真波さんなら何とかできるんですか？　うちの町の問題、解決できちゃったりするんですか？」

解決できるとは言えない。しかしできないとも言えなかった。これればかりはやってみないとわからないからだ。

「さあね。まだわからないかな。あ、名前で呼んでくれても構わないわよ」

「真波さん、あ、莉子さん。いや、莉子先輩って呼んでいいっすか？」

「まあ、いいけど」

「莉子先輩、この通りです」加奈はその場で頭を下げた。「是非うちの町のハラスメント大王を何とかしてください。お願いします」

「別に私の出る幕はないんじゃないかな。あの町長は放っておいてもいなくなると思うけど」

これだけの社会問題になってしまった以上、町長の職に留まるのは難しいはずだ。

「それだけじゃありません。私、毎日マスコミの人たちとやりとりしてるんですけど、みんな同情してくるんです。町長があれだと大変だねとか。マスコミだけじゃなくて町の人たちにも信頼されていないのが目に見えるっていうか……。そういうのをどうにかしたいんです」

「信頼回復ってこと？」

「そうです、それです」

先日、麻雀の席でも話題になった。それほどまでにハラスメント大王問題は世間を賑わせている。地に墜ちてしまった猿飛町の信頼を回復する。なかなかやり甲斐のある仕事だと思うし、私向きの内容だ。

「いいわよ、その問題、私が……」

そう言いかけて莉子は気づいた。加奈がグラス片手に目を閉じている。眠ってしまったらしい。莉子は彼女の手からグラスをとり、テーブルの上に置いた。

莉子はタブレット端末を出し、地方ニュースを検索する。ハラスメント大王絡みの記事を読み漁った。夏休みを利用し、城島の法事に付き添うだけの旅行だと思っていたが、なかななか面白い展開になってきた。

さて、どうなることやら。莉子はグラスの日本酒を一口飲んだ。

＊

完全に寝坊した。

朝、時計を見て加奈は飛び起きた。遅刻することはないが、呑気に朝食を摂っている時間はなさそうだ。慌てて着替えて一階に降りる。ダイニングでは朝食の最中だった。客人である城島父娘の姿も見える。母が声をかけてきた。

「加奈、遅かったわね。早く食べなさい」

「ごめん、もう行かないと」

真波莉子の姿はなかった。彼女も寝坊だろうか。そんなことを考えながら洗面所に向かった。身支度を整えてからすぐに部屋を出た。今日も快晴だ。

軽自動車に乗り込む。エンジンをかける前にスマートフォンを操り、友人に電話をかけた。すぐに繋がったのでスピーカー機能をオンにしてから車を発進させる。

「どうした？　こんな早くに」

電話の相手は高校の同級生だ。彼は山梨県庁に勤めている。同じ公務員ということもあり、たまに連絡をとり合う間柄だ。

「あの、ちょっと訊きたいことがあるんだけど……」

かなり酔っていたが、昨夜のことはある程度記憶に残っている。叔父の妻である女性のことだ。元厚労省の官僚だと言っていた。彼女の名前に聞き憶えがあるような気がしたのだ。

「マナミリコ？　どういう字を書くんだ？　ちょっと待ってくれ。調べてみる」

車は快調に進む。信号のない一本道。猿飛町は通勤ラッシュとは無縁の土地だ。

「おいおい、城島。真波莉子って相当な大物だぞ。いや、大物っていうか、ある意味で国家レベルだ」

「国家レベル？　朝から冗談はやめてよ」

「冗談なんかじゃない。彼女、栗林総理の娘だぞ」

マジで？　思わず加奈は急ブレーキを踏み、車を路肩に寄せた。心を落ち着かせてから声を発する。

「それって本当なの？」

「もちろん。何年か前に総理のスキャンダルが世間を賑わせたことがあったろ。そのときの隠し子ってのが真波莉子だ。正式には発表されてないけどネット上では公然の事実になってる。しかも彼女が凄いのはそれだけじゃない。コンサルっていうのかな。いろんな分野で活躍しているみたいだ。たとえば……」

大手航空会社のキャビンアテンダントのセカンドキャリア支援や、女性アスリートの労働組合設立など、その活躍は多方面にわたっていた。航空会社のCAが看護師の資格をとるという話は数年前に話題になった。あれも彼女の功績というわけか。

「でもどういうことだよ。この真波って人、城島と何か関係があるのか？」

昨夜うちに泊まった、とは言えない。慌てて礼を述べてから通話を切った。車はほどなくして町役場前に到着する。なぜか駐車場前には三人ほどの男性職員が立っていた。加奈が車から降りると彼らが近づいてきた。係長の林田もいる。

「城島さん、どうなってるの？」

「へっ？　何の話です？」

「真波莉子さんだよ。君がリクルートしたんだって？」

「リクルート？」

何がどうなっているのか、加奈にはわからない。詳しい事情を訊くと、真波莉子はすでに町役場を訪れていて、加奈に誘われたのでここで働きたいと申し出たという。いきなり訪れた部外者を雇うわけにはいかないが、職員の一人が莉子の正体に気づいてしまい、すぐに話は上の方に伝わった。総理の娘という来賓を前にして、こうして右往左往しているのだ。

「城島さん、本当にあの人、うちで働いてくれるのかい？」

「さあ、それは……」

「とにかくこれ以上お待たせするわけにはいかん。何しろ総理の娘さんなんだからな」

林田に案内され、町役場に入る。向かった先は一階奥の会議室だった。莉子は澄ました顔をして座っている。昨夜のラフな服装ではなく、きちんとしたグレーのスーツに身を包んでいた。

「お、お待たせしました、真波さん」

林田が声をかける。状況から推察するに、加奈の上司であることから、彼が対応を一任されているようだ。だとしたら本当に申し訳ない。

「それで、あなたは当町の信頼回復にご尽力くださる。そう解釈してよろしいですか？」

「はい」と莉子は答えた。「そのつもりです。昨夜、そちらにいる城島加奈さんから依頼を受けました。私も以前は某中央省庁で働いていたものですから、こちらの窮状は決して他人事とは思えません。一肌脱ぐ覚悟で参りました」

林田が下がり、会議室の入り口付近でたむろしている幹部連中と何やら協議を始めた。莉子がこちらを見て、にこりと笑った。加奈も小さく頭を下げる。

「お待たせしました」

数分後、協議が終わったようで林田が莉子のもとにやってくる。彼は低姿勢で言った。

「こういうケースは滅多にないのですが、ご協力いただければ幸いに存じます。まずは臨時職員として採用する方向で検討します。つきましては履歴書を提出してください。採用に関しては明日以降、こちらから……」

林田が口を閉じた。会議室の入り口のあたりが騒がしくなってきたからだ。若い職員が幹部の耳に口を寄せている。いったい何事か。加奈もそちらに近づいた。誰かの話し声が聞こえてくる。

「大変だっ。一時間後に徳山町長が記者会見をするらしいぞ」

会議室は大変な賑わいだった。こんなにマスコミが集まるのは加奈の記憶にはなかった。猿飛町役場にある一番広い会議室だ。すでに三十人ほどのマスコミ関係者が集まっている。

第二問：

ハラスメント町長問題で炎上した

某町のイメージを回復させなさい。

加奈は会議室の後ろに立っており、隣には莉子の姿もある。彼女はまだ正式採用されたわけではないが、成り行き上、ここに入ることを許されていた。いや、許すとか許さないとかいった話ではなく、それどころではないというのが本音だった。

徳山町長が記者会見をする。それは町の広報担当がセッティングした正式な記者会見ではなく、本人が勝手に決めてしまった記者会見だった。いったい彼が何を言おうとしているのか。そこに注目が集まっていた。

午前十時。会議室に町長が入ってきた。カメラマンが一斉にフラッシュを焚いた。女性レポーターの姿もある。山梨県内だけではなく、中央の記者も来ているようだ。

徳山は一礼した。そしておもむろに口を開いた。

「本日はお集まりいただき、誠にありがとうございます。このたびは私の発言等が世間を騒がせておりますことを、まずは謝罪いたします」

徳山は頭を下げた。薄くなった頭頂部が見える。フラッシュが容赦なく焚かれている。顔を上げた徳山が言った。

「すべては私の不徳のいたすところと存じております。この責任をとるために、私は本日付けで町長の職を辞することにいたします」

どよめきが起こる。マスコミ関係者以上に驚いているのが、町役場の職員たちだ。まさか町長が辞職するとは想像もしていなかったのだ。辞めさせられるまで椅子に座り続ける。そういう傲慢《ごうまん》な男だと誰もが思っていた。

「よろしいでしょうか」と最前列にいた記者が手を挙げた。「それはつまり、一部週刊誌で報道された町長のハラスメント行為について、認めるということでよろしいでしょうか？」

「はい、その通りでございます。すべて私の責任です」

加奈は我が目を疑った。あの徳山がハラスメント行為を認めたのだ。自らの非を認めることはないだろう。それが役場職員の共通した認識だった。日頃からお茶係として接する加奈も、結局うやむやになっていくのではないかと思っていた。

「教えてください」別の記者が発言した。「どうして町長はハラスメント行為を繰り返したんですか？　職員から反発の声は上がらなかったんですか？」

「どうしてと言われましても、それは難しい質問です。実は四年前、私は最愛の妻を失いました。その頃からどうもおかしくなってしまったんです。歯止めが利かなくなってしまったんですかね。家に帰っても小言を言ってくれるはずの妻もいない。それがすべての元凶なんです」

四年前に徳山の妻が亡くなったのは事実だ。しかしそれ以前にも彼はセクハラ三昧だったと聞いている。

「本当に申し訳ありませんでした。職員の皆さん、そして猿飛町民の皆さん、本当に申し訳ありませんでした」

徳山はマイクの前から一歩下がり、その場で膝をついた。そして床におでこをつけるように頭を下げた。土下座だ。無数のフラッシュが焚かれる中、彼の土下座謝罪は続いた。時間にして一分強、彼はその姿勢を崩さなかった。

「本当に申し訳ございません。申し訳ございません」

ようやく顔を上げた徳山の両目から涙が流れている。もはやこの段階になると可哀想になってきた。肘で脇腹のあたりを突《つつ》かれた。莉子が顔を寄せてくる。

「もしかして加奈ちゃん、居たたまれない気持ちになってる？」

「……はい。さすがにあの姿を見ちゃうと……」

「だとしたら相手が一枚上手かもね」

そう言われて初めて気がついた。すべて計算ずくということも考えられるのか。

「いまどきお金を払えばコンサルを雇えるからね。今の段階では素直に非を認めることが戦略的にもっとも正しいわ」

記者の取材は続いていた。今は若い男性記者が詰め寄っている。

「町長、職員の一人に飲酒を強要したのは事実でしょうか？」

「はい、その通りでございます」

「彼に対して謝罪したいというお気持ちはありますか？」

「もちろんです。すべての非は私にございます。申し訳ありませんでした」

徳山は涙ながらに謝罪の言葉を繰り返している。ロープを背に一方的に殴られるボクサーのようだった。サンドバッグのように殴られ続けている。

「東京のホテルの従業員に対し、無理難題を吹っかけたと報道にありましたが、あれも事実でしょうか？」

「事実です。誠に申し訳ございません」

「次の町長選に立候補する。そんなことはありませんよね？」

「断じてございません。政治の世界から潔く引退いたします」

一部、職員たちが慌ただしく動き始めていた。町長の辞任が事実であれば、それは町役場全体の問題でもある。議会の承認を得なければならないし、各種煩雑な事務手続きが待っているのだ。

「あまりいい兆候ではないわね」

隣で莉子がつぶやいた。彼女は真剣な目つきで徳山町長の記者会見に見入っている。

＊

玄関先に置かれた金魚鉢の中で朱色の金魚が数匹、泳ぎ回っていた。水草の間を縫うようにして、金魚たちは口をパクパクと動かして餌を求めていた。城島がインターホンを押そうとする直前、ドアの向こうで動きがあった。「はいはい」という声とともにドアが開き、母の夏子《なつこ》が姿を見せた。

「お帰り、真司」

「……ただいま」

昨日指を折って数えてみたところ、実家に帰ってくるのは二十二年振りだった。しかし母はそれを感じさせない普通の感じで言った。

「お上がり。裕一から聞いてるわよ」

「お邪魔します」

「他人行儀な。あんたの家じゃないか」

大学に進学するまで、およそ十八年間暮らしていた実家だ。家の中の間取りも変化はなかった。和室にある仏壇に線香をあげた。母が台所で茶を淹れていた。

「父さんは？」

「この時間なら外に歩きにいってるか、庭で盆栽いじってるかのどっちかだね」

縁側から庭に出る。すると盆栽をいじっている父の姿を見つけた。麦わら帽子を被っている。よく日に焼けており、髪には白いものが交じっていた。城島の姿を見つけ、父がこちらを見た。

「真司、帰ってきたのか？」

「うん。ただいま」

「お帰り。こっちは東京より涼しいだろ」

「幾分ね」

普通に会話が成立する。何だ、こんなに簡単なことだったのか。拍子抜けするような思いだった。あれほど頑なに帰省を拒んできた自分を笑ってしまうほど、二十二年振りの再会はあっけないものだった。時の長さがわだかまりを消し去ってしまったのかもしれない。

縁側に座り、母が淹れてくれたお茶を飲む。庭には父の姿が見える。何だか不思議な気分だった。

「いつまでいるんだい？」

母に訊かれ、城島は答えた。

「特に決めてない。そういえば俺の部屋、どうなってる？」

「何もしてないよ。一切手をつけてないわ」

城島は二階に向かった。かつて自室として使っていた部屋に入る。ベッドや学習机、本棚なども記憶と同じままでそこにあった。学習机の上に当時の漫画週刊誌が置かれていた。表紙には水着姿のアイドルが白い歯を見せて笑っている。このアイドルは今やシングルマザーのママタレとして情報番組のコメンテイターをしていた。時の流れを痛感する。

部屋を出た。廊下を歩きながら、一枚のドアが気になった。妹の美沙が使っていた部屋だ。彼女がいなくなった今、部屋はどう使われているのか。たいした興味があるわけでもなかったが、試しに城島はドアを開けた。妹の部屋もまた、昔と同じままだった。今は解散してしまった男性アイドルグループのポスターが貼られていた。

一階に降りる。探検する気分で家のあちこちを観察する。父の書斎のドアが少し開いていたので覗いてみた。本棚には大量の本。父の趣味である歴史小説がほとんどだ。しかし城島が注目したのは壁に貼られた一枚の地図だ。壁一面を覆い尽くすほどの猿飛町全体の地図だった。付箋や写真などが貼られている。

城島はしばらく地図に心を奪われていた。ようやく我に返り、書斎から出た。呼吸を整えてから母のいる居間に戻る。母が言った。

「愛梨ちゃん、だっけ？　来てるんだろ？」

「ああ、来てるよ。あとで連れてくるから」

さきほどの地図が頭から離れなかった。城島は実感した。父の中であの事件はまだ終わっていないのだ。

城島の父、郁夫は山梨県警の警察官だった。幼かった城島にとって父は男としての理想であり、教科書でもあった。小学校の頃に剣道を始めたのも父の影響だった。

今から二十七年前のことだった。ある一人の男子児童が行方不明になる事件が発生した。狭い町なのでたちまち大きな騒ぎとなり、捜索隊を結成して捜索活動がおこなわれた。当時、町の交番勤務だった郁夫は捜索隊の指揮に当たった。高校生だった城島も部活のあとに捜索活動に加わった。

行方不明になった少年は稲見《いなみ》優也《ゆうや》君、当時七歳だった。町内の中学校に勤務する教師の長男で、自宅に帰ってこないことを不審に思った母親が警察署に通報したのだった。

複数の目撃証言もあり、それらをもとにして町内を捜索したが、彼の行方は杳《よう》としてわからなかった。たいした収穫もないまま三日が経ち、一週間が過ぎた。一ヵ月が経った頃、地元警察署は捜索の規模を縮小することを決定し、有志による捜索隊も解散した。町の人たちはあれこれ噂をした。もしかして優也君は殺されてしまったのではないか。いや、自分の意思で家出をしたのではないか。

そんな噂の中には、父に対する誹謗《ひぼう》中傷も交じっていた。交番勤務だった父の監督責任を問う声だ。父が勤務していた交番は優也君の通学途中にあり、事件当日も交番前を通ったものとされていた。父を責める声は日増しに大きくなっていき、それらは否が応でも城島の耳にも入ってきた。耳を塞ぎたい気分になった。

父との関係がギクシャクするようになったのはこの頃からだ。元々口数の多いタイプの父親ではなかったが、事件以降はさらに寡黙になった。山梨県内の大学への進学を考えていた城島だったが、都内の大学に志望を変更した。父は反対も賛成もしなかった。城島は都内の大学に進学した。そして城島が大学三年生の冬、正月に帰省したときに父に報告した。

俺、警視庁に入るから。

父の顔が蒼白になった。父は言った。山梨県警では駄目なのか？

城島は答えた。駄目ってわけじゃないけど……。

俺のせいか。俺のせいでお前は山梨県警に入らんのか？

そうじゃないって。警視庁に入りたいんだ。

ふん。すっかり都会者になりやがって。

父さんみたいな田舎者に言われたくないね。

そこから言い合いが始まり、気がつくと取っ組み合いの喧嘩になっていた。その翌日、夜明け前に城島は家から出た。以来、実家の玄関をくぐることはなかった。気がつくと二十二年という歳月が流れていた。

父は今年で七十二歳になる。十年以上前に警察官を退官し、今は年金暮らしのはずだ。兄は農協に勤め、独立して家も建てた。父は悠々自適の生活を楽しんでいるものと思っていたが……。

城島は庭に目をやった。いつの間にか父の姿が消えていた。居間に戻って母に訊く。

「父さん、よく歩いているのかい？」

「そうだね。あの人の趣味、ウォーキングだから。二時間や三時間は平気で歩くよ。どんなに天気が悪くてもね」

雨の日も風の日も、父は毎日歩いている。きっと今も優也君を捜し続けているのだろうと思った。

＊

徳山の会見から一夜明け、猿飛町役場は大変な騒ぎになっていた。加奈も朝から電話対応に追われている。取材依頼の電話が半分、もう半分は町民からの苦情だ。

「……すみません。町長への取材依頼はこちらでは受けつけていないんですよ。……ええ、そうです。どうしても町長に取材したいのであれば、個別に依頼していただくしか方法はありません。……えっ？　連絡先ですか？　それはちょっと……」

電話を切った。総務課ではほかの職員も電話対応中だった。その中に真波莉子の姿もある。彼女は今日付けで臨時職員として採用され、総務課に配属となった。すべては上層部――副町長とか部長とか――が勝手に決めたことだ。総理の隠し子が勤務を希望しているのだから、それを断ることなどできないのだ。彼女は今、電話対応に当たっている。

「……はい、それは承知しております。こういうことが二度と起きないよう、細心の注意を払って……」

厚労省の元キャリア官僚だけのことはある。当たり前のように電話で応対している。電話が鳴ったので、加奈は受話器を摑んだ。聞こえてきたのは男性の声だ。

「ニュース観たんだけどさ、徳山町長、可哀想じゃないか。別に辞めることはないだろ」

意外なことに昨日の会見は世間ではそれなりに評価されているらしく、徳山に同情する声もあるのだ。

「おっしゃる通りでございますが、町長が決めたことですので……」

「まだ議会で可決されていないんだろ。だったら取り消しもできるはずじゃないか」

「まあ、そうですが……」

今日の午後、臨時の町議会が開かれ、町長辞任に関する議決がおこなわれる。そこで承認されれば、徳山の辞任が正式決定される見込みだ。

「貴重なご意見を賜りまして、ありがとうございました。失礼します」

電話を切った瞬間に、また電話が鳴った。またしても町民からのクレームだった。午前中は電話対応でほぼ潰れてしまった。昼休み中に係長の林田が話しかけてくる。

「城島さん、見てくれ。こんな記事が出ているぞ」

パソコンの画面を覗き込む。ネットに記事が掲載されていた。内容は次の通りだった。

『今、山梨県の猿飛町がハラスメント大王問題で揺れている。元職員による告発を受け、第三者委員会も動いている同町の問題だが、取材を進めていくうちに「裸の王様」を認めてしまった同町役場の体質にも問題があることがわかってきた。元ＯＢの証言だ。「見ざる言わざる聞かざる。誰もが保身に走った結果がこれですよ。だって○○さん（告発した女性職員）なんて五年近くセクハラを受けていたんですよ。気づかない方がおかしいですって」

　猿飛町の職員数は百人弱。我関せずと誰もが無視し続けた結果、ハラスメント大王を生んでしまったのかもしれない。その責任は果たして？』

　まったくの出鱈目だ。これでは徳山の悪行を放置してきた職員が悪いみたいではないか。加奈が足をバタバタさせて憤慨していると、背後で莉子が冷静に言った。

「職員に責任転嫁しようとしているわね。あまりいい兆候ではないわ」

「やっぱりそうですか」

「うん。職員に対する風当たりも強くなりそう。喧嘩両成敗じゃないけど、こういう場合はどちらにもペナルティを与えようという意思が働くものなの。今後は職員に対する誹謗中傷が殺到するかもしれないわね」

　何だかやるせない。悪いのは徳山なのに、無関係の職員まで責められる羽目になってしまったのだ。近くの席で林田がぼやいた。

「来月の一次試験を辞退したいって人、今日だけで十名近くいたらしいぜ。今後が思いやられるな」

　来年度採用予定の新規採用職員の話だ。猿飛町みたいな田舎であっても、公務員人気のためか、毎年百人近い学生がエントリーしてくる。それが今日だけで十名辞退というのは大問題だ。今後の町政にも影響を及ぼしそうだ。

「城島さん、午後は電話対応しなくていいよ。真波さんに町をご案内するように」

昼休みが終わる間際、林田に言われた。莉子に町を案内するように指示を受けていた。真波莉子はあくまでもお客様であり、粗相があってはならないのだ。しかし当の本人はほかの職員と同じように電話対応に当たっている。不思議な人だ。

「では莉子先輩、行きましょう」

「よろしくね、加奈さん」

昼休みが終わり、加奈は莉子とともに役場から出て公用車に乗った。案内するといっても目玉となるような観光資源は乏しい。由緒ある神社仏閣や景観のいい川沿いの道などを巡るつもりだった。

「莉子先輩、いつまでこっちにいるんですか？」

「週末の法事が終われば帰る予定だったけど」莉子は首からぶら下げた職員証を持ち上げて言った。「臨時職員になってしまったからね。しばらくは滞在するかもしれない。本当ごめんね、加奈さん」

「いえいえ、私は別に……」

「私の性分なの。大きな問題があると、どうしてもそこに首を突っ込んでしまうのね。ハラスメント大王問題に揺れる猿飛町のイメージ回復。こんなに楽しそうな、あ、ごめん、不謹慎ね。こんなにやりがいのある仕事はそうそうないから」

籍は入れていないらしいが、叔父である城島真司と事実婚の状態にあるらしい。しかも彼女は総理大臣の娘なのだ。そんな人が身内にいることに対して、どこか実感が湧かなかった。

「ちなみにどうやってイメージ回復するんですか？」

「さあ、まだ考えてないわ」

なかなか難しい問題だと加奈自身も思う。ハラスメント大王という言葉の持つインパクトは大きい。今後は猿飛町イコールハラスメント大王というイメージが定着してしまう可能性も否定できない。いや、そうなってしまうのは火を見るよりも明らかだ。

「まずは猿飛町で一番歴史のある神社にご案内します。その神社の御神木は鎌倉時代に……」

「加奈さん、観光案内もいいけど」莉子がやんわりと口を挟んでくる。「できれば町の人たちの生の声を聞きたいの。人が大勢集まる場所とかあったら、そこに行ってほしいんだけど」

「わかりました」

そう答えながら思案する。公民館あたりに行けばいいだろうか。地域の寄り合い的な集まりがあるとは聞いている。図書館もいいかもしれない。

「やっぱりこの町には猿が出るの？」

莉子が訊いてくる。町名のことを言っているのだろう。加奈は答えた。

「たまに見かけますよ。でも熊の方が多いかも。山に入るときは注意が必要ですね」

「キャンプしたいんだけど、いい場所知ってる？」

「もちろんです。ご案内しますよ」

「これって何かしら？」

莉子がルームミラーにぶら下がっているアクリル製のキーホルダーを指さした。ちょんまげ姿のキャラクターがデザインされていた。

「それ、サスケ君です」

「サスケ君？　アニメか何かのキャラ？」

「違います。うちのゆるキャラですよ」

地域おこしを名目として、ご当地キャラクターを各自治体が売り出した時期があった。サスケ君もその一環として考案されたキャラクターで、町内の小学生が描いたイラストをもとに東京のイラストレーターが作ったものだ。

「やっぱり猿飛佐助が元ネタなのかしら？」

「そうみたいですね。でも知ってました？　猿飛佐助って架空の人物なんですよ」

一応、町のゆるキャラなので由来くらいは勉強している。猿飛佐助とは講談などに登場する架空の忍者で、真田幸村に仕えた真田十勇士の一人とされている。モデルとなった武将が存在するという説もあるが、学問的には立証されていない。

「伝説上はこのあたりの生まれなの？」

「違います。単に町名にかけただけだと思います。あ、でも武田信玄の忍者屋敷が猿飛町にあったという歴史的記述はあるみたいですけど」

「ふーん、忍者か」

莉子は腕を組み、何やら考え込んでいる。その視線の先ではサスケ君のキーホルダーが揺れている。こんなゆるキャラが町のイメージ回復に繋がるとは到底思えなかった。

「あ、そろそろ着きます。公民館です。多分近所の住民が集まっているかと思います」

加奈はそう言ってからブレーキを踏み、公民館の駐車場に車を入れた。

動きがあったのは週明けの月曜日のことだった。朝のミーティングが終了した後、加奈は会議室に呼ばれたのだ。副町長などの幹部が数人、そこで待ち受けていた。

しばらく待っていると莉子が入ってきた。彼女がこの町役場にやってきてから五日間ほど経った。昨日は城島家の菩提寺《ぼだいじ》において法事がおこなわれ、そこには莉子も城島真司の妻として参列した。加奈の両親や祖父母とも楽しげに語らっていた。

「すみません、お待たせしました」

莉子がそう言って場を見渡した。プレゼンでも始まるような雰囲気だった。加奈は何だか緊張してきて、唾を呑み込んだ。莉子が話し始める。

「私はこの町のイメージ回復のために雇用されました。例のハラスメント大王問題は町長の辞任という形で幕を下ろしたとはいえ、まだまだ世間の反発は強いみたいですね」

いまだに徳山の悪行についての後追い記事も出ているし、ネットニュースのコメント欄は荒れている。なぜか猿飛町役場の職員の勤務態度について触れる記事もあり、誰が情報を洩らしたのか、勤務時間内に喫煙所で煙草を吸う職員についても触れられていた。この町長にしてこの職員あり、といった論調が目立った。そういう記事を読むたびに加奈は悲しい気持ちになるのだった。

「こういうときだからこそ、あくまでも住民サービスの向上に力を注ぐべき。私はそういう結論に達しました。そこで私が考案したのは新たな課の創設です。これまでにない斬新な、そして住民サービスの向上に繋がるような課を創設します」

莉子は手にしていた紙を広げた。書き初め用の半紙だ。そこには毛筆でこう書かれていた。

忍者課、と。

その場に居合わせた幹部たちが声を上げる。それを制するように莉子は言った。

「全国の自治体においてユニークな部署名が存在することはご存じでしょうか。たとえば千葉県松戸《まつど》市の『すぐやる課』や兵庫県丹波《たんば》市の『恐竜課』などが有名です。私が調べた感じですと、こういった部署名は二つのタイプに分かれます。メッセージ型と特産品型です。メッセージ型というのは、ずばり地域住民に対するアピールです。松戸市の『すぐやる課』などはその典型ですし、兵庫県芦屋《あしや》市には『お困りです課』という課もあるようです」

ダジャレではあるが、その目的は明瞭だ。幹部たちは莉子の話に聞き入っている。

「特産品型というのは言葉の通りです。地元の特産品を課名にしたものです。『恐竜課』もそうですし、『りんご課』や『うみがめ課』、『富士山課』といった課もあるようです」

特産品型というのはわかり易い。特産品を課名にすることにより、その宣伝効果を狙うのだ。

「忍者課というのはメッセージ型と特産品型のハイブリッドだと考えてください。実際の活動内容は『すぐやる課』に極めて近いです。忍者は古来大名に仕え、どんな仕事でも請け負うフットワークの軽い集団だったといいます。いわば戦国時代の何でも屋といった側面もあったものと思われます」

莉子は資料を配り始める。そこには忍者課の概要や細かい活動内容などが記されている。

第二問：
ハラスメント町長問題で炎上した
某町のイメージを回復させなさい。

「忍者というのは非常に人気のあるコンテンツです。現在でもアニメやドラマなどのモチーフになってますし、世界的にも広く知られています。仮に忍者課を創設した場合、マスコミに取り上げられることは確実でしょう」

たしかに忍者はウケがよさそうだ。数年前、忍者の末裔《まつえい》同士が夫婦喧嘩をするというテレビドラマを観たことがある。

「皆さん、いかがでしょうか？　忍者課の創設を承認していただけますでしょうか？」

幹部たちはすぐには答えない。手元の資料に目を通している。やがて一人の幹部が手を挙げた。副町長の竹下《たけした》だ。元町役場のＯＢであり、この場に居る幹部の中では一番偉い人だ。

「ちなみに何人ぐらい配属すればいいのだろうか？　どの部署も忙しいからね。そう簡単に人を回すわけにいかないよ」

「体力勝負になります」莉子は答えた。「ですので二十代の若手職員を三名ほど回していただければどうにかなるかと。それに専任ではなく兼任で構いません。午後に二時間か三時間ほど、忍者課の仕事に従事してもらえれば大丈夫なので」

「三名くらいならどうにかなるか」

副町長が腕を組む。すると莉子が思わぬことを言い出した。

「あ、こちらにいる城島加奈さんですが、できれば忍者課に配属していただけると助かります。すでに私とも面識がありますし、忍者課に相応しい人材です」

えっ？　私？　加奈は内心声を上げる。加奈の心境などお構いなしに話は進んでいく。副町長が言った。

「真波さんのご要望とあれば聞かないわけにはいかないね。城島君、よろしく頼むよ」

「は、はい。よ、よろしくお願いします」

咄嗟に立ち上がり、加奈は頭を下げた。莉子がこちらを見てにっこりと笑った。まったく何て人だ。いきなり町役場を訪れたかと思うと、わずか数日のうちに真新しい部署を作ってしまったのだから。

「場所はどこにしようか？」

「やっぱり一階の方がいいんじゃないか」

事務的な話に移っていた。徳山町長はすでに辞任したため、彼の了解を得る必要はない。次期町長を決める選挙の日程も決まっていて、来月のお盆明けに告示、八月末に投開票になる見込みだった。

「あと二人、誰にしようか？」

「総務課から一人出したわけだから、あとの二人は……」

幹部たちの話を聞き流しながら加奈は我が身を思う。どういうこと？　私、忍者になってしまうのかしら――。

＊

その夜、莉子はキャンプに来ていた。城島家から車で五分ほどの場所にある川のほとりで、このあたり一帯は城島家の私有地のようだった。莉子は愛梨と二人、バーベキューをしていた。

「愛梨ちゃん、お肉焼けてるよ。食べる？」

「うん、食べる」

莉子は焼けた肉を愛梨の皿の上に置いた。

「自由研究は順調？」

「まあまあかな」

この機会を利用して、愛梨は夏休みの自由研究に取り組んでいる。テーマは野草の研究らしく、日々城島とともに近辺の野山を歩いているようだ。東京に戻ったら学習塾の夏期講習が本格的に始まるため、愛梨にとっても今が束の間の骨休めとも言える。

「莉子ちゃん、いつから忍者やるの？」

「明日から。っていうか、別に私が忍者になるわけじゃないんだけどね」

忍者課の創設を提案したのが昨日のことで、明日から正式に忍者課が発足することになった。なかなかのスピード感だ。といっても若手三人を集めただけの小さな課であり、具体的なことは何も決まっていない。

「お父さんかな？」

愛梨が顔を上げた。車のヘッドライトが見える。城島は本社とのリモート会議があるとの話で、少し遅れると言っていた。車のシルエットからしてプリウスではなく、軽トラックのようだ。運転席から降りた男が歩いてくる。城島の父、郁夫だった。

「こんばんは」

莉子はそう言って腰を上げた。郁夫が立ち止まり、手にした包みをこちらに見せた。

「花火だよ。差し入れだ」

「ありがとうございます」

包みを受けとった。そのまま引き返そうとする郁夫の背中に声をかけた。

「お義父《とう》さん、ビールでもどうですか？」

「いや、俺は車だし……」

「いいじゃないですか。歩いても帰れる距離ですよね」

郁夫は考え込むような顔つきをしている。義兄《あに》夫婦や加奈とはかなり打ち解けていたが、城島の両親とは法事のときに話した程度だ。莉子はクーラーボックスの中から缶ビールを出し、それを郁夫の手に握らせた。

「どうぞ」

郁夫は「すまないね」と缶ビールを受けとった。彼をテントの前に案内して愛梨の隣の椅子に座らせる。愛梨が若干体を強張らせるのがわかった。一応、二人は血が繋がった祖父と孫という関係だが、ほぼ初対面に近いため、互いに距離感を摑めずにいるのが伝わってきた。

「愛梨ちゃん、お祖父ちゃんの分も焼いてあげて」

「うん、わかった」

率先して会話を牽引してもいいが、ここは二人を見守ることにした。しばらく誰も口を利かず、炭が弾ける音だけが聞こえてきた。重い沈黙を破ったのは郁夫だった。

「愛梨ちゃん、川虫というのを知っているかい？」

「川虫？　知らない」

「カゲロウやトビケラの幼虫だ。川原の石の裏で見つけることができる。渓流釣りのエサとして最適なんだ」

「ふーん」

「昔、このあたりでよく釣りをした。裕一や真司も当然一緒だ。兄の裕一は大丈夫なんだが、真司はどうも川虫が苦手のようでな。捕まえた川虫を見せると泣き出したこともあった」

「お父さんが？　泣いちゃったの？」

「ああ。今の愛梨ちゃんと同じくらいの年だったかな。それを面白がった裕一が真司に川虫を投げつけたりしてな。真司の奴、泣き叫んで逃げていたよ」

「超ウケる。ねえ、お祖父ちゃん、川虫って今もいる？」

「もちろん。そのあたりにウジャウジャいるぞ」

「見たい。私、川虫見たい」

「懐中電灯があればいいが」

二人は立ち上がり、川原の方に向かって歩いていく。莉子もあとからついていった。懐中電灯を照らし、川虫を探す。郁夫が大きめの石を裏返すと、そこには黒い小さな物体が蠢《うごめ》いていた。どうやらこれが川虫らしい。決して見た目がいいとはいえないが、愛梨は特に動じることはなかった。

「これ、お父さんに投げたらどうなるかな？」

「愛梨ちゃん、それはやめておいた方がいい。真司の奴、本当に泣き出すぞ」

「そしたら動画撮ろう。お父さん逃げるところ見たいもん」

すっかり二人は打ち解けた様子だった。川虫を探しながら何やら話している。莉子は一人、テント前に戻って火の番をした。少し焦げてしまった肉を網の隅に置いた。しばらくすると新たな車のヘッドライトが見えた。城島がやってきたのだ。愛梨がそちらに向かって走っていく。川虫を見せるつもりのようだ。

人の気配を感じる。郁夫がこちらに向かって歩いてきた。彼が頭を下げた。

「真波さん、ありがとう。息子を、真司をよろしくお願いします」

別に何もしていない。世話になっているのは私の方だ。莉子は立ち上がり、クーラーボックスの中から缶ビールを出した。

「お義父さん、どんどん飲んでください。二本目もビールでいいですよね？」

川のせせらぎが聞こえてくる。そんな中、城島の悲鳴と愛梨の笑い声が遠くの方から聞こえてきた。まさに夏休みだな、と莉子は思った。

*

「えっ？　これ着るんですか？」

加奈は渡されたTシャツを広げた。色は黒で、胸元に黄色い『忍』の一文字がプリントされている。莉子が笑みを浮かべて言った。

「そうよ。ユニフォームみたいなものだから。あ、私も着てるし」

莉子はそう言って自分の胸元に手をやった。彼女はグレーのパンツスーツだが、ジャケットの下に忍者Tシャツを着こんでいる。

「ほらほら、早く着替えてきて」

莉子が手を叩く。加奈たち忍者課の面々はいったん席を立ち、ロッカールームで着替えてから戻ってきた。栄《は》えある忍者課の初日だった。加奈以外のメンバーは高安直輝《たかやすなおき》（二十七歳、観光課）と片倉陽平《かたくらようへい》（二十六歳、教育委員会庶務課）の二人だ。戻ってきたメンバーを見回し、莉子は宣言した。

「それでは忍者課の仕事を始めます」

いったい何をやらされるのか。加奈はほかの二人のメンバーと顔を見合わせた。莉子の指示に従う形で加奈たちは町役場から出た。公用車で向かった先は町内にある一軒家だった。庭の木々も荒れ放題で、誰も住んでいないことは一目瞭然だ。公用車から降りた莉子が家を見上げて言った。

「皆さん、見ての通りこの家は空き家です。庭も荒れていて、伸びた木々が公道にはみ出ていて交通の妨げにもなっています。周囲の住民も困っているらしく、何度か役場にも相談に訪れているそうです」

正式な担当ではないので詳細はわからないが、おそらくそういう場合、家の所有者に連絡を入れ、掃除をするように依頼するはずだった。空き家問題は全国的にも問題になっており、猿飛町も例外ではない。転勤や引っ越しで不要になった、または親から相続したのだが使い道がない等の理由で、放置されている家屋が無数にある。

「所有者と連絡がとれました。この家の所有者は現在は大阪に住んでいて、なかなか掃除に来る時間もとれないとの話でした。そこで私たちの出番です。掃除をする許可をとりました」

莉子はそう言って公用車のバックドアを開けた。そこにはハサミや竹ぼうき、半透明のゴミ袋等の掃除用具一式が入っている。

「忍者の出番です。さあ張り切っていきましょう」

四人で掃除を開始する。主に男性二人が木の剪定をおこない、女性二人は補助についた。以前は芝生だったであろう庭も雑草が伸び放題になっていた。

「どうして空き家を掃除しようと思ったんですか？」

休憩中、お茶を飲みながら莉子に訊くと、彼女は笑って答えた。

「加奈ちゃんに連れていってもらった公民館よ。困っていることはないかと訊いて回ったら、空き家に関する苦情が多かったの。だから手始めにそこから手をつけることにしたのよ」

肝心なのは所有者の許可を得ることだ。それなしでは勝手に掃除をすることはできず、下手をすれば無断侵入になってしまう。莉子は固定資産税の情報などから所有者の連絡先を割り出し、掃除の許可を得たという。

「すでに掃除の候補として三十軒ほどの空き家があるわ。明日からは手分けして所有者に連絡をとりましょう」

「莉子先輩、ちょっと疑問に思ったんですが」加奈は意を決して言う。「ここまでしてあげる必要があるんでしょうか？　本来は自分で掃除をしなきゃいけないわけですよね。たとえばお金払って業者に依頼している人もいると思うんです」

やり過ぎではないかと加奈は思うのだ。たしかに地域の人たちの助けになるが、行政の仕事の範囲を超えてしまっているのではないか、と。

「加奈ちゃんの言うことも一理ある。真面目に空き家を掃除している人もいるわけだし、そういう観点からは不公平よね。でもね、加奈ちゃん。私が任されているのは猿飛町のイメージ回復なの。加奈ちゃんが思っている以上にハラスメント大王問題は猿飛町の未来に影響を及ぼすんじゃないかって私は想像してる。たとえば来年度の新規採用職員」

それなら加奈も人事課の人から話を聞いている。志願者の辞退は今も続いているらしい。

「どんなに苦境に立たされても、優秀な人材がいさえすれば何とかなるの。でも人材がいないとどうにもならない。たとえば向こう三年間、猿飛町に優秀な人材が入ってこなかったら数年後、数十年後に危機が訪れるはず」

そういうものかもしれない。加奈にもぼんやりと理解できた。

「そうならないためにも、イメージ回復に取り組まなければならない。それも早急にね。さあ作業を再開しましょう」

莉子が立ち上がったので、加奈たち若手職員もそれにならう。再び庭の掃除を開始する。一つだけ言えることは、今日家に帰って飲むビールは美味しいに違いないということだった。

その日も午後から忍者課の仕事だった。忍者課の仕事も三日目となり、それなりに慣れてきた。午前中には総務課の仕事を済ませ、午後二時過ぎくらいから忍者課としての体力仕事が待っている。そんな具合だ。

「本日はよろしくお願いします」

今日掃除する予定の空き家の前で、三人の男女が待っていた。男性が二人と女性が一人で、男性の片方は肩にカメラを担いでいる。甲府からやってきたテレビ局のクルーらしい。テレビ局のクルーと名刺交換をしてから作業を始める。今日も庭木の剪定が主な仕事だ。

「加奈ちゃん、ちょっといい？」

莉子に呼ばれた。ニュース用のコメントを撮影したいという話だった。突然でびっくりしたが、断るわけにはいかない。加奈はカメラの前に立った。男性プロデューサーの質問に答える感じでコメントを撮影した。

「忍者課ではどのような仕事をしているんですか？」

「町民サービスに直結することであれば基本的にどんな仕事でも引き受けます。まだ発足して三日目ですが、空き家の掃除が多いですね」

「反響はありますか？」

「はい。お陰様で多くの町民の皆様からお声がけいただいております」

すでにネットニュースでもとり上げられている。電話やメールなどで忍者課への依頼が舞い込んでいた。逃げた飼い犬を捜してくれとか、田んぼのカラスを追い払ってくれとか、依頼の内容は多岐にわたる。できるものとできないものを選別するのが大変だった。

「最後にニュースをご覧の皆さんにメッセージはありますか？」

「今後も町民の皆様のため、我々忍者課は縁の下の力持ち的存在として頑張ってまいりますので、猿飛町をよろしくお願いします」

莉子が音を立てぬように拍手をしている。テレビクルーたちは今度は作業内容の撮影に入るようだ。ニュースのオンエアは明日の夕方らしい。反響が楽しみだ。

作業を再開する。庭の掃除をしていると、物置の前に子供用の自転車が放置されているのが見えた。屋根が抜けた犬小屋もある。加奈は近くにいた男性職員、片倉に訊いた。

「片倉さん、このお宅、いつから留守にしているんですか？」

「二十年以上前だって。所有者は東京に住んでるらしいよ」

外壁は劣化による変色がみられるが、まだ住めそうな感じだった。新築に近い状態で出ていったものと推測できた。

「城島さんは優也君事件って知ってる？」

突然、片倉が訊いてくる。心臓を摑まれたような気持ちになる。何と答えたらいいかわからずにいると、片倉が一方的に言った。

「城島さんは知らないよね。まだ俺たちが生まれる前の話だから。二十七年くらい前かな。一人の少年が行方不明になる事件があったらしくて、そのときいなくなった子が稲見優也君。結局優也君は見つからなかったみたいだぜ」

加奈は知っている。祖父、郁夫が交番勤務時代に遭遇した事件であり、今も祖父が当時のことを悔やんでいることを。定年退職後、祖父はウォーキングと称して町内を歩き回っているが、今も優也君を捜しているに違いないと家族は全員気づいていた。

「その稲見さん一家が住んでいたのがこの家だ。住んでいるのが辛くなったんだろうね。気持ちはわかるよ。お子さんとの思い出があるから家を売却するわけにもいかないし」

複雑な心境だ。祖父が警察官として関与していた二十七年前の未解決事件。その家の掃除をする羽目になるとは、運命とは皮肉なものだ。

少々騒がしい。何事かと思って外を見ると、テレビクルーたちが慌ただしく片づけに追われている。このあともしばらく撮影は続けると言っていた。役場に戻ってから副町長のインタビューをとる予定になっている。急用でも入ったのか。

「どうかしたんですか？」

加奈が声をかけると、機材の撤収を手伝っていた莉子が顔を上げた。

「静岡県知事が失言したみたい。急いで社に戻るんですって」

またか。お隣の静岡県知事、谷田部《やたべ》一郎《いちろう》は何かと問題発言の多い県知事として知られている。特に山梨県に対するライバル意識は並大抵のものではなく、自分たちは表富士で山梨は裏富士と言ってみたり、富士山は静岡の物と発言するなど、山梨県を刺激する発言が目立った。また今回も物議を醸す発言をしたようだ。

テレビクルーが去ったあとも加奈たちは黙々と作業を続けた。二時間ほどで作業は終了し、町役場に戻った。着替えてから自席に向かう。ネットニュースを見ると、静岡県知事の発言は大きな騒ぎになっていた。静岡の食をアピールするイベントに登壇した知事は記者と次のようなやりとりをしたらしい。

記者『知事は愛してやまない食べ物などはございますか？』

第二問：
ハラスメント町長問題で炎上した
某町のイメージを回復させなさい。

知事『あるよ。僕の場合は蕎麦だね。毎日食べてもいいくらいだ』
記者『うどんはどうでしょう？』
知事『嫌いだね。うどんは庶民が食べるものだろう？　あとほうとうとかね、ああいう百姓が食べるものは口に合わないんだ』
記者『………』
知事『僕みたいなインテリはね、百姓が食べるほうとうとかは……（秘書らしき男がマイクを止める）』

完全にアウトな発言だ。すでにかなり炎上しており、検索ワードランキングでも『静岡県知事』が一位で、『ほうとう』が二位になっている。甲府市に本部のある日本ほうとう友の会がＳＮＳを通じて抗議文を掲載していた。騒ぎは関係各所に飛び火している。

「莉子先輩」と加奈は隣に座る莉子に訊く。「どうして政治家って失言するんでしょうか？　私には理解できないんですけど」

「トップになってしまうと咎《とが》めてくれる人がいなくなるの。あとはサービス精神の問題かな。記者を笑わそうとか、喜ばせようと思っている政治家ほど問題発言を連発する傾向があるわね」

わかるような気がする。過剰なサービス精神が自分の首を絞める結果になるのだ。なかなか難しい問題だ。

さらにネットを検索していると、林田係長が廊下を走ってきた。血相を変えている。自席に戻ってきた林田は言った。

「大変だ、大変なことになったぞ」

「何が大変なんですか?」

加奈が訊くと、林田が顔をしかめて答えた。

「町長、いや、元町長か。徳山さんが次期町長選に立候補するらしい」

＊

その店は猿飛町の繁華街の中ほどにあった。繁華街といっても大半の店がシャッターを下ろしていた。莉子が暖簾をくぐると、ニンニクを炒める香ばしい匂いが鼻先に漂ってきた。

「うわ、懐かしい。まったく変わってないな」

城島が店内を見回して言った。中華料理屋に来ていた。城島が幼い頃から頻繁に通っていた店らしい。かなり年季が入っていて、今風に言えば町中華といった感じの店構えだ。

四人掛けのテーブル席に案内される。愛梨と加奈も一緒だ。莉子は加奈に訊いた。

「加奈ちゃんもこのお店に来たことあるの?」

「もちろんです」と加奈は即答する。「猿飛町に住んでてこの店に来たことない人、いないんじゃないかな」

「そんなに人気店なんだ」

「町で唯一の中華料理屋ですから」

午後六時を過ぎているが、ほぼ満席だった。店の名前は『桃ちゃん亭』といい、桃ちゃんラーメンというのが看板メニューのようだ。店主の名前が桃田《ももた》であり、それが店名の由来にもなっているという。

「いらっしゃいませ」

六十代くらいの女性が人数分の水を運んでくる。女性は城島の顔を見て言った。

「おや、懐かしい人が来てくれたもんだ」

「俺のこと、憶えているんですか？」

「当たり前だよ。あんたもすっかりおじさんになったたね。昔は紅顔の美少年だったのに」

四人とも桃ちゃんラーメンを注文した。城島だけは半チャーハンのセットだった。壁にテレビが備え付けられており、夕方のニュースが放送されていた。静岡県知事の失言問題一色だった。まるで鬼の首を獲《と》ったかのように谷田部知事の失言シーンを繰り返し放送している。

「加奈ちゃん、元気ないね」

愛梨がそう声をかけると、加奈は肩を落とした。

「まあね。でも大丈夫。ラーメン食べれば元気出るから」

徳山前町長が町長選に出馬する件である。まだ噂の域を出ないが、近しい後援者に出馬する意向を仄《ほの》めかしたという。その報を耳にした町職員たちは一様に肩を落としていた。暴君の帰還を喜ぶ者などおらず、加奈もその一人だった。

「再選される可能性、あるの？」

莉子は訊いた。全国的に物議を醸したハラスメント大王だ。普通に考えれば当選するなど断じて有り得ない。

「かなりありますね」

「あるんだ？」

「ありますよ。田舎ですからね。支持者がいるんですよ、あんな男でも」

加奈の言葉には憤怒の色が混じっている。彼女は徳山からお茶係に任命され、毎朝執拗なセクハラを受けていた被害者だ。城島が言った。

「都会と違って、しがらみみたいなものがあるんじゃないですか。町役場で働く人たちはたまったものじゃないですけど」

「対抗馬はいないの？」

「厳しいですね」答えたのは加奈だった。「今の副町長、竹下さんが出馬するって噂がありましたけど、もし本当に徳山さんが出馬するんだったら勝ち目はありませんね。一難去ってまた一難とはこのことですよ」

忍者課もスタートさせ、明日には県内ニュースで放送される。猿飛町の新たな試みが注目を集め、ハラスメント大王問題で付いてしまった負のイメージを一掃するチャンスだった。しかしハラスメント大王が出馬・再選されてしまうと話がだいぶ違ってくる。再び暗黒時代に逆戻りだ。

「お待たせ」

ラーメンが運ばれてくる。チャーシューや煮卵が載っている、昔ながらの中華そばだ。スープは淡く澄んでおり、飽きの来ない味だった。

第二問：
ハラスメント町長問題で炎上した
某町のイメージを回復させなさい。

「これだよ、これ。俺にとってのラーメンはこれなんだよな」

城島が感激した様子でラーメンを食べている。すると愛梨が言った。

「この店、今月で終わるみたいだね」

「ん？　何だと？」

「ほら、あそこに書いてあるじゃん」

愛梨が壁を指さす。メニューの横に貼り紙があった。『長年御愛顧いただき誠にありがとうございました』という書き出しで、今月の盆入りと同時に店を閉める旨が書かれていた。

城島はそれを見てショックを受けていた。その隙に愛梨が手を伸ばして、城島のラーメンの器からチャーシューを一枚、こっそりとっていく。

「すみません」城島が通りかかった女性に訊いた。「どうしてお店を閉めてしまうんですか？　あ、すみません。二十年以上もご無沙汰していた俺が訊くのもあれですけど」

「うちの主人、今月で七十歳になるの。七十歳になったら店を畳むって昔から決めてたみたいでね」

「体を悪くしたとか、そういうわけではないんですね」

「ピンピンしてるわよ」

女性が厨房の方を振り返る。コック帽を被った男性が中華鍋を振っている。七十歳には見えないほどに若々しい。

「残念だな。閉店する前に必ず来ます」

「待ってるわよ」

町で唯一の中華料理屋。この店の料理は多くの人々を笑顔にさせてきたはずであり、その中には幼い城島少年も含まれているはずだ。そんなことを思いながら莉子はラーメンを味わった。

＊

加奈は町役場にある会議室にいた。莉子をはじめとする忍者課の面々が集まっている。静かなところで話をしたい。莉子の意向により、急遽この会議室に集まったのだ。忍者たちの顔を見回して莉子が言う。

「みんな、前町長の徳山さんが町長選に立候補するって話は聞いてるわね？」

全員がうなずく。先週からその話で持ち切りだ。徳山の立候補は公然の事実として語られている。今朝の県内ニュースでも流れたほどだ。

「立候補するしないは本人の自由なので、止めることはできない。でも徳山さんの再選は猿飛町にとって百害あって一利なしだと思うの」

それは本当にそう思う。仮に全面的に反省し、気持ちを入れ替えたとしても、人の本質的な部分は変わらない。少なくとも加奈はあの人の下では働きたくない。

「でもどうすればいいんですか？」口を開いたのは高安だった。「徳山さんが立候補するのは確実ですよね。対抗馬もいないし、当選確実だってみんな言ってますよ」

「逆に質問しますが、どうして徳山さんは町長選に立候補しようと思ったんでしょうか？」

加奈たちは顔を見合わせた。全員が二十代と若く、政治の世界に通じているわけではない。代表して片倉が答えた。

「僕たちにはわかりませんよ。あの男の気持ちなんて」

「少なくとも謝罪会見のときには次の町長選には立候補しないと明言していました」

涙の記者会見の席上でのこと。立候補は断じてない。政治の世界から潔く引退する。彼はそう語っていた。

「そこで皆さんの出番です。なぜ徳山さんが心変わりをして立候補を決めたのか。それを調べてください」

「えっ？　僕たちが、ですか？」

「そうです。忍者課としての仕事です。そもそも忍者というのは情報収集が主な任務でした。ようやく忍者本来の任務に就くことができるわけです」

莉子が真顔で言う。たしかに戦国時代の忍者は変装して他国に潜入するなど、情報収集を得意としていた。それを私たちにやれということか。

「大丈夫でしょうか？」高安が不安そうな顔で言った。「僕たち公務員は選挙活動を禁止されていますよね。徳山さんのことを調べることは服務規程に抵触しませんか？」

「問題ありません。調べるだけですので。彼が町長選に立候補を決めた理由が必ずあるはずなんです。それがわかれば選挙戦を有利に進めることができるでしょう」

耳を疑った。選挙戦を有利に進める。今、この人はそう言わなかったか。つまり選挙に出るつもりなのか。同じことを思ったらしく、高安が質問した。

「真波さん、もしかして選挙に出るつもりですか？」

「私は出ませんよ」と莉子は笑って受け流す。「私はあまり目立ちたくない人間なんです。ほかの候補者を思案中です」

「誰です？　誰を推すつもりですか？」

高安の質問に莉子は答えなかった。小さな笑みを浮かべているだけだ。それにしても、と加奈は真波莉子という女性に感服していた。夫の帰省の付き添いで猿飛町に来ただけなのに、なぜか臨時職員となって忍者課なる新部署を創設し、町の負のイメージを一掃する。そしてさらには町長選挙に関わっていこうとしているのだ。やっぱり東京の女性は凄い。いや、この人が特別なのか。

「ところで」莉子が話題を変える。「先週末、加奈ちゃんと一緒に桃ちゃん亭に行ったの。二人は行ったことある？」

高安と片倉が顔を見合わせる。答えたのは片倉だった。

「ありますよ。今まで百回、いや三百回は行ってるんじゃないかな。この町に住んでる人間、ほぼ全員が桃ちゃんラーメン食べてますよ」

「そう。わかりました。では情報収集よろしくお願いします。それほど時間もないため、急ぎでお願いします」

莉子が会議室から出ていった。若手忍者三人が残される形となる。最年長の高安が言った。

「最後のあれ、何だろうな。もしかして真波さん、桃ちゃんラーメンのオヤジを立候補させる気じゃないのか」

「それはないですって」と片倉が答える。「だってラーメン屋のオヤジですよ。町長なんて務まるわけないじゃないですか」

「いや、わからんぜ。ネームバリューだけなら桃ちゃんラーメンのオヤジ、かなりのものだからな。しかもあの店、今月で閉めるんだろ。タイミング的にもバッチリじゃないか」

町で人気の中華料理屋の主人を町長選に立候補させる。普通に考えれば有り得ないことでも、あの女性ならいとも簡単に実現させてしまいそうな気がした。

「情報収集、どうします？　どこから手をつけましょうか？」

加奈がそう言うと、高安が腕を組んだ。

「そうだな。城島さんは一階を頼むよ。片倉は二階ね。俺は外部を当たってみるから」

役場の一階には町民課や税金・福祉関係の窓口的な仕事をする課があり、二階には道路課、水道課、教育委員会などが集まっている。高安は観光課に属していることから、観光協会などの外郭団体に探りを入れるつもりのようだ。

「空き家の掃除と違って、何か本格的に忍者っぽくなってきましたね」

片倉は嬉しそうな顔で言う。もしかして、と想像せずにはいられない。こういう状況、つまり徳山が町長選に再出馬する場合に備え、莉子は自分の手駒として使える人間を確保するために忍者課を作ったのではないか。

「とにかく頑張ろうぜ。真波さんのためにも」

「そうだな。頑張ろう」

男性陣二人はすっかり莉子に心酔している様子だった。三人で会議室を出て、それぞれの職場に戻った。総務課の業務を続けつつ、どのようにして情報を収集すべきか、加奈は思案に暮れた。

＊

「凄いね、これ。愛梨ちゃんが獲ったんだ。怖くなかった？」

「全然怖くなかった。背中の部分持てば楽勝だよ」

夜、莉子は城島家の離れにいた。愛梨が捕獲したアメリカザリガニを観察している。プラスチック製の容器の中に二匹のアメリカザリガニがいた。

「アメリカザリガニって、アメリカ生まれ？」

愛梨に訊かれたので莉子は答えた。

「そうだよ。アメリカ原産の外来種ね。在来種に大きな影響を与えることから、環境省が条件付特定外来生物に指定しているはずよ」

「特定外来生物って？」

「日本の生態系を壊してしまう可能性がある外来種のことね。この子自身に罪はないんだけど」

愛梨の自由研究は当初野草をテーマにしていたが、キャンプで川虫と遭遇したのをきっかけに、川や水路などに棲む水生動物にテーマが移行しているらしい。ザリガニの捕獲もその一環のようだ。

第二問：
ハラスメント町長問題で炎上した
某町のイメージを回復させなさい。

「でも愛梨ちゃん、この容器だとザリガニさん逃げてしまわない？」

「危ないかな？」

「うーん、ちょっとね」

二人の会話が耳に入ったのか、ノートパソコンで本社への報告書を作っていた城島が口を挟んできた。

「俺が子供の頃に使ってた虫かごがあった気がするな。多分実家の俺の部屋にあったと思うが」

「私、とってくるわ」

莉子は立ち上がり、サンダルを履いて庭に出る。近くの田んぼから蛙の鳴き声が聞こえてくる。星が綺麗だった。

実家のインターホンを押すと、城島の母の夏子が顔を出した。事情を説明すると、「お上がり」と言って中に入っていく。「お邪魔します」とサンダルを脱いだ。夏子は二階にある城島の部屋に向かっていった。莉子が居間に向かうと、郁夫が一人晩酌をしていた。

「こんばんは」

「おお、莉子さんか。よかったらどうだい？」

日本酒を飲んでいるらしい。「頂戴します」と言うと、郁夫が台所からお猪口を持ってきてくれる。純米大吟醸だった。

「まったくしょうがない男だな」

郁夫がテレビを見て言った。ＮＨＫの夜のニュースが流れていて、静岡県の谷田部知事が辞任を決めたニュースを伝えていた。例の不適切発言が炎上し、ようやく辞任する決意を固めたようだ。神妙な顔をして谷田部は記者からの質問に答えていた。

『知事、発言を撤回する気はないんですか？』

『現時点ではございません』

『百姓という言葉について、どういう意図で発言したのか、真意をお聞かせください』

『私から特に説明すべきことはございません』

自治体の長が不適切な発言をして、自身の辞任にまで発展する。最近よく耳にする事例ではあるが、それが県知事ともなると大きな問題となる。特に静岡県知事はリニア建設に強硬に反対しており、リニア建設を推進する他県またはリニア建設会社とたびたび衝突していた。後任を選ぶ知事選の行方を含め、今後も目が離せない展開が続きそうだ。

「それは何ですか？」

莉子は訊いた。郁夫の手元には晩酌セットが置いてあり、その脇に一枚の地図があった。クリアファイルに入れられた地図だ。郁夫は何も答えず、酒を一口飲んだ。

「もしかして、お義父さんが関わられた二十七年前の事件の資料でしょうか？」

郁夫が顔を上げた。知っているのか。そんなことを言いたげな顔つきだった。莉子は城島からすべてを聞いていた。城島父子の仲違《なかたが》いの原因にもなった、二十七年前の男子児童の行方不明事件だ。

「真司さんから聞いています。今も行方不明になった男子児童、優也君でしたっけ？　彼の行方を追っているとか？」

郁夫は答えない。黙って酒を飲んでいる。その長い沈黙が彼の心境を語っているように思われた。

「失礼します」

無礼を承知で莉子は地図に手を伸ばした。猿飛町全域の地図だ。☆印が二つあり、黒い線で結ばれている。学校と自宅であり、黒い線は優也君の通学路だろう。赤い◯が五つ、印《しる》されていた。赤い◯は町内全域に散らばっていた。

「赤い◯は何ですか？」

莉子は訊いた。答えてくれないだろうとさほど期待していなかったが、辛抱強く待っていると郁夫が重い口を開いた。

「目撃証言だよ。優也君を見たという住民の証言だ。しかし町内には似たような背格好の児童は多かったからな。全部見間違いの可能性もある」

「実は先日、優也君のお父さんと話しました」

郁夫がギョッとした顔でこちらを見た。莉子は微笑した。最初に忍者課という町役場に新設された部署について説明してから本題に入る。

「町内のあるお宅の庭が荒れ放題になっていることから、そのお宅の所有者に連絡をとったんです。そのうちのお一人が稲見さんでした。今は東京で暮らしているようで、なかなかこちらに帰ってくる時間はとれないと語っておられました。あの家を処分するつもりはないようです」

掃除終了の報告をした。電話で話しただけだが、感じの良い男性だった。

「稲見さん、喜ぶでしょうね」莉子は地図を返しながら言った。「退職した警察官が今も息子さんの行方を追って歩き続けている。それを知ったら絶対に喜ぶと思います」

莉子はお猪口の日本酒を飲み干した。ちょうどそのとき二階から降りてくる足音が聞こえ、夏子が虫かごを片手にやってきた。

「これでいいかしら？」

「十分です。ありがとうございます」

莉子は虫かごを受けとった。郁夫を見ると、彼は手元の地図に視線を落としていた。

＊

「知ってる？　桃ちゃんラーメンのご主人、町長選に立候補するみたいだぜ」

「俺も聞いた。でも本当かな。ガセじゃないのか」

昼休み。加奈は自席で昼食を摂りながら、同僚たちの言葉に耳を傾けている。午前中からその噂で持ち切りだ。町で有名な中華料理屋の店主が町長選に立候補するらしい、と。

「知名度なら抜群だからな。桃ちゃんラーメン食べたことない奴、この町にいないだろ」

「今月閉店するんだろ。俺、今日仕事終わったら寄ろうかな」

加奈は隣のデスクに目を向けた。さきほど莉子は席を立ったので空席だ。桃ちゃんラーメンのご主人を町長選に担ぎ出したのは彼女ではないか、と加奈は疑っている。何しろ昨夜も桃ちゃん亭まで莉子を送ったのだ。ラーメンも食べずに数分話しただけで莉子は店から出てきた。何を話したのか定かではないが、かなり怪しい。

莉子が席に戻ってくる。「行きましょう」と言われたので、加奈は「はい」と立ち上がった。午後からは忍者課の仕事が待っている。

予約している会議室に入ると、すでに二人の男性職員がそこで待っていた。莉子が「報告をお願いします」と言った。なぜ徳山が町長選に再出馬したのか、その理由を調べよ。その指令が下ってから二日が経っている。

加奈たち三人は顔を見合わせた。アイコンタクトをして、最初に加奈が手を挙げた。

「私は一階を中心に聞き込みに当たりました。ああいう性格だから仕方がない。権力欲にとり憑かれただけじゃないか。そういう意見が大半を占めていて、具体的な理由についてはわかりませんでした」

次に発言したのは高安だった。

「俺は観光課の伝手《つて》を使って、外部の噂を集めてみたんですが、城島さんと似たり寄ったりでした」

最後は片倉だ。彼が何か摑んだらしいと聞いていたので、加奈は背筋を伸ばして片倉の声に耳を傾けた。

「僕は二階の職場を中心に情報収集したんですが、一つ面白い話を聞きました。道路課の課長が徳山さんに呼び出されたっていうんです。職場に電話がかかってきて、それを取り次いだ職員の証言です」

道路課に外線電話がかかってきて、男の声で「課長を出せ」と言った。男は名乗ろうとしなかったが、その声の感じが徳山前町長に似ていたという。

「その電話の直後、行き先も告げずに課長は外に出ていったらしいです。一時間後、戻ってきた課長はリニア担当を呼び出して、工事の進捗状況を確認したそうです」

「それはいつのことですか？」

「ええと……」

片倉が口にした日付は先週だった。記憶を辿ると、静岡県の谷田部知事が失言した日だ。同時に徳山の町長選出馬の噂が流れた日でもある。

「不勉強なので教えてください。リニアは猿飛町内を通るんですか？」

莉子が質問する。すると観光課の高安がタブレット端末を出し、それに近隣の地図を表示させてからテーブルの上に置いた。

「現計画ですとリニアは猿飛町を通りません。ただリニアの工事が本格化した場合、工事車両を通すための工事用道路を建設する計画があって、その計画には猿飛町も入っています」

高安がタッチペンを使って地図に太い線を描く。それが建設予定の工事用道路のコースなのだろう。町の北部を東西に横切る形だ。

「徳山さんはリニアの工事用道路と個人的に関係があるんですか？」

莉子の問いに今度は片倉が答える。

「用地買収は進んでいるようですが、一部所有者がいまだに応じていないと聞いています。そのうちの一人が町長の、いえ前町長の親戚らしいです」

「なるほど」

莉子はあごに手を置いて、タブレット端末の地図に視線を落とす。リニア関連の工事用道路。そして用地買収。何だか難しい話になってきた。加奈は総務課として一般的な事務仕事をこなす日々なので、そういった方面の話には疎かった。

莉子がスマートフォンを出し、誰かに電話をかけた。が、繋がらない様子だった。すると別の誰かに電話をかける。今度は繋がったようだ。

「私です。真司さん、至急町役場に来てもらえる？　これから東京に行きたいので。……そうね、愛梨ちゃんについては任せるわ。遅くとも明日には戻ってくる予定だから。それと……」

いくつか指示を出してから莉子は電話を切った。加奈は思わず訊いていた。

「東京に行くんですか？」

「そうよ。ちょっと話を聞いておきたい人がいるから」

フットワークの軽さに驚く。加奈にとって東京に行くというのは、それこそ数週間前から予定を立て、巡りたい観光地とかを吟味したうえ、電車に乗って向かうものだ。

「三人は引き続き情報収集に当たってください。用地買収が進んでいない箇所について詳しく調べてもらえると助かるわ。高安さん、その地図を私のアドレスに送ってくれるかしら？」

「了解です」

高安がタブレット端末を手にとった。その後ろから片倉が顔を覗かせて言った。

「あの、真波さん。ちょっといいですか？」

「何？」

「桃ちゃんラーメンのご主人が町長選に出馬するっていう噂が出てるんですけど、あれってもしかして真波さんが裏で糸を引いているんですか？」

「ええ」と莉子はあっさりと認めた。「打診しました。どう考えても徳山さんの再選はこの町にとってプラスに働かない。だったら対抗馬を立てなければならないと思ったの。町民の誰もが愛したラーメン。それを作り続けてきた桃田さんなら人気の面で徳山さんに対抗できるかもしれないと思ったのよ。でも断られたわ。政治の世界には興味がないとはっきりとおっしゃった。店を閉めたら日本全国を旅するのが彼の夢らしいわ」

莉子はタブレット端末を見た。高安から届いた地図を確認してから彼女は言った。

「そういうわけなので私は行きます。あとはよろしく」

会議室から出ていく莉子の姿を見送ってから、残された加奈たちは三人で顔を見合わせた。男性二人はやれやれといった感じで肩をすくめている。

＊

城島はプリウスを駐車場に入れた。世田谷区千歳台《ちとせだい》。環八通り沿いにあるファミレスだ。車から降りて二階部分にある店舗に向かう。莉子だけでなく、なぜか城島の父、郁夫も一緒だ。どうしても彼を連れていきたい。それが莉子の希望だった。最初は「どうして東京なんかに」と首を捻っていた郁夫だったが、中央道に入ったあたりで寝息を立てていた。都内に入ってからは物珍しそうな表情で景色を見ていた。東京に来たのは三十代の頃の研修以来らしい。

待ち合わせの時刻は午後八時だった。ちょうど五分前で、城島たちは窓際のボックス席に案内された。

「俺みたいなジジイが一緒だと話がしにくいだろう」

郁夫だけは通路を挟んだ別の席に座った。城島は莉子と並んで座り、アイスコーヒーを注文した。五分後、待ち合わせの時間ぴったりにその男は現れた。ジーンズに白いポロシャツという軽装だった。年齢は五十代後半くらい。よく日に焼けている。城島が手を上げると男が近づいてきて頭を下げた。

「すみません。何度もお電話をいただいたようで」

「こちらこそ急にお呼び立てして申し訳ございません」

莉子も頭を下げた。この男とどうしても話をしたいがため、こうして車で二時間以上もかけてやってきたのだ。

「妻も同席させたいと思ったのですが、娘と一緒に出かけていて……」

「結構です。おかけください」

三人でテーブルにつく。男もアイスコーヒーを注文した。三人分のアイスコーヒーが揃うのを待ってから男が言った。

「あ、庭の草刈りの件、ありがとうございました。非常に助かりました」

「いえいえ。仕事の一環ですから」

彼の名前は稲見和宏《かずひろ》。二十七年前、猿飛町内で行方不明になった男児、稲見優也の父親だった。

「一応草刈りを終えたあとの写真をお持ちしました。ご覧ください」

莉子がタブレット端末を操作してからテーブルの上に置いた。少々廃れた感じの一軒家の外観が映っている。稲見は手を伸ばして画像を何枚かスライドさせた。庭の木々もすっきりとしていた。伸び放題だった芝生も短くカットされている。庭には屋根の抜け落ちた犬小屋が置いてあった。

「稲見さん、今はお仕事は？」

莉子が尋ねると稲見は答えた。

「教師をやっております。この年になっても部活の顧問を任されるんですよ。今日もさっきまで部活でした」

一応、城島も二十七年前の事件については頭に入っている。行方不明になったのは稲見優也君で、その父親である稲見和宏は当時三十二歳、猿飛町内で中学校の教師をしていた。息子が行方不明になった二年後、彼らは町を出ていったという。

「引っ越しについては迷いました。あの家には優也との思い出がたくさんつまっていたので。でも妻がノイローゼ気味になってしまったんです。軽い物音がしただけで、優也が戻ってきたかのような錯覚に陥ったり……。それで引っ越しを決意したんです。どうせだったら遠い場所に行こうと思って……」

東京に引っ越し、最初の二年間は予備校の講師をした。都の教職員採用試験に合格し、再び教壇に立った。長い時間が流れたが、今も優也のことを忘れたことはない。リビングの一番目立つ場所に優也の写真を飾っている。

「迷ってるんですよ。退職したら猿飛町に帰ろうかと。ハラスメント大王でしたっけ？　かなりインパクトの強いニュースですよね。形はどうあれ、猿飛町の名前をニュースで聞いたのは新鮮でした」

「今更ながらの質問ですが」莉子が前置きしてから訊いた。「二十七年前、息子さんは小学校からの下校途中に姿を消しました。息子さんが向かった先に心当たりはありませんか？」

何十回、何百回と自問した内容だろう。稲見は頭を振りながら答えた。

「それこそ今でも思い出しますよ。ですが、まったく心当たりがないんです」

「そうですか……」

莉子はタブレット端末を手にとった。画像をスライドさせてから、あれこれと質問を重ねていく。

「優也君は学校の成績はどうだったんでしょうか？」

「国語が得意でした。算数は苦手だったみたいですね。私と一緒です」

「下校はいつも一人で？」

「普段は近所の友達と一緒だったんですけど、その日は優也一人だけでした」

「その理由は？」

「友達は学校の図書室に行ったそうです。優也を誘ったけど断られたと、その友人は証言していました」

城島はチラリと父の横顔を見た。通路を挟んだ席で、父は両腕を組んで目を閉じていた。その脳裏には二十七年前の一連の出来事が昨日のことのように浮かび上がっているはずだった。

「その日、奥さんと娘さんはどちらに？」

「二人は車で買い物に行ってました」

「ワンちゃんのお名前は？」

「ワンちゃん？」

「犬を飼われていたんですよね。ここに犬小屋が映っています」

莉子がタブレット端末をテーブルの上に置いた。庭の片隅に犬小屋が置かれている。

「ああ、クロスケですね。優也がいなくなった当時はもういませんでした。その一年くらい前かな。死んだんですよ。あいつ、クロスケを可愛がっていたから、滅茶苦茶落ち込んでね。妻が心配するほどでした」

当時のことを思い出したのか、稲見が目を細めている。莉子が訊いた。

「どちらに埋葬を？」

「家の近所に埋めようと思ったんですが、やめました。あまり近くに埋めてしまうと優也が悲しみから解放されないかも。妻がそう言い出したので。結局、町の郊外にある雑木林の中に埋めました」

「どのあたりですか？」

莉子がタブレット端末を操作してからテーブルの上に置いた。そこには猿飛町の地図が表示されている。しばらく思案したのち、稲見が地図の一点を指さした。

「多分このあたりかと」

町の北西部だ。中心地から五キロほど離れているだろうか。莉子がさらに質問を重ねた。

「クロスケ君が亡くなった正確な日付を憶えていらっしゃいますか？」

「さあ、どうだったかな」

「たとえばこういうことは考えられませんか？　クロスケ君の一周忌にあたるその日、優也君は墓参りをしようと思い立った。そして学校帰りに通学路を外れ、クロスケ君を埋葬した雑木林に向かって歩き始めた」

「ちょ、ちょっと待ってください。あいつ、まだ七歳だったんですよ。一人であんな遠くまで……。それに一年経って、クロスケの話題なんてほとんど……」

「これは事件当時、優也君の目撃証言を地図に落としたものです」

莉子は別の地図を出した。赤い◯が点在している町内の地図だ。いつの間にか郁夫が立ち上がり、こちらの席にやってきた。それに気づいた稲見が一瞬だけ驚いたような顔をしたが、すぐに真顔に戻った。きっと彼は昔から郁夫と面識があるはずだ。郁夫のことを思い出したに違いない。

「もう一度、クロスケ君を埋めた場所を教えてください」

莉子がそう言うと、稲見が手を伸ばした。彼が指を置いた場所。その近くに赤い◯があった。一つだけ、中心地とは離れた場所にある赤い◯だ。

「まさか、優也君は犬のお墓参りに行こうと……」

郁夫がかすれた声で言う。この目撃証言が本物であれば、その可能性は高そうだ。が、今のところは想像でしかない。

「稲見さん、お願いがあります」莉子が真顔で言った。「クロスケ君を埋めた場所ですが、正確に思い出していただきたいのです。何か目印的なものはありますか？」

「えっと、写真を撮りました。当時はデジカメだったはず。データはパソコンの中に残っていると思いますが……」

「それを持ってきていただくことは可能ですか？」

「も、もちろんです。三十分ほどお待ちください」

稲見が立ち上がり、店内を横切って店から出ていった。郁夫は目を見開いてタブレット端末の画面を見ていた。二十七年前に行方不明になった男児。その子が向かおうとしていた場所が判明しようとしているのだ。莉子が冷静な口調で言った。

「まだ何もわかったわけではありません。ただ、大きな進展になるかもしれませんね」

アイスコーヒーは飲み干していた。今度は熱いコーヒーが飲みたかった。城島が提案すると二人とも反対しなかった。城島は通りかかった店員にホットコーヒーを三つ、注文した。

＊

その家は町役場から車で十五分ほどのところの閑静な場所にあった。住宅街といった感じではなく、田畑を挟む形で住宅が点在していた。莉子が助手席から降りると、運転席から出てきた城島が隣に並ぶ。ガレージにはトラクターとベンツが並んで駐まっていた。

和風の住宅だった。インターホンを押しても反応がない。さらにインターホンを押す。三分後、ようやくドアの向こうから声が聞こえた。

「誰だ？」

「真波と申します。何度かお電話を差し上げましたが、繋がりませんでしたので、直接伺った次第です」

ドアが開く。中から顔を出したのは目がギョロリとした男だった。ノーネクタイのスーツ姿。この男こそ、ハラスメント大王こと徳山前町長だ。

「初めまして、真波です。こちらは城島といいます。是非お話しさせて……」

「城島というと」徳山が遮るように言った。「元警察官の城島の息子か。次男は東京に行ったきり帰ってこないと聞いていたが」

隣に立つ城島は「はい」とうなずいた。徳山が鼻で笑った。

「東京から来たコンサルまがいの女が役場で動き回っていると聞いているが、お前さんのことだな。そういうことか。城島の次男とねんごろの仲ってわけか」

ねちっこい視線を向けてくる。ハラスメント大王の片鱗が垣間見える。加奈ちゃん、大変だったんだね。莉子は声には出さずに加奈に同情する。こんな男に毎朝お茶を出すなんて苦行以外の何物でもない。

「用件は何だ？」

家に上げる気はないらしい。こちらとしても敵の陣中に入るのは避けたかったので、特段不満はなかった。莉子は単刀直入に言う。

「町長選挙の件です。出馬される予定だとか?」

「部外者に話せる問題ではない」

徳山の再出馬は確定という噂が町には流れている。後援会が動き出しており、徳山自身もあちらこちらの会合に顔を出しているようだった。

「出馬を取りやめていただきたい。今日はそのお願いに参りました」

莉子がそう言うと、徳山は鼻で笑った。

「お前、馬鹿か。何の権限があって言ってるんだ」

「一応、猿飛町の臨時職員です。その立場で申しております。あなたの再選が猿飛町にとっていい影響を及ぼすとは到底思いません。ここは出馬を辞退するのが賢明な判断かと」

「ふざけるな。人をからかうのもほどほどにしろ」

まあこうなるだろうな。そう思っていたので落胆はない。莉子はタブレット端末を出し、それを徳山に見せた。

「こちらをご覧ください」

真っ直ぐの片側一車線の道路が映っている。道の両側は田んぼになっていて、その奥は雑木林だった。看板が一枚立っており、そこには『徳山産業』という文字と、市外局番からの電話番号が記されている。稲見から提供された写真だ。

「これがどうかしたのか?」

「二十七年前、この猿飛町で一人の男児が行方不明となりました。彼はどうやら亡くなった愛犬のお墓参りに行こうとしていた形跡があります。調べてみたところ、ちょうど彼がいなくなった日はその犬の命日だったそうです」

「それがどうした？　俺は暇じゃないんだ」

徳山が苛立った口調で言う。時刻は午後四時を回っており、遠くからひぐらしの鳴き声が聞こえてくる。莉子は言った。

「この画像は稲見さん、行方不明になった男の子のお父さんが撮影したものです。亡くなった犬を埋めた場所の目印として、その看板を撮ったんだと証言してくれました。ここを右折して突き当たりにある雑木林の中に犬を埋葬したそうです。つまり二十七年前の事件当日、稲見優也君はこのあたりを歩いていた可能性があるんです。いや、歩いていたと考えていいでしょう。この看板の一キロ手前のところで目撃証言がありました」

郁夫の記憶によると、目撃していたのは近所の主婦らしい。彼女が洗濯物をとり込んでいたとき、県道を北に向かって歩いていく男の子の姿を目撃した。背格好は優也君と似通っていたが、自宅や小学校から距離的に離れていることから、優先度の高い目撃証言にはならなかった。

「この徳山産業というのは、徳山さんのお兄さんの経営している会社ですね？」

徳山は答えなかった。事前に調べたところによると、徳山産業は徳山の実兄、徳山史郎《しろう》が経営している事業系ごみの運搬業者だ。実兄の史郎は徳山の政治活動にも協力しており、以前は後援会長も務めていた。豊富な選挙資金は徳山産業から提供されていると町の誰もが知っていた。

「この看板をさらに北上したところに徳山産業の事務所兼駐車場があります。二十七年前のその日、この県道を一人の子が歩いていました。彼は愛犬のお墓参りをするため、一人歩いていたんです。夕方、周囲が暗くなってきた頃です。一台のトラックが走ってきます。歩道もない片側一車線の道路です」

実際、莉子も城島とともに看板のある周辺を観察してきた。夕方に子供が一人で歩くような道ではなく、往来していた車もかなりの速度を出していた。

「そして事故が発生します。徳山産業のトラックが優也君を撥《は》ねてしまったんです。トラックの運転手は警察に通報しようとせず、遺体を回収した」

「ふざけたことを言うな。全部お前の憶測じゃないか」

鼻息を荒くして徳山が反論する。しかし莉子は開き直った態度で言う。

「ええ、憶測です。私は刑事ではないので、憶測しか語れません。おそらくトラックを運転していたのはお兄さんの史郎さんでしょうね。ほかの従業員なら警察に突き出してはい終わり、です。史郎さんはあなたに泣きついた。あなたはお兄さんに向かって言う。わかった、兄貴。俺に任せておけ」

当時、徳山は兄の会社の専務をしながら、町議会議員を務めていた。警察の捜査状況を確かめることくらいはお手のものだったはず。

「あの看板のある付近一帯は徳山産業、厳密にはお兄さん名義の土地になっているみたいですね。おそらく優也君の遺体はあの周辺のどこかに埋められたのでしょう」

「いい加減にしろ。憶測だけで……」

「憶測です。いえ、空想と言ってもいいかもしれません。ただ、そんな空想を裏づける事実があるんです。それが徳山さん、あなたです。どうしてあなたは町長選に再出馬するんですか？　あの場所に埋めた遺体を発見されては困るから。そうではありませんか？」

ひぐらしの鳴き声が聞こえてくる。風が幾分、涼しくなった気がする。徳山は何も言わずに立ち尽くしている。両手の拳はきつく握られていた。

「先日、静岡県知事がみずからの失言に責任をとる形で辞職しました。あちらの県知事選もこれからですが、これを機に停滞していたリニア工事が進んでいくのは素人でもわかります。当然、猿飛町内で予定されているリニア工事関連の工事用道路も着工するものと思われます。そこで問題となってくるのが工事用道路のルートです。静岡県知事が失言をした当日、あなたは町役場に電話を入れて道路課長を呼び出しましたね。あなたは何を話したんですか？」

徳山は答えようとしなかった。構わず莉子は続けた。

「あなたが答えてくれなくても、道路課長が教えてくれました。リニアの工事用道路のルート選定について、県に問い合わせてくれ。あなたはそう課長に打診したそうですね。ただしあくまでもルートを選定するのは県であり、町ではない。道路課長もあなたにそう伝えたそうです。そこであなたは急遽、町長選に立候補する決意を固めたんです。町長という要職にさえ就いていれば、県が決めたルート選定にも物申すことができますから。あなたとしては絶対にあの場所に工事用道路を敷いてはいけなかった。まかり間違って子供の白骨遺体が掘り出されでもしたら困るからです」

おそらく徳山自身もピンポイントで優也君の遺体を埋めた場所を把握していないのではないか。それが莉子の想像だ。実際に死体を遺棄したのは実兄の史郎だ。気が動転していた彼は、とにかく遺体を隠そうとした。細かい目印などつけることなく、闇雲に遺体を隠そうとしたに違いない。本来であれば遺体を掘り起こして別の場所に埋め直すなどすればいいが、それもできない。だから徳山としても工事用道路を兄の土地に通してはならないのだ。

「私からは以上です。何か言いたいことはございますか？」

徳山が唇を震わせながら言った。

「だから何だ？　どうせ二十七年も前のことだろうが。とっくに時効を迎えているはずだ」

「たしかにそうですね。ですが私はこの一件を闇に葬り去るつもりはありません。詳細をレポートにまとめて各新聞社に送る予定です」

十ページを超えるレポートとなった。画像や地図などの添付資料もまとめてある。今、それらは天沼未央奈に目を通してもらっている。第三者である彼女の視点からゴーサインが出れば、すぐにマスコミにリリースする予定だ。

「一応あなたには忠告しておくべきだと思ったのです。来週にもマスコミが大挙してあなたのもとを訪れるはずです。あなただけでなく、お兄さんの会社も取材の対象でしょうね」

「待ってくれ。頼む、それだけは……」

これまでの態度と打って変わり、徳山はすがるような視線を向けてくる。ハラスメント大王と呼ばれた男の末路だ。

「私は稲見優也君のお父さんとお会いしました。今でも彼は二十七年前のことを悔やんでいます。あのときああしていれば息子がいなくなることはなかったのではないか。こうしていればよかったのではないか。そんな風にあれこれ思いを巡らせているようです。ある意味、彼らの時間は二十七年前で止まったままです。そうしてしまったあなたの責任は非常に大きいと思います。あなたは息子さんを失った親御さんのお気持ちを一度でも考えたことがありますか？」

徳山は答えなかった。やはりこの男は最低だ。無力感に襲われ、莉子は踵《きびす》を返した。城島もあとからついてくる。プリウスの助手席に乗った。後部座席に座っている郁夫に向かって莉子は告げた。

「終わりました」

「そうですか……」

「認めませんでしたが、概ね間違いないかと」

彼の時間もまた、二十七年前で止まったままだ。今なお優也君の姿を求めて、町を歩き回っている元警察官。これで肩の荷を下ろすことができるといいのだが。

「ありがとう」

郁夫がつぶやくような声で言う。莉子はそれに応じた。

「問題を解決するのが私の仕事ですから」

プリウスが発進する。遠くの山肌が夕焼けで赤く染まっている。明日も天気はよさそうだ。

「城島さん、まだやっていくのかい?」

肩にバッグをかけながら係長の林田が訊いてくる。加奈はパソコンの画面から目を離さずに答えた。

「はい、あとちょっと」

「そうか。あまり無理するなよ」

「お疲れ様でした」

*

猿飛町の町長選挙は昨日告示となり、二週間の選挙戦が始まっている。選挙となると町役場は忙しくなり、膨大な事務作業に追われることになる。加奈自身は選挙管理委員会に動員されていないが、それでも役場内の物品管理などが山ほどあり、しばらくは残業する日々が続きそうだ。

町長選に出馬する候補者は二名。町役場職員OBで前副町長の竹下と、あと一人は東京に拠点を置く政治団体が送り込んできた女性の候補者だ。その政治団体は「無投票だと民意を反映させる選択肢がなくなる」という理由で、素性のわからぬおばさんを候補者に立ててきたのだが、加奈の本音は「いい加減にしてくれ」だ。無投票の方がはるかに楽だし、選挙費用(税金)も馬鹿にならないのである。

結局、徳山前町長は立候補しなかった。二十七年前、猿飛町で発生した男児行方不明事件に徳山が関与しているのではないか。そうマスコミが騒ぎ出したのだ。問題の男児は交通事故に巻き込まれ、その遺体を徳山らが共謀して遺棄したのだという。ハラスメント大王、死体の隠匿に関与か。連日のようにワイドショーで報道され、世間の注目を集めた。結果、立候補どころではなくなった。

警察も動き出し、徳山自身も何度か事情聴取を受けたそうだ。ただし、実行犯である彼の兄が認知症を患《わずら》っており、隣町にある介護施設に入所中であることから、事情を訊き出すのが困難らしい。遺体を埋めた場所は今も明らかになっていないが、警察は今後も捜査を継続する方針を示している。

「さて、そろそろ上がろうかな」

加奈は独り言を言って、大きく伸びをする。まだ役場内に残っている職員は多かった。加奈はデスクの上に置いてあった空のペットボトルを持ち、廊下を歩いた。突き当たりに自販機が並んでいて、その前のベンチに二人の男性職員が並んで座っていた。二人は歩いてきた加奈を見て、パッと顔を輝かせた。

「お疲れ、城島さん」

「お疲れ様です。二人とも残業ですか？」

「まあね」

高安と片倉だ。二人とも缶コーヒーを手にしている。たまたまここで会って一服している感じだ。高安が立ち上がった。

「城島さん、奢るよ」

「あ、ご馳走様です」

厚意に甘えてペットボトルの緑茶をいただく。三人で並んでベンチに座った。高安が訊いてくる。

「城島さん、やっぱり選挙絡み？」

「ええ、まあ」

「大変だ。しばらく集まれそうにないね」

忍者課は解散したわけではない。今もまだ続いている。落ち着いたら空き家の草刈りを再開しようと話しているが、それがいつになるかはまだわからない。

「でもあの人、いったい何だったんだろうな」

高安がつぶやくように言った。あの人というのが真波莉子のことをさしているのはわかる。彼女がここで働いていたのは実質二週間程度だったが、その存在感は強烈だった。祖父の郁夫が言葉少なに語ったところによると、二十七年前の男児行方不明事件の真相が究明されたのも半分は彼女の力によるものだという。

「台風みたいだったな」と片倉が遠くを見る目で言った。「でも被害とかは全然なくて、凄い優しい台風だったと俺は思う」

優しい台風。言い得て妙だ。凄まじい速度でやってきて、誰も傷つけることなく、問題だけを解決して去っていく。それが真波莉子という女性だ。

「二人は夏季休暇はとった？」

高安が訊いてきた。片倉が答えた。

「俺はもうとりました」

「私はまだです」

公務員は原則的に七月から九月の間に三〜五日間の夏季休暇をとることが認められている。大体お盆期間中にとることが多いのだが、今年は選挙準備で無理だった。

加奈はふと思った。せっかくの夏季休暇だ。東京に遊びに行くのもいいかもしれない。きっと彼女なら温かく迎えてくれるだろうと思った。それに年の離れた従妹もいる。彼女の自由研究を見届けてやりたい。

「じゃあお疲れ様でした」

自分のデスクに戻った。バッグの中からスマートフォンを出し、ＬＩＮＥを開いた。莉子に向かって『お久し振りです。お元気ですか？』と入力して送信する。すぐに既読となり、『元気だよ。残業中？』と返ってきた。加奈は『そうです。今度そちらに遊びに行ってもいいですか？』とメッセージを送った。

しばらくすると『了解！』というメッセージとともに、なぜか麻雀牌のスタンプが送られてきた。意味不明だが、思わず笑ってしまった。少しだけ気力が回復したのを感じ、加奈は立ち上がって自席を離れた。

**第二問：**ハラスメント町長問題で炎上した某町のイメージを回復させなさい。

解答例

斬新なネーミングの部署を新設し、
世間の注目を集める。

相手が首長選挙に立候補してきた場合、
町の人気者(例：町中華の名物オヤジ)を
対立候補に擁立するなどして
牽制する。

過去の犯罪を暴いて失脚
させるのも良案。

第三問：

# いじめ問題で揺れる
# 某舞踏団の旧態依然とした
# 体質を改善しなさい。

練習場にはショパンのノクターンが流れている。深田陽菜《ふかだはるな》は入念に柔軟体操をしながら、時折練習場の入り口に目を向け、彼女の到着を待ち受けていた。周囲には陽菜と同じく、レオタードを身にまとった女性たちが柔軟体操をしていた。ただ、レオタード一枚ではなく、誰もがその上に何らかの衣装を着て肌の露出を抑えている。陽菜の場合は薄手のスカートを穿いている。

一人の女性が練習場に姿を見せる。それだけで空気が変わったように緊張が走る。サングラスをかけた細身の女性だ。彼女が指示を出した。

「始めなさい」

「はい」

練習場にいた三十名近い女性が声を揃えて返事をし、バレエの基礎練習を始めた。順番にバーに摑まり、プリエ（膝を曲げる動き）やパ・ド・ブレ（細かい足のステップ）などの基礎動作を繰り返しおこなっていく。サングラスの女性は椅子に座り、団員たちの動きに目を光らせている。時折、手帳を出して何やら書き込んでいた。彼女の名前は飛鳥雅《あすかみやび》。陽菜が所属するＡＳＵＫＡ舞踏団の総合演出家だ。

「ヒカル、もっと足を高く上げて」

「はい」

ＡＳＵＫＡ舞踏団。その前身である飛鳥バレエカンパニーは一九八〇年、雅の父、ロバート飛鳥によって創設されたプロのバレエ団だった。最初のうちは興行的にも成功を収めていたが、ロバートの現役引退を機に徐々に人気に翳《かげ》りが見え始めて、一時は存続さえも怪しいとまで言われていた。

ところが十年ほど前のこと。ある企業がスポンサーに名乗りを上げ、その興行形式を抜本的に改革した。古典的なクラシックバレエではなく、よりエンタメ性の強い演目に変わった。変化したのは演目だけではなく、新たな選抜制度が導入された。メンバーを一軍と二軍に分け、さらに各公演においてプリンシパル（主役）をその都度変えることにより、団員の競争意識を高めたのである。団員だけではなく、観客たちの応援も過熱した。ファンはみずからの「推し」を応援するようになった。新生ＡＳＵＫＡ舞踏団は見事に成功した。ここ数年の定期公演は必ず満員御礼だ。

「陽菜、ちょっといい？」

雅に呼ばれた。陽菜は練習を中断し、やや緊張しながら彼女のもとに向かう。

「何でしょうか？」

「決まってるでしょ。風香《ふうか》のことよ。なぜ練習に出てきてないの？」

「声をかけたんですが、返事がありませんでした」

この練習場は文京区千駄《せんだ》木《ぎ》のビルの地下にある、ＡＳＵＫＡ舞踏団専用の練習場だ。ここから徒歩五分のところに寮があり、若手団員の多くがそこで暮らしていた。陽菜もそこに住んでいるし、雅が気にしている団員、森沢《もりさわ》風香も陽菜の隣の部屋に暮らしており、また唯一の同期生でもある。

「ちょっと様子を見てきてくれる？　風香がいないんじゃ話にならないわ」

「わかりました」

陽菜は練習場を出て、ロッカールームで上着を羽織ってから外に出た。寮に向かって早足で進む。

現在、団員の総数は三十二名。そのうち十六名がスターズと呼ばれる一軍に属していて、それ以外の者はアンダーと呼ばれる二軍相当に所属している。スターズは公演においても演ずべき役柄が与えられ、ダンスや歌を披露するのに対し、アンダーはその他大勢の一人として踊り、裏では雑用をこなさなければならない。陽菜自身はアンダーだが、別にそれを悲観したことはない。去年の春、入団したばかりの自分にとってスターズに入るのは数年先のことであり、今は下積みの段階だ。

ところが稀に、逸材が出現する。去年、陽菜と一緒に入団した森沢風香がまさにそうだった。来月おこなわれる十月公演において、彼女はスターズどころか主役であるプリンシパルに抜擢されたのだ。舞踏団始まって以来の快挙だった。

陽菜は寮に到着した。寮といってもごく普通のモルタル塗りのアパートで、一、二階に全十六部屋ある。陽菜の部屋は一〇五号室で、風香の部屋は隣の一〇六号室だ。さっき出てくるときにドアチャイムを鳴らしてみたが、応答はなかった。シャワーでも浴びているのか。

そう思った陽菜はＬＩＮＥに『先行くよ』とメッセージを送り、練習場に向かったのだ。

一〇六号室のドアの前に立つ。ドアチャイムを押したが、中から反応が返ってくることはなかった。スマートフォンを出してＬＩＮＥを開く。さきほど送ったメッセージはまだ既読になっていない。どうしようかと迷った。戻って報告しようか。それともここにとどまって彼女が気づくのを待つべきか。

試しにノブを摑んでみると、驚いたことに施錠されていなかった。「風香？」と名前を呼びながらドアを開ける。中の間取りは陽菜の部屋と同じだが、左右が非対称になっている。

「風香、いるの？」と声をかけつつ、陽菜は靴を脱いだ。短い廊下の右側にはキッチン、左側には風呂とトイレのドアがある。奥の部屋のドアを開けると、そこは無人だった。一緒に量販店で買い求めたシングルベッドの上にはタオルケットが一枚、敷かれているだけだった。

外出中か。もしかして昨夜から帰宅していないとか。でも鍵もかけずに外に出るなどあまりに不用心だ。

壁際のコンセントに充電器が差し込んであり、そのコードの先にスマートフォンがあった。スマートフォンを置いて外に出ていくなど、陽菜たちの年代ではまず有り得ない。となると、彼女は――。

廊下に戻り、トイレのドアを開けてみたが、中は無人だった。やはりお風呂か。もしかして湯舟の中で眠ってしまったとか。プリンシパルに抜擢された重圧から、風香は精神的にも疲弊していた。そんなことがあっても不思議ではない。

「風香、いるんでしょう？」

そう声をかけながら、ドアを開けた瞬間、それが目に飛び込んできた。真っ赤な水。ダラリと湯舟から伸びている腕と、その先に落ちているカッターナイフ。彼女は虚《うつ》ろな表情で天井を見上げている。そこには生気はまったくない。

思わず口を覆い、後退《あとずさ》っていた。どこからか悲鳴が聞こえる。その悲鳴を上げているのは自分であると、陽菜はしばらく気づかなかった。


「……これで事情聴取は終了となります。また何かありましたら、再度お願いするかもしれません。お疲れ様でした」

陽菜は取調室を出た。女性刑事に案内されて廊下を歩く。森沢風香の遺体を発見したのは昨日のこと。陽菜は遺体の第一発見者であり、昨日も、そして今日も二日連続で事情聴取を受けた。担当したのは両日ともこの女性刑事だった。

「それではここで失礼します」

警察署の前で女性刑事に見送られた。時刻は午後三時になろうとしている。スマートフォンを出して自宅までの道筋を調べようとしたところで、目の前に黒のベンツが停まった。後部座席のドアが開き、中からスーツ姿の男が手招きした。

「乗りなさい」

言われるがまま、ベンツの後部座席に乗り込んだ。奥に乗っていたのは四十代くらいの男性で、高級そうなスーツを身にまとっていた。腕時計もよく知る海外の高級メーカー。仕事のできるビジネスマン風の男だ。

第三問：
いじめ問題で揺れる某舞踏団の
旧態依然とした体質を改善しなさい。

「どんなことを訊かれたのかな？」

男が訊いてくる。この男の名前は黒羽新之助《しんのすけ》といい、ＡＳＵＫＡ舞踏団の顧問弁護士だ。昨日の遺体発見直後に現場を訪れ、何やら警察関係者と話していた。

「昨日と同じでした。さほど変わりはないというか……」

「風香さんのプライベートについても訊かれたよね？」

「ええ、はい……」

プライベートで彼女は悩みを抱えていることはなかったか。そういう質問が言い方を変えて何度かあった。風香は浴槽内で自殺を図ったものと考えられているが、室内から遺書等は見つかっていないという。

「余計なことは言ってないだろうね？」

「はい。何も……」

実は風香はいじめを受けていた。彼女へのいじめが始まったのは一ヵ月半ほど前、ちょうど彼女が十月公演でスターズ入りし、プリンシパルに大抜擢されることが発表された直後からだ。まずは定番のトウシューズに画鋲《がびょう》が入っていたり、練習着への落書きから始まった。嫉妬と羨望が渦巻く世界であり、この手の嫌がらせは日常茶飯事であると耳にはしていたが、いざ自分の同期にその矛先が向かってしまうと、入団二年目の陽菜にはどうすることもできなかった。

いじめはエスカレートしていった。風香のロッカーの中にケチャップやマヨネーズなどの調味料がぶちまけられていたこともあったし、リハの途中で何者かに突き飛ばされ、危うく怪我しそうになったこともあった。

陽菜が驚かされたのは、ほかの団員の反応だった。風香がいじめられていることは団員なら誰もが知っているはずだった。それなのに皆笑顔を浮かべ、いじめなんてないものとして振る舞った。そして表面上は風香にエールを送り続けた。風香ちゃん、あなたなら素晴らしいプリンシパルになれるわ。風香ちゃん、十月公演一緒に頑張ろうね。風香ちゃん、プレッシャーに負けちゃ駄目だからね。

作り物めいた完璧な笑みを浮かべて風香を励ます先輩たち。彼女らの姿を見て、これは恐ろしい世界に足を踏み入れてしまったものだ、と陽菜は改めて実感した。同時に自分の行く末が恐ろしかった。数年後、私もああいう笑みを浮かべて後輩を励ます裏で、その子のトウシューズに画鋲を入れたりしているのか。そんな妄想にうなされ、眠れない夜を過ごした。

「……はい、私です」弁護士の黒羽がスマートフォンで話し始めた。「はい、さきほど彼女を警察署前でピックアップしました。これから例の場所に連れていきます。大丈夫です。ここは私の指示に従っていただければ……」

その通話の内容からして、電話の相手はＡＳＵＫＡ舞踏団の社長のロバート飛鳥。もしくはその娘の飛鳥雅あたりだろうと思った。

陽菜は窓の外を見る。千駄木にある寮とは違う方向に車が走っているような気がした。不安になり、陽菜は黒羽に訊いた。

「どこに向かっているんですか？」

「寮の前にマスコミが集まってるからね。君には滞在場所を用意した」

十数分後、ベンツが停まった。上野にあるビジネスホテルの前だ。すでにチェックインも済んでいるらしく、黒羽からカードキーを渡される。

「わかっていると思うが、森沢風香の件については一切他言無用だ。いいね？」

「……はい」

ベンツの後部座席から降り、ホテルに入る。あてがわれた部屋は七階のツインルームだった。殺風景な部屋だった。荷物をベッドの上に置き、もう片方のベッドに座る。無意識のうちに溜め息が出る。スマートフォンを見ると、母からＬＩＮＥのメッセージが届いていた。娘の身を案じる内容だった。世間は今、ＡＳＵＫＡ舞踏団のニュースで持ち切りだ。

昨日、風香の遺体を発見した陽菜は、混乱しつつも何とか警察と救急車を呼んだ。その騒ぎを聞きつけた別の団員――体調不良で寮の自室にいた――が練習場にいる別の団員に知らせ、瞬く間に騒ぎが広まった。到着した救急隊員によって風香の死亡が確認され、すぐに警察の捜査が始まった。

事件の一報が流れたのはその日の夕方のことだった。『ＡＳＵＫＡ舞踏団の若きダンサー、自殺か？』というものだった。警察は昨日の時点では正式見解を出していなかったが、風香の死だけは事実としてマスコミに伝えられた。

そんな中、某週刊誌だけが少し踏み込んだ内容の記事を電子版で出した。次の通りだった。

**『本日午後、ＡＳＵＫＡ舞踏団に所属するダンサー、森沢風香さん（23）の死が伝えられた。警察関係者の弁によると、彼女は浴槽内で自死を図ったとみられているが、実は本誌では以前**

**から風香さんに対する団員のいじめ問題を独自取材していた。**

**風香さんは去年入団したばかりの若手ダンサーだが、来月に始まる十月公演において主役に抜擢されていた。これは異例なことであり、運営側の彼女に対する期待の高さを表すものだった。しかし、そんな彼女に対してよからぬ思いを持つ団員もいたようで、ここ最近彼女はいじめを受けていたというのだ。**

**本誌の取材によると、トウシューズの中に画鋲が入れられたり、彼女の私用ロッカー内にトマトケチャップが撒かれたりと、陰湿なものだった。いじめを受けて彼女は精神的に参ってしまったのではないか。それが本誌取材班の憶測である。警察の正式発表を待ちたい』**

この記事が拡散され、炎上した。昨日の夜八時の時点で、検索ワードの第一位は『ASUKA舞踏団』で、二位が『いじめ』だった。ちょうどその頃、陽菜のもとにも社員の一人から電話がかかってきて、事件に関する一切の口外を禁ずる旨が伝えられた。そして今朝になり、陽菜は本社――練習場のあるビルの一階――に呼び出され、黒羽と面会した。そして警察の事情聴取に対するリハーサルがおこなわれたのである。

陽菜は母に向けて『私は大丈夫だよ』というメッセージを送り、ベッドの上に寝転がった。本当は全然大丈夫じゃない。時折、浴槽の中で死んでいた風香の姿がフラッシュバックして、その度に過呼吸になったように息苦しくなるのだった。

いったいこれからどうなってしまうのか。先の見えない洞窟内で迷子になった幼子のような気分になり、陽菜は大きく溜め息をついた。そして何より、風香はもういない。彼女と二度と会うことができないのだ。それが一番悲しかった。

＊

「あ、莉子ちゃん、こっちこっち」

呼び出されたのは有楽町にある老舗ホテルのラウンジだった。窓際の席で天沼未央奈が手を振っている。アフタヌーンティーを楽しむマダムたちや、商談しているビジネスマン風の男の姿が目立った。莉子はラウンジを横切り、未央奈の待つテーブル席に向かった。

「彼女と同じものを」

通りかかったホテルスタッフに注文してから、椅子に座った。未央奈が訊いてくる。

「どう？　ワイン造りは順調？」

「まあね」

昨日まで莉子は東後市のワイナリー〈星霜ワイン〉においてワイン造りを見学していた。外部からの製造業者を招き、元出版社の社員たちとワイン造りを基礎から学んだ。とても有意義な経験だった。

「楽しそうね。私も手伝いたいわ」

「嘘ばっかり。絶対にそんなこと思ってないでしょ」

「バレたか。ワインができたら教えて」

未央奈が屈託のない笑みを見せる。ホテルスタッフがホットコーヒーを運んできた。ブラックのまま一口飲み、莉子は未央奈に訊いた。

「それで、私に用って何かしら？」

「ＡＳＵＫＡ舞踏団のいじめ疑惑、知ってるでしょ？」

「まあね。ネットとかで目にしているだけだけど」

三日前、九月十六日の月曜日、文京区内のアパートの一室でＡＳＵＫＡ舞踏団に所属しているダンサーの遺体が発見された。死因は失血死で、浴槽内での自殺かと推察された。その日の夜、ある週刊誌の記事がネットニュースに掲載された。自殺した当該ダンサーはいじめを受けていたという内容だった。その記事は見事に炎上し、三日経った今でも収まる気配はない。

「いまだに運営側がダンマリを決め込んでいるのよね。だから今もネット上には運営に対する批判が溢れているみたいだけど」

「まだオフレコだけど、第三者委員会が設立される見通しなの。その委員会のメンバーに入ってほしいと依頼されたのよ」

「未央奈ちゃんが？」

「そういうこと。ほら、私。いや、私たちって」未央奈は自分と莉子の顔を交互に指さして言う。「女性の労働問題では結構な有識者ってことになってるみたいなの。だから白羽の矢が立ったのね」

昨年発足した日本女性プロスポーツ選手会は大きな話題となり、マスコミでも大きくとり上げられた。つい先日も女子バレーのリーグ戦において、性的動画撮影防止のためにＡＩカ

第三問：

いじめ問題で揺れる某舞踏団の

旧態依然とした体質を改善しなさい。

メラを今季から導入予定という発表が世間を賑わせた。その代表である天沼未央奈は業界の内外で知名度が高い。

「いいじゃない。未央奈ちゃんなら適任だと思うけど」

「私もやりたい仕事なんだけど」

未央奈は隣の席に置いてあったバッグから帽子を出し、それを頭の上に載せた。ブルーのベースボールキャップだ。真ん中にLとAのアルファベットが交差する形でデザインされている。ロサンゼルス・ドジャースの公式キャップだ。

「明日から三泊四日の予定で弾丸ツアーなの。ずっと楽しみにしてたからキャンセルするわけにもいかなくて……。しかも第三者委員会の第一回会議が明日っていうのよ。この仕事、莉子ちゃんに譲るわ」

「私に？」

「ええ。莉子ちゃんなら任せられる。私も安心してドジャースタジアムに行けるわ。お土産、楽しみにしておいて。あ、さっき資料送ったから」

莉子はバッグの中からタブレット端末を出した。たしかに未央奈からのメールを受信している。添付資料はＡＳＵＫＡ舞踏団の詳細資料だった。これまでの沿革やここ最近の公演内容にまで及んでいる。公演の動画を視聴できるリンクも貼られている。

「やり甲斐のある案件だけど、不安材料がないわけでもないの」

未央奈がもったいぶった言い方をする。莉子はタブレット端末から顔を上げた。

「何？　不安材料って」

「ＡＳＵＫＡ舞踏団の顧問弁護士。黒羽って名前の弁護士なんだけど、こいつの評判がすこぶる悪いの。能力は高いんだけど、自己中心的っていうかね。ＡＳＵＫＡ舞踏団が見解を発表していないのも多分こいつの入れ知恵よ。世間を煙に巻くつもりだろうけど、今回のケースでは完全に裏目に出てるわね」

記者会見や謝罪会見は早ければいいというものではない。ただ、三日間音沙汰なしというのは世間の反感を大いに買っていた。沈黙している間に憶測や想像が乱れ飛び、収拾がつかない事態にまで発展する恐れもある。

正直、ＡＳＵＫＡ舞踏団は危《あやう》い。たとえるなら、悪天候の中を山頂目指して進んでいく登山隊のようである。本来であれば登頂を断念して引き返すべき段階なのに、それをせずに突き進んでいく無謀な集団に見える。そんな彼らを安全な場所に誘導し、身の安全を保証すること。それこそが第三者委員会の役割と言えよう。

莉子は知らず知らずのうちに笑みを浮かべていた。こんなに難しそうな問題《しごと》、そうそう出会えるものではない。

＊

「お父さん、夕食代、五百円上げてほしいんだけど」

娘の愛梨にそう言われたのは、塾に送っていく車中でのことだった。城島は愛梨に訊いた。

「何だ？　千円じゃ足りんのか？」

愛梨は週に五日、隣町にある塾に通っている。基本的に夕飯は塾から帰ってきてから食べるのだが、どうしても仕事の関係で城島たちが不在になってしまう場合に限り、夕飯代として千円渡す。たとえば今夜もそうだ。これから東京に莉子を迎えにいかねばならないため、愛梨と夕飯を食べることができない。そういう日は愛梨はバスで帰宅し、宅配などを利用して夕食を摂ることになっている。

「だってほら、食べ物も値上がりしてるしさ」

「かもしれんが、千円あればそれなりのものが食べられるだろ」

城島もそうだ。別に決まりはないのだが、昼飯は千円以内に抑えておきたいという気持ちが何となくある。

「まあそうだけど」と愛梨は唇を尖らせる。「普段はいいのよ。でもたまに塾が終わったあとに友達とご飯行くときあるじゃん。そういうときにファミレスとか入ると千円じゃきついときあるの。みんながハンバーグのセットとか食べてるとき、私だけパスタで我慢しなきゃならないんだよ。それにスタバとか入ると、抹茶クリームフラペチーノがショートで五百円超えるんだよ」

小学生同士で夜にスターバックスに入るのもどうかと思うが、そこを突っ込んでしまうと別の話題になってしまうと思われた。

「仕方ないな。無駄遣いはするなよ」

城島は車のコインホルダーから五百円玉を出し、助手席に座る愛梨に手渡した。「ありがと」と受けとり、硬貨をポケットに入れながら愛梨が言った。

「お父さん、来週の授業参観、来てくれるの？」

「ん？　授業参観があるのか？」

「そうだよ。年間スケジュールにも書いてあったじゃん。来週の火曜日の五時間目だよ」

「そ、そうだったか」

完全に失念していた。四月に学校行事の年間スケジュールのプリントが配付され、それは自宅の冷蔵庫に貼ってある。たしか年に三回、授業参観がおこなわれる予定になっていた。来週、二回目があるということか。

「ん？　待てよ」

城島は考え込む。授業参観があるということは、そのあとはＰＴＡの役員会が開催されるのではなかったか。

「いやあ、すっかり忘れてた。来週の火曜日で間違いなかったよな？」

「うん。別に無理なら来なくてもいいから」

「そういうわけにはいかんだろ。時間を作って必ず行くよ」

授業参観よりも、その後におこなわれるＰＴＡの役員会の方が問題だった。ミニバスの保護者からリクルートされ、城島は今年度からＰＴＡの役員をしている。役職は「庶務」。あれこれやらされる便利屋みたいなものだ。

「思い出してよかった。役員会をドタキャンしたら何言われるかわかったもんじゃない」

そうは言ってみたものの、来週の火曜日の予定がどうなるか、城島にもわからない。莉子の都合によっては授業参観に行けない可能性もある。今のうちに彼女のスケジュールを確認しておいた方がいいかもしれない。

「そういえば」城島はふと思い出した。「塾の夏期試験の結果、どうだった？　そろそろ結果が出た頃だろ」

愛梨はすぐには答えない。助手席でスマートフォンの画面に視線を落としている。映っているのは韓流アイドルのライブ映像だった。

「駄目だった」と愛梨は無表情のまま言った。「C判定だった。このままじゃ厳しいって書いてあった。私、やっぱり公立の方がいいかも」

「何言ってんだよ。まだ時間はたくさんあるだろ。今から諦めてどうするんだよ」

城島はそう発破をかけるが、愛梨は無反応だった。やがて塾の前に着いたので城島は車を停めた。愛梨は無言のまま助手席から降り、塾の入り口に向かって歩いていく。その背中に覇気はない。夏期試験でいい点をとれなかったことにショックを受けているのだろうか。

北相模市に引っ越してきたのは二年前だ。実はそれ以前、東京にいた頃に愛梨はクラスでいじめを受けていて、環境を変えるためにここにやってきた。その選択は間違いではなく、愛梨は見違えるように元気になった。地域のミニバスチームに入ったり、放課後は自転車に乗って友達の家に遊びにいったりと、東京にいた頃とは比べ物にならないくらい活発な子になった。トボトボと歩いていく我が子の背中を見て、昔に逆戻りしてしまったような不安な気持ちになってしまう。一時的にショックを受けているだけならいいのだが……。

城島はスマートフォンを出し、莉子と共有で使っているスケジュール管理のアプリを開いた。幸いなことに来週の火曜日の午後はまだ予定は入っていない。そこに「授業参観」と入力してから、城島は車を発進させた。

＊

ＡＳＵＫＡ舞踏団の本社は千駄木の八階建てのビルの一階にあった。一階のほぼ半分を本社屋として使用しており、地下には練習場もあるらしい。午後三時少し前、莉子が案内されたのは広い会議室だった。すでに三名の男女が集まっている。

「真波さん、ようこそお越しくださいました」

若い事務員らしきスタッフに案内され、用意されていた席に座った。テーブルがロの字形に並べられ、莉子を含めて四人の男女が向かい合っている。形だけみれば麻雀をするかのようだが、今日おこなわれるのはダンサー自殺問題の第三者委員会である。

「それでは定刻になりましたので、第三者委員会を始めさせていただきます。開催に先立ちまして、委員の皆さんに自己紹介をお願いします。まずは黒羽先生、お願いします」

莉子の正面に座っていたスーツ姿の男が立ち上がる。仕立てのいいスーツに、上着の胸ポケットには派手なチーフが収まっている。襟元にはヒマワリをモチーフにした金色の弁護士バッジが輝いている。

「顧問弁護士の黒羽です。今回の件については、初動の段階から社長から相談を受け、動いております。皆様方の意見を聞かせていただければ幸いです。よろしくお願いいします」

彼についてはは未央奈から名前を聞いていたので、事前に調べることができた。黒羽新之助、四十五歳。専門は労働問題であり、ＡＳＵＫＡ舞踏団のほかにも多数の企業の顧問弁護士を務めているようだ。驚いたことに彼の父親は政治家の黒羽敏正《としまさ》だ。現在、牛窪派の代表代行を務める彼とは浅からぬ因縁がある。かつて黒羽議員が問題発言をして炎上したとき、その火消し役として奔走したのがほかならぬ莉子だった。

次に立ち上がったのは莉子の右斜め前にいる女性だった。ゆったりとした黒いワンピースを着ている。髪はアップにしていて、やはりオーラのようなものが漂っていた。彼女のことは未央奈が用意してくれた事前資料の中でも触れられていた。

「ＡＳＵＫＡ舞踏団の総合演出家、飛鳥雅です。この度はお騒がせして申し訳ありません。微力ではございますが、協力させていただきます。よろしくお願いします」

社長であるロバート飛鳥の一人娘だ。彼女自身もダンサーだったが、度重なる怪我を理由に二十代のうちに現役を引退し、舞踏団の総合演出家に転身を果たした。親の七光りだと揶《や》揄《ゆ》する声もあるようだが、ここ数年のＡＳＵＫＡ舞踏団の躍進は彼女の演出なくしては有り得ないものだと、その手腕は業界内でも高く評価されていた。

「初めまして」と莉子の左斜め前の女性が立ち上がった。初老の女性で、髪には幾分白いものが交じり始めている。「松原《まつばら》といいます。天聖大学で芸能史を教えております。よろしくお願いします。具体的に申しますと、近世以降の日本芸能における……」

少し話が長くなる。その時間を利用し、莉子はタブレット端末で検索する。松原香織《かおり》教授。

日本の芸能史に精通していて、昭和のスターたちを題材とした著書も何冊か出版しているらしい。

最後に莉子の番が回ってきたので、立ち上がった。

「初めまして。真波莉子と申します。日本女性プロスポーツ選手会の理事を務めております。今回はうちの理事長である天沼さんの代役として参加させていただきます。よろしくお願いします」

「お噂はかねがね」莉子が座ると黒羽が口を開いた。「随分ご活躍されているようですね。真波さんの場合は日本プロなんちゃらの理事というより、総理の娘さんといった方が通りがよさそうですね」

ほかの二人の女性も驚いた様子は見せない。こちらの素性など先刻承知しているのだろう。

壁際には三名ほどの男性スタッフが控えていて、そのうちの一人が前に出た。

「まずはこれまでの経緯を説明させていただきます。遺体が発見されたのは九月十六日、月曜日の午前中でありまして……」

莉子は説明に耳を傾ける。ASUKA舞踏団では毎日午前十時から一時間ほどの基礎練習をおこなうのが日課であり、体調不良者以外は原則参加となっていた。そこに森沢風香が不在だったことに気づいた飛鳥雅が、風香の同期である深田陽菜に様子を見てくるように命じた。そして、深田陽菜は部屋で亡くなっていた風香を発見した。

「……すぐに我々は顧問弁護士の黒羽先生に連絡をとり、対応策を協議しました。そんな矢先、例の記事がネットに出てしまったんです」

その後の展開は見ての通りだ。亡くなった森沢風香がいじめを受けていたという噂がいつの間にか事実として扱われ、ＡＳＵＫＡ舞踏団は世間からバッシングを受けている。ネットニュースの書き込み欄には「早く記者会見を開け」とか「いじめの首謀者を特定しろ」といった声が溢れていた。

「そこから先は私が話しましょう」顧問弁護士の黒羽があとを引き継いだ。「私は本社において社長のロバート氏、ここにおられる雅氏と面談し、今後の方針を決めました。いかなるマスコミの取材も受けない。そう決定したんです」

そもそもの出発点がズレているように感じた。こういう場合、まずは迅速に内部調査、今回の場合はいじめがあったのかどうか、そのいじめと風香の死に因果関係があるのかどうか、それを明らかにしたうえでマスコミに公表するのが筋というものだ。それを怠ったからこそ、こうして第三者委員会に調査が委ねられたのではないか。

莉子と同じ疑問を感じたのか、松原教授が質問した。

「そもそもいじめはあったんですか？」

答えたのは黒羽だった。自信に満ちた表情で彼は言った。

「ありませんでした」

「本当に？」

「はい。神に誓って。ただ」そこで黒羽は飛鳥雅の方に視線を向けた。「雅さん、説明してもらってよろしいかな？」

雅がうなずいた。そして話し始める。

「うちの業界は特殊な世界です。スポットライトを浴びたいがために、団員の間で足を引っ張り合うのは日常的におこなわれております。さらにうちは父の方針で、上下関係に非常に厳しい舞踏団です。世間的にはいじめと認識される行為であっても、うちではそれを躾《しつけ》と呼びます。そういう意味においては、うちでいじめがないという黒羽先生のご意見は正しいものと思われます」

莉子は内心唸る。つまりこういうことだ。いじめに似たような事実はあったが、ASUKA舞踏団ではいじめではなく躾である。そんな言い訳が世間に通じるわけがないのだが、この人たちは本気で切り抜けられると思っているらしい。

まさに前途多難。これはちょっと大変な仕事になりそうだぞ、と莉子は気を引き締めた。

「実は遺体の第一発見者をこの場に呼んでいます。彼女は第一発見者であると同時に、森沢さんと一番仲が良かった団員でもあります。一応、第三者委員会としては事情聴取くらいはしておかないといけませんしね。皆さん、彼女を呼んでもよろしいですか？」

黒羽が皆の顔を見回した。異論は出なかった。本社の人間たちが立ち上がり、テーブルの配置を変えていく。今度は第三者委員会のメンバーが横一列に並ぶ形となり、それに対面する形で椅子が一脚、置かれた。企業の面接スタイルだ。

「それでは呼んでください」

黒羽が指を鳴らすと、本社の人間がドアから一人の女性を招き入れた。彼女が深田陽菜だろう。去年入団したばかりの新人であり、亡くなった森沢風香の唯一の同期だ。

「そこに座りなさい」

黒羽の指示を受け、陽菜がパイプ椅子に座る。どこか怯えたような表情だ。下はジャージで、上はパーカを着ている。華奢《きゃしゃ》な女の子だ。

「まずは自己紹介をお願いします」

黒羽に促され、陽菜が話し出す。

「深田陽菜、二十三歳です。現在、アンダーに所属しています」

顔立ちは整っているが、どこかやつれて見えた。彼女は唯一の同期であり、友人でもある女の子の遺体を目の当たりにしたのだ。ショックを受けない方がおかしい。

「ここ最近、森沢さんの様子で不審な点はなかったですか？」

「……やはり緊張しているみたいでした。重圧っていうんですかね。結構ナーバスになってるなと感じました」

未央奈からもらった資料を読んでいたので、莉子もある程度の状況を把握していた。森沢風香は来月開催の十月公演におけるプリンシパルに抜擢されていた。入団二年目でのプリンシパル抜擢は快挙らしい。過去二年ほどの公演を調べても、プリンシパルに選ばれているのは二十代半ば以降のメンバーであり、それも大抵同じ顔触れだ。エース級と言われる人気メンバーが順番でプリンシパルを務めているのである。

「例の記事は読みましたか？」

「はい、読みました」

「あの記事に書かれていたように、森沢さんはいじめられていたんでしょうか？」

「そういうことは……なかったと思います」

「躾はどうですか？」

「躾も、ありませんでした。先輩方も最年少の風香を守《も》り立てようといろいろと協力してくれました」

言わされている感が満載だ。おそらく黒羽から事前に言い含められているに違いなかった。ただ、それをこの場で指摘したところでどうにもならないことはわかっていた。

「森沢さんはプリンシパルに抜擢された重圧に一人苦しんでいた。そういうことですね？」

「……はい」

陽菜は消え入るような声で言った。黒羽が左右に居並ぶ委員たちに向かって言った。

「ほかに何か訊きたいことはございますか？」

誰も発言しようとしない。このまま終わってしまうのは癪《しゃく》なので、莉子は手を挙げた。

「真波さん、どうぞ」

「深田さん、初めまして。真波と申します。最後に森沢さんに会ったときのこと、憶えておいでですか？　憶えているならそのときの様子を教えてください」

「ええと……」

想定していなかった質問に対し、陽菜が黒羽に向かって目を向けた。やはりこの二人、事前に口裏合わせをしていたんだな、と莉子は確信する。黒羽が小さく頷くのを見て、陽菜が話し出した。

「亡くなる前の日の夜です。一緒に夕飯を食べました。そのときは元気でした」

「ちなみに何を食べたんですか？」

「サラダとチキンです。私たち二人とも糖質制限をしているので、大体食べるものは決まってるんです。風香はサラダだけで済ませようとしたけど、それじゃ体力もたないよって、私がチキンを半分あげたんです。風香はそれを……」

当時のことを思い出してしまったのか、次第に陽菜は泣き声になっていく。黒羽が口を挟んだ。

「そのくらいにしておきましょう。まだ情緒が安定していないようだ」

本社の人間に付き添われ、陽菜が会議室から出ていった。まるで自分が座長でもあるかのように、黒羽が言った。

「皆さん、いかがでしたでしょうか。いじめの事実はないようですし、マスコミの反応を窺いつつ、しかるべきタイミングで調査報告書をマスコミに公表する形でいきましょう。もちろん調査報告書は私の方で責任を持って作成します」

正直言って、第三者委員会の体《たい》をなしていない。四人のメンバーのうち、一人は顧問弁護士で、もう一人は内部の総合演出家だ。しかし莉子は何も言わなかった。言ったところで何も変わるわけがないと思ったのだ。この黒羽という弁護士、臭いものに蓋をするのが得意そうだ。さすがあの黒羽議員の息子といったところか。

「次回の開催日時については、またこちらからご案内します。今日はご苦労様でした」

莉子はスマートフォンを出し、素早くＬＩＮＥを起ち上げ、城島に向けて『今、彼女が出た。尾行よろしく』とメッセージを送る。そのメッセージはすぐに既読となり、了解を意味するスタンプが送られてくる。

＊

城島は自宅に向かって車を走らせていた。後部座席に莉子の姿はない。彼女は一足先に電車で帰宅していた。城島だけは莉子の命《めい》を受け、深田陽菜なる若手ダンサーの追跡をしたため、別行動となったのだ。

陽菜の潜伏先はすぐに判明した。ＡＳＵＫＡ舞踏団の本社の近くで彼女はタクシーに乗り込んだ。向かった先は上野にあるビジネスホテルだった。宿泊客を装い、彼女が部屋に入っていくのを見届けた。七一二号室だった。さきほどまでホテルの前で張り込みをしていたが、彼女が外に出てくることはなかった。

時刻は午後八時を回ったところ。愛梨の塾が終わった頃だ。場所的にも通り道なので、塾に向かってみることにした。ちょうど授業が終わった直後らしく、塾の前は小学生たちで溢れている。自転車に乗って帰宅していく子もいれば、塾の前でお喋りに興じている子もいる。

城島が送迎できない日、愛梨はここから二十メートルほど進んだところにあるバス停から路線バスに乗る。今日は自宅で莉子が夕食を用意しているはずなので、友達とご飯に行くこともないはずだ。城島は車を降り、バス停の方に足を進めた。

数人の小学生がバスの到着を待っていたが、その中に愛梨の姿はなかった。いったいどこに行ってしまったのか。もしかして体調不良で塾を休んだとか。夏期試験の結果がＣ判定で、彼女はいたく落ち込んでいた。

周囲を見渡す。すると少し離れた場所にコンビニがあり、そこに向かって歩いていく小さな人影を見つける。愛梨だった。なんだ、そういうことか。バスの到着まで時間があるためコンビニに寄ろうとしているのだ。城島は小走りで追いかけた。

県道沿いにあるコンビニは駐車場も広く、今も大型トラックが三台ほど停まっている。城島はコンビニに入った。彼女が支払いをしている際に、後ろから近づいて驚かせてやろう。そう思って城島は雑誌コーナーのあたりで息を潜めた。鏡を見て、娘の様子を窺う。愛梨は店の真ん中あたりの列で何やら物色している様子だった。

愛梨はなかなかレジに向かおうとしない。そうこうしているうちに塾帰りと思しき小学生の男子たちが店に入ってきて、菓子やらアイスやらを買っていった。その間も愛梨は動こうとしなかった。ガラス越しにバスが走り去っていくのが見えた。愛梨が乗るはずのものだった。バスは三十分おきに出ていると聞いたことがある。少しだけ不安になる。バスを乗り過ごしてまで愛梨は何を迷っているのか。

ようやく愛梨が動いた。一人でレジに向かっていくのが確認できた。城島はこっそりとレジの方に向かう。棚から身を乗り出し、愛梨の姿を見る。

彼女が四角い包みを二つ、店員に差し出した。それを見て、城島は思わず身を引いていた。そのまま通路を引き返し、トイレに入った。我が目を疑っていた。愛梨が買おうとしていたものは生理用品で間違いなかった。どうして彼女があんなものを……。生理用品を買おうとしている娘に、ドッキリ風に声をかけることなどできない。

しばし時間を潰してから、トイレから出た。すでに愛梨の姿はなかった。城島もコーヒーだけ買ってコンビニを出て、バス停前を通らぬようにぐるりと遠回りして塾の前に停めた車に向かう。すぐに車を発進させた。

どうして愛梨はコンビニで生理用品を買ったのか。その疑問が頭の中をグルグルと回っている。実は去年、すでに愛梨は初潮を迎えていた。事前説明は学校の授業でもあったはずだし、莉子ともいろいろ話したはずだ。生理用品に関しては莉子と共同で使用しているので、わざわざみずから買い求める理由はない。それとも莉子が使っている生理用品が気に入らないとか？　城島はそのあたりの事情に疎いため、何もわからなかった。

自宅に到着する。バスの待ち時間もあるため、愛梨の帰りはまだ先だろう。莉子がキッチンで夕飯の支度をしていた。今日はハヤシライスらしい。いい匂いが漂っている。

「お帰り、真司さん。そろそろ愛梨ちゃんも帰ってくると思うわ。先にお風呂入る？」

「いや、いいです。それより……」

さきほどコンビニで見た光景を莉子に話す。莉子は途中から真顔になり、エプロンをつけたままダイニングテーブルの椅子に座った。

「愛梨ちゃんがコンビニで生理用品を……。それは気になるわね」

「しかも二つも購入していました。ちなみに愛梨は莉子さんと共同で使ってるんですよね？　減り具合とかどんな感じですか？」

「普通かな。特に気になるような点はないわ。なくなったら私がドラッグストアで購入するし、その頻度も大抵変わらない……」

「あっ」と城島は声を上げた。思い出したことがあったからだ。「実は昨日、愛梨から夕飯代を五百円上げてくれって言われたんですよ。友達とスタバに行きたいとかで。今思うとあいつ、生理用品を買うための金が欲しかったのかも」

莉子は腕を組んでいる。可愛らしいエプロンをつけているが、その表情は凜々しく、仕事モードのそれだった。

「実は私も愛梨ちゃんの様子は気になってたの。最近あまり元気がない感じがしてた。夏期試験の結果のせいだけじゃないかもしれないわね」

「来週、授業参観があるんです。俺、担任の先生に話を聞いてみようかな」

「授業参観か」莉子がしばらく考え込むように壁を見つめた。そして彼女は言った。「私が授業参観に出てもいいわよね？」

「そ、そりゃいいとは思いますけど……」

「じゃあ決まり。少しはお母さんっぽいことをしてあげなきゃと思っていたの。授業の様子を見れば何かわかってくることもあるかもしれないし」

「愛梨も喜びますよ」

まさか莉子が授業参観に来てくれるとは愛梨も想像していないはずだ。城島は立ち上がり、冷蔵庫から缶ビールを出した。

「真司さん、深田陽菜さんの潜伏先、わかった？」

「あ、すみません。報告が遅れました。上野のビジネスホテルです。部屋番号もわかっています。見張りはついていないようです」

「直接訪ねていっても招き入れてはくれないでしょう。何か方策を考えなきゃね」

城島がビジネスホテルの名前を告げると、莉子は早速タブレット端末で検索をかけていた。どのようにして深田陽菜に接触するか、それを考えているのだろう。家事をしている最中でも、常に彼女は仕事のことを気にかけている。城島はネクタイを緩め、缶ビールを飲んだ。いつもなら至福の時間だが、今日に限ってはさきほどコンビニで見た愛梨の姿が気になって仕方がなかった。


翌々日の日曜日、城島は莉子とともに朝から上野に向かった。深田陽菜が宿泊しているビジネスホテルにほど近い場所にあるコンビニの前だ。城島はいつもと同じスーツ姿だが、莉子は一風変わった格好をしている。上は黒いシャツ、下はレギンスにショートパンツ。頭には自転車のヘルメットを被っていた。近未来を思わせる流線形のデザインだ。当然、彼女の脇にはスポーツタイプの自転車が置いてある。

「そろそろですね」

城島は腕時計に目を落とした。あと五分で正午になろうとしていた。莉子はその場で屈伸運動を始めた。

昨日、城島は丸一日ホテルの前で張り込みをした。陽菜の姿こそ確認できなかったものの、接触に役立ちそうな事実を摑んだ。彼女は朝昼晩と近くのコンビニから飲食物を宅配してもらっているのだ。これを利用しない手はない。そう思って莉子に進言したところ、彼女自身が宅配人としてホテルへの潜入を試みることになった。

別にそこまで凝る必要もないのでは。そう思ったが莉子はすっかり宅配人に扮している。自転車以外はすべて自前らしい。こういうところにも完璧性を求めるあたりが、彼女が彼女である所以《ゆえん》だ。

「あ、依頼が来たわ」

莉子がそう言ったので、城島は彼女のスマートフォンを覗き込む。荷の受けとり先はこのコンビニで、配達先は例のビジネスホテルの七一二号室。依頼人は深田陽菜で間違いない。

「受けましょう」

「了解」

莉子はスマートフォンを操作し、依頼を受けた。そして荷の回収時刻の正午になるのを待ち、コンビニの店内に入っていった。しばらくして出てきた彼女の手にはレジ袋が握られている。レジ袋の中身はミネラルウォーターとサラダ、バナナとプロテインバーだった。

フードデリバリーが一般的なものとなった昨今、あらゆる食べ物をオンラインで注文できる時代だ。城島だったらガッツリとした牛丼やらカレーやらを頼むと思うのだが、深田陽菜はダイエットをしているかのように軽食ばかりを注文していた。聞くところによると、彼女はダンサーとしての体形を保つため、食事に制限をかけているらしい。

莉子は四角い配達バッグにレジ袋を入れ、それを背負って自転車に跨った。「それじゃ」と短く言い、彼女は颯爽と自転車を漕ぎ出す。距離的には五百メートルも離れていないため、城島は徒歩で彼女を追いかけたが、すぐに彼女の姿は見えなくなってしまう。

城島がホテルの前に到着したとき、彼女がちょうど自転車から降りたところだった。城島を待ってくれていたのだ。莉子が先にホテルに入り、少し遅れて城島もあとに続いた。フロントのホテルスタッフがこちらに目を向けてくるが、声をかけられることはなかった。二人で同じエレベーターに乗り、七階で降りる。通路を歩いて七一二号室の前に向かう。莉子がインターホンを押すと、しばらくしてドアが開いた。やはり警戒心はゼロだ。自分が頼んだ品が到着したのだから、それを疑えというのは酷というものだった。しかも彼女は二十三歳の若い女性。社会経験が豊富とは言い難い。

「お待たせしました」

莉子はレジ袋を差し出した。何の疑いも抱かず、彼女はそれを受けとった。会計はカード決済で済んでいる。あとは引き返すだけだが、莉子は強引に室内に足を踏み入れた。

「えっ？　ちょっと……」

陽菜は戸惑った様子だった。それでも危険を察したのか、部屋の奥のテーブルに目を向けた。そこには充電中のスマートフォンが置いてある。あれで助けを求められたら厄介だ。城島は「失礼します」と一声かけ、室内に入ってスマートフォンを回収した。彼女も動いたが、城島の方がわずかに早かった。

「ごめんなさい、突然押しかけて」莉子がヘルメットを脱ぎ、髪を撫でながら言った。「私のこと憶えてるかしら？　一昨日の第三者委員会でお会いした真波莉子です。どうしてもあなたとしっかり話をしたかったの。こんな方法しかとれなくてごめんなさい」

彼女はまだ状況を把握していないらしい。目を大きく見開いて、莉子と城島の顔を交互に見ている。莉子は懸命に説得を続ける。

「深田さん、私は真実を明らかにしたいだけ。それが第三者委員会の仕事だと思ってるの。だから協力してほしい。ASUKA舞踏団で何が起きたのか。森沢さんに何があったのか。それを教えてほしいのよ。問題を解決するのが私の仕事だから」

「む、無理です」と陽菜は声を絞り出した。「何も言うなって、きつく言われてるんです。何かあったら、私……」

相当脅されているようだ。迂闊《うかつ》に喋ったら舞踏団から追放する、くらいのことは言われているのかもしれない。

「黒羽ね。あの弁護士に口止めされているのね？」

陽菜は答えない。莉子が続けて言った。

「あの弁護士が何と言おうが、あなたには関係ないわ。これはあなたと森沢さんの問題でしょう？　森沢さんの身に何が起きていたのか。それを証言できるのはあなたしかいない。この写真、ネットで見つけたの」

莉子がスマートフォンを出し、彼女に向けた。画面には一枚の画像が映っている。三人の小学生らしき女の子が表彰台に並んで立っている。三人ともバレエの衣装――チュチュと呼ぶらしい――を着ている。中央にいる子が亡くなった森沢風香で、三位の子が深田陽菜だ。

「あなたたち二人は、こんな小さいときから一緒だったのね。深田さん、お願い。真実を話してくれるかしら？」

陽菜の目に光るものが見えた。大粒の涙がハラハラと零れ落ち、彼女はベッドに突っ伏すように泣き崩れた。城島は床に落ちていたレジ袋を拾い上げ、それをテーブルの上に置いた。

*

森沢風香に初めて会ったときのことは、今もまざまざと思い出すことができる。

小学四年生のときだ。陽菜は都内でおこなわれたバレエのコンクールに初出場した。陽菜自身はバレエ経験は一年だったが、その上達には目を見張るものがあると、先生や両親も褒めてくれて、自信満々で陽菜は初舞台を踏んだ。そのときに初めて風香を見た。

段違いだった。他を圧倒するダンススキルと、大人顔負けの表現力。そして恵まれた可憐なルックス。風香は二位に圧倒的な差をつけて優勝した。陽菜は何とか三位に入ることができ、両親や先生は褒めてくれたが、あの風香って子が同学年にいる限り私は絶対に一番になることはないと思った。事実、その通りとなった。その後の大会で何度となく顔を合わせたが、風香が表彰台のてっぺんを他者に譲ることは一度たりともなかった。

数々の大会を通じて話をするようになり、仲よくなった。メールアドレスも交換し、近況などを報告する間柄になった。陽菜にとってクラシックバレエは習い事に過ぎなかったが、風香は違った。小学生の頃から将来像を思い描いており、プロのバレエダンサーを目指していた。中学までに国内のタイトルを総なめにし、中学卒業後はイギリスのバレエ名門校、ロイヤル・バレエ・スクールへの留学を考えていた。小学生の頃から国際大会への参加経験も

第三問：

いじめ問題で揺れる某舞踏団の

旧態依然とした体質を改善しなさい。

ある彼女は、助成金などの対象にもなっており、スクール関係者からも留学許可のお墨付きをもらっていた。彼女の未来は明るかった。スクールで学んだのちは海外のバレエ団に入り、一流のバレリーナを目指す。そういう未来が待ち受けていると、本人だけではなく周りの誰もが思っていた。しかし――。

予期せぬ事態が起きた。コロナ禍である。新型コロナウイルスが世界的に猛威を振るい、海外留学どころではなくなってしまったのだ。風香もその犠牲者だった。予定されていた英国留学が破談となり、地元の公立高校への進学を余儀なくされた。進学した公立高校にはバレエ部はなく、幼い頃から通っているバレエスクールで練習するしか道はなかった。

風香は落ち込んだ。それまで一切口にしなかった脂肪分多めのファストフードを食べたりと、自暴自棄になっていた時期もあったという。数年でコロナは落ち着きを見せたが、その期間を無駄にしたのは痛かった。一度イギリスに渡航し、スクールの関係者にダンスを見てもらったが、入学は難しいとの回答だった。泣く泣く風香は帰国した。

風香は高校卒業後、関西にある芸術大学のダンス学科に進学し、そこでクラシックバレエを続けた。海外進出の夢は断たれてしまったが、国内ではいまだに無敵だった。一方、陽菜は高校卒業と同時にクラシックバレエをやめ、都内にある私立大学の社会学部に進学した。この頃、すでに陽菜と風香は連絡をとることはなくなっていた。

陽菜はクラシックバレエからは足を洗ったが、ずっと通っていたバレエスクールの先生に頼まれ、子供たちに教えていた。大学四年のとき、就活していた陽菜に生徒の一人が言った。陽菜先生、ＡＳＵＫＡ舞踏団に入ってよ。そしたら私、絶対に観に行くから。

試しに資料をとり寄せてみると、その年もＡＳＵＫＡ舞踏団では若干名の新団員を募集していた。履歴書を送り、指定された試験会場に向かうと、そこには全国から百人近くのバレエダンサーたちが集まっていた。どうやら場違いなところに来てしまったらしい。やっぱり会社説明会に行った方がよかったかな。そんなことを考えながら会場の隅でストレッチ運動をしていると、頭上から声をかけられた。陽菜？　陽菜だよね？

顔を上げると風香が立っていた。およそ四年振りの再会だった。二人並んで壁際に座り、近況を報告し合った。風香はその美貌に磨きがかかっており、周りの子たちが霞んで見えるほどだった。

二日間の選考の末、風香と陽菜は揃って合格した。どうして私なんかが、と陽菜は思ったが、その理由は後日判明した。風香は将来のプリンシパル候補として、陽菜はそれ以外のサポート役候補として選ばれたのだった。全員がプリンシパルを目指していては、舞踏団は成り立たないのである。誰かが裏方として尽力しなければ、いい公演など作れないのだ。入団してすぐに陽菜はそれを悟り、自分の役割を自覚して裏方に徹した。

一方、将来のエース候補として入団した風香は一年目からファンの目に留まり、グッズの売れ行きも好調だった。そして二年目、早くもプリンシパルに抜擢されることが決定した。彼女はかつての輝きをとり戻し、その将来は順風満帆だと思われたが……。

＊

「……私が、私がもっとちゃんとしてれば、あんなことには……」

若きダンサーは大粒の涙を流して懺悔《ざんげ》している。莉子は黙ってそれを見つめていた。彼女の告白は衝撃的であると同時に、予想していた通りのものでもあった。やはり森沢風香はいじめを受けていたのだ。

しかもその内容が凄惨極まりない。トウシューズに画鋲が入れられていたり、ロッカー内にケチャップやマヨネーズが撒かれていたりと、まるで少女漫画の世界だった。令和の時代によくもこんなことを思いつくものだと感心してしまう。

「でも今考えると、風香にも少し落ち度があったように思うんです。あ、落ち度っていうか、誤解されていたっていうか……」

ティッシュペーパーで目元を拭きながら彼女がそう言ったので、莉子は訊いた。

「どういうこと？」

「プリンシパルに選ばれて風香はかなり重圧を感じていました。精神的にも肉体的にも疲労していて、先輩からの個別レッスンを断ることもありました。そういう態度が調子に乗ってると思われてしまったのかもしれません。ほかにも……」

プリンシパルに相応しい存在となりたい。その決意を体現するためか、風香は練習着にも派手な色合いのものを着るようになった。そんな彼女を快く思わない先輩連中がいても不思議はない。

「でもだからと言って、あんなことしなくても……何も悪いことしてないのに……」

陽菜はまたしても涙を流す。彼女が少し落ち着くのを待ち、莉子は質問した。

「森沢さんはどうして誰にも相談しようとしなかったのかしら？」

「密告は禁止されているからです、七箇条で」

「七箇条って？」

「ルールみたいなものですね。風紀を乱さないための」

詳しく教えてもらう。ＡＳＵＫＡ舞踏団で代々受け継がれているルールであり、主に上下関係を重んじるものだという。それらは次の通りだった。

第一条　目上の者には必ず敬語を使うこと。年齢ではなく、入団年度を重視。
第二条　廊下等ですれ違った際、下の者は立ち止まって一礼すること。
第三条　食事の際は目上の者から先に。共用の風呂、便所も同様。
第四条　服の色被り・髪型被りは禁止。被った場合、下の者が変えること。
第五条　目上の者には絶対服従。いいえ、という言葉はご法度。
第六条　叱責は愛の鞭。受けたら「ありがとうございます」と礼を。
第七条　団内のトラブルは団内で解決を。外部への密告は禁止。

莉子は七箇条を手帳にメモする。呆れてモノが言えないとはこのことだ。こうした悪しき風習が罷《まか》り通っていることが不思議でならなかった。運営側が何も知らないということはあり得ない。この問題の本質はもっと根深いところにありそうだ。

「然るべきタイミングが来たら、森沢さんがいじめに遭っていたことを証言してくれるかしら？」

莉子の提案に陽菜が顔を上げた。泣き腫らした目は真っ赤だった。

「……わかりました。それであの子が報われるなら」

「私に任せて。森沢さんの死は無駄にはしない。これをきっかけにしてこの組織を根本的に見直そうと思ってるの」

まずは第三者委員会だ。一昨日の会議の内容をみても明らかな通り、第三者委員会として機能しているとは言い難い。顧問弁護士の黒羽は事実の隠蔽だけに注力しており、世間一般の感覚からはズレている。

「勝手に押しかけてごめんなさいね」

莉子は陽菜に詫び、連絡先を交換してからホテルの部屋をあとにした。いじめがあったことはわかった。あとはどうやって第三者委員会を動かすか。なかなかの難題だ。

ロビーを横切り、ホテルから出る。ホテルの前に黒塗りのベンツが停まっていた。後部座席のドアが開いた。降りてきたのは弁護士の黒羽だった。

「これは妙なところでお会いしますね、真波さん」白々しい口調で黒羽は言う。「おや？　その格好は何ですか？　フードデリバリーのバイトですか？　総理の娘ともあろうお方が。しかもボディガードまでつけちゃって」

莉子は立ち止まる。たしかに今の自分の格好は突っ込みどころ満載なのは承知している。開き直って莉子は言った。

「こうでもしないと深田さんにお会いできなかったもので。彼女が証言してくれました。亡くなられた森沢さんはいじめに……」

「黙りなさいっ」

黒羽が威嚇するような声を出した。その声の大きさに莉子はたじろいだ。城島が前に出て、莉子をガードする構えを見せる。黒羽は「失敬」と言ってから続けた。

「真波さんは無茶をされるお方のようだ。組織を根本的に見直す？　馬鹿も休み休み言ってください」

さきほどホテルの室内で莉子が言った台詞だ。まさかあの部屋に盗聴器が仕掛けられているのか。この男ならやりかねないと莉子は思った。

「私に無断で事件関係者に会う。しかも変装までして。真波さん、あなたのやっていることは完全に常軌を逸している」

少々手の込んだ仕掛けではある。だがこうでもしないと彼女に会うことはできなかった。誰が訪ねてきてもドアを決して開けてはならないと彼女は黒羽に言われていたはずだから。

「真波さん、あなたには失望しました。もう終わりです」

「終わり？　まだ始まったばかり……」

莉子がそう言って前に踏み出すと、それを遮るように黒羽が手を上げた。それから親指を立て、自分の首を掻っ切るようなポーズをして黒羽は言った。

「真波さん、あなたは馘《くび》です。第三者委員会から外れてもらいます」

黒羽は踵を返し、ベンツの後部座席に乗り込んでいく。莉子は彼に向かって言った。

「待ってください。私は辞めるつもりはありません。この問題は私が……」

## 第三問：
いじめ問題で揺れる某舞踏団の
旧態依然とした体質を改善しなさい。

無情にもドアは閉まり、ベンツは音もなく走り去った。莉子はその様子を黙って見ていることしかできなかった。腹が立って仕方がない。こんな屈辱的な気分を味わったのは久し振りだ。

ホテルのエントランスはガラス張りになっていて、そこには莉子の姿がくっきりと映っている。フードデリバリーのバイトに扮した自分が滑稽だった。莉子はヘルメットを外した。地面に叩きつけたい気持ちを何とか抑える。横から城島の手が伸びてくる。莉子は城島にヘルメットを手渡した。

「春はあけぼの。やうやう白くなりゆく山ぎは、すこしあかりて、紫だちたる雲の……」

火曜日。莉子は授業参観にやってきた。今日は四年生以上の高学年の教室で一斉に授業参観がおこなわれるようで、校内は保護者たちでごった返している。愛梨のいる五年一組は国語の授業だった。清少納言の『枕草子』を子供たちが声を揃えて読んでいる。

クラスの人数は四十人程度。愛梨は窓際の真ん中あたりにいた。授業が始まる前、一瞬だけ目が合った。莉子が来るとは思ってもみなかったらしく、愛梨は驚いたような顔をしたが、すぐに前を向いて授業の支度にとりかかった。

「はい、ありがとう。『枕草子』は清少納言という人が書いた随筆、まあ日記とかエッセイに近いかな。書かれたのは平安時代なんだけど、今から何年くらい前だと思う？」

教壇に立っているのは山本《やまもと》という名の男性教師だ。細縁眼鏡をかけているインテリタイプの男で、年齢は二十代後半から三十代前半、莉子と同世代と思われた。

「正解は西暦一〇〇〇年頃。今から千年以上前なんだよ。特にみんなに読んでもらった箇所は、季節感がよく出ていて、とても有名な文章だ。そこでみんなにも自分の枕草子を作ってもらいたい。今は九月だから秋にしようかな。秋は〇〇。〇〇の中に自分が秋っぽいと感じる言葉を入れて、そのあとにどうして秋っぽいと感じたのか、それを書いてみよう」

子供たちがノートに向かう。隣の子と相談している子もいた。莉子はそれとなく愛梨の様子を観察する。彼女はノートに何やら書き込んでいた。しばらく観察していると、愛梨は前に座っている女子児童の肩を叩き、何やら話し始めた。仲のいい子だろうか。

「はい、じゃあ発表してくれる人」

授業参観の効果か、ほぼ全員が手を挙げる。愛梨も手を挙げていた。さされた男子児童が立ち上がって発表した。

「秋は紅葉。秋になると山は赤く色づきます」

「うん、いいね。やはり秋といえば紅葉だからね。じゃあ次は……」

次々と子供たちが発表していく。五人目で指名されたのは愛梨の前に座る女の子だった。

「じゃあ次、坂間《さかま》さん、よろしく」

坂間と呼ばれた子が立ち上がってノートを読み上げた。

「秋はカボチャ。来月はハロウィンです」

「うん、いいね。ハロウィン楽しみだね」

坂間という子は恥ずかしそうに笑いながら椅子に座る。莉子はずっと愛梨の様子を観察していたので知っていた。先生にあてられる直前、後ろに座っていた愛梨が手を伸ばし、坂間さんにノートを渡したことを。つまり愛梨は坂間さんに助け舟を出したのだ。

「はい、では次に……」

授業は進んでいき、あっという間に終了のチャイムが鳴った。五時間目なのでこのまま帰りの会になるらしい。愛梨に向かって小さく手を振ってから莉子は教室を出た。ＰＴＡの役員会まで三十分以上あったので、いったん校舎から出て学校の敷地内を歩いて時間を潰す。

昨日速達が届き、第三者委員会から外される旨が正式に通達された。第三者委員会を外されてしまった今、莉子にできることは何もない。私に任せて。深田陽菜に向かってそう断言してしまった以上、このまま引き下がりたくはないのだが……。

十五分ほど時間を潰してから、莉子は職員室に向かった。山本先生は在席していた。莉子が呼び出すと、職員室の中に案内された。隅にある応接セットで対面する。

「初めまして、真波です。城島愛梨がお世話になっております」

「山本です。どういったご用件でしょう？」

四月の年度初めに担任とプリントでやりとりすることがあり、その中で城島家の家庭の事情については彼にも一応報告済みだ。山本の反応を見る限り、彼は莉子の素性を知らない様子だった。

「授業参観、見せてもらいました。とてもいい授業でした」

「ありがとうございます」

「愛梨の前に座っていた女の子のことです。坂間さん、でしたか？　愛梨と非常に仲が良いように見えました」

「そうですね。席が近いこともあって、よく一緒にいるのを見かけますよ。城島さんは面倒見がいいというか、クラスでも頼られていますから」

愛梨が褒められるのは単純に嬉しい。しかし莉子は心を鬼にして言った。

「坂間さんはどういった児童でしょうか？　何か家庭に問題を抱えていたりしませんか？」

その質問をぶつけた途端、山本の表情が変わった。心のシャッターを下ろしたかのように、一切の表情が消えた。しかしそれはほんの一瞬だけのことで、すぐに笑顔に戻って彼は言った。

「申し訳ないです。個人的なご家庭の事情についてはお話しすることができないんですよ」

「そうですか。すみません、変な質問をしてしまって」

坂間という子の家庭に問題がなければ、問題ないと答えればいいだけの話だ。それなのに山本は「個人的なご家庭の事情」という回りくどい言い方をした。坂間さんが何か問題を抱えている証拠だ。

気になったのは坂間さんの服装だった。今日は授業参観日ということもあり、どの子も余《よ》所《そ》行きとまではいかないものの、きちんとした服装をしていたような気がする。特に女子はその傾向が顕著で、可愛らしいお洋服を着ている子が多かった。そんな中、坂間さんだけは結構ラフな服装——上はジャージで下は膝丈のパンツ——だった。ジャージもパンツもややくすんだ感じの色合いに見えたのは気のせいだろうか。

「本当に素晴らしい授業でした。これからも愛梨のことをよろしくお願いします」

莉子は職員室を出た。ＰＴＡの役員会は三階の視聴覚室でおこなわれると聞いていた。これから下校する子たちが階段を下りてくる。その子たちの流れに逆らうように、莉子は三階目指して階段を上った。

＊

その男はやや肥満体で、黒縁の眼鏡をかけていた。城島が手を上げると、男がこちらに向かって歩いてくる。男は手に持っていたトレイをテーブルの上に置いた。ラージサイズのアイスコーヒーに、ガムシロップとミルクが二つずつ。城島は男に笑みを向けた。

「すみません。わざわざお越しいただきまして」

男は何も言わず、辺りの様子を窺うように店内を見ている。警戒心が強い男のようだ。ガムシロップとミルクを垂らし、アイスコーヒーを一口飲んでから男が言った。

「あんたが城島さんか？」

「はい。週刊ジパングの沼田《ぬまた》さんですね？」

男はうなずいた。週刊ジパングというのは政治・経済問題からスポーツ・芸能情報に至るまで幅広く扱っている老舗の週刊誌だ。かつては電車の中で週刊ジパングを読むサラリーマンを数多く見かけたものだ。今も週刊誌として発行を続けているが、最近はネットニュースにも重きを置いていた。森沢風香の自殺の背後にいじめ問題があるのではないか。そのスクープ記事を出したのが週刊ジパングの電子版だった。

「で、耳寄りの情報って何だい？」

沼田が身を乗り出し、小声で訊いてくる。城島もさらに低い声で言った。

「遺体の第一発見者です。深田陽菜といいます。彼女は亡くなった森沢さんの同期で、一番親しい友達でした」

城島は用意していたプリントをテーブルの上に置いた。ASUKA舞踏団公式HPの団員紹介ページからプリントアウトしたものだ。深田陽菜の顔写真が載っている。

「この子のことなら」沼田が顔写真をトントンと指で叩いて言った。「俺たちも掴んでる。寮で隣の部屋だったらしいな。寮の前で張り込んでいるんだが、いまだに接触できない」

「当然ですよ。彼女は今、別の場所に匿われています」

「何だと？」

城島は別のプリントをテーブルの上に置いた。上野にあるビジネスホテルの地図だ。沼田が身を乗り出すようにしてそれを見る。城島は言った。

「そのホテルの七階の一室に深田陽菜は宿泊しています。まあ軟禁状態に近いでしょうね。ホテルの部屋から出ることはほとんどありません」

「たしかな情報なのか？」

今度はスマートフォンを出し、ある画像を呼び起こして沼田に見せる。ホテルの前に停まっている黒塗りのベンツと、後部座席から降りてくる黒羽の連続写真。

「彼はASUKA舞踏団の顧問弁護士の黒羽です。第三者委員会にも名を連ねています。深田陽菜をここに連れてきたのは彼みたいですね」

沼田が唸った。彼なりに情報の確度を認識したようだ。ただ、深田陽菜が上野のビジネスホテルに滞在していたのは一昨日までで、今はどこにいるか確認していない。城島たちがホテルの場所を割り出した以上、もう別の場所に移っていると考えた方がいいだろう。

「わかった。参考にさせてもらおう」

沼田がそう言ってテーブルの上のプリントを折り畳んだ。それは交渉成立を意味していた。城島は安心して冷めてしまったコーヒーを飲んだ。

週刊ジパングの記者に接触しよう。そう言い出したのは莉子だった。今回の件を最初から検討してみた結果、週刊ジパングの記事が彼女のアンテナに引っかかったらしい。森沢風香がいじめを受けていたことは、内部の者しか知らない秘密だった。その情報を週刊ジパングに売ったのはいったい誰か。それを調べてくれと莉子から頼まれ、沼田を呼び出したのだ。

「今度は私の番です」城島は単刀直入に訊いた。「森沢風香がいじめられていたネタ、あなたはどうやって摑んだんですか？」

沼田はひと呼吸置いてから答えた。

「悪いが情報提供者については話せない」

とは言いつつも、それはあくまでもポーズだろうと城島は感じていた。この世界はギブアンドテイク。何かを得たら、何かを渡さなければならないのだ。

城島は懐から三枚の写真を出し、それをテーブルの上に並べた。ＡＳＵＫＡ舞踏団の関係者の写真だ。

「この中に情報提供者はいますか？」

沼田は答えなかった。しばらく待っていると彼は残っていたアイスコーヒーを一息に飲み干して立ち上がった。

「先に失礼させてもらうぜ」

沼田が立ち去っていく。テーブルの上にストローが一本、置かれている。そのストローの先端が、三枚の写真のうちの一枚に向けられていた。それを見て城島は確信する。

なるほど、彼女が情報提供者だったのか。

*

「……去年と同じく、雨天の場合は中止となります。その場合は午前七時の時点で……」

莉子はＰＴＡの役員会に出席している。この小学校のＰＴＡの役員は十名ほどで、その全員が視聴覚室に集まっていた。学校側からＰＴＡ担当の教師も参加していたが、彼はほとんど意見を言うことなく、会議の成り行きに耳を傾けているだけだった。

「……私からは以上です。何か質問はありますか？」

誰も手を挙げない。議題は来月開催予定のバザーだった。しばらくして上座に座る男性が口を開いた。男性の前には「会長」と書かれたプレートが置かれている。

「ないようですね。でしたら今日の議題はすべて終了となります。皆さん、お疲れ……」

「ちょっといいですか」会長の言葉を遮るように、一人の女性が割って入ってくる。「前回も提案させていただいたんですが、ＰＴＡの解散について具体的に考えてみませんか？」

何とも言えない空気になるのを莉子は感じた。誰もが周りの人の顔色を窺っている様子だった。女性が続けて言った。彼女の前には「副会長」というプレートが置かれていた。

「いい加減、こういう無駄な集まりはやめるべきですよ。自治会とかもそうですけど、時代に逆行してると思いませんか？」

「そうですね」と別の男性が応じる。彼のプレートは「広報委員」だ。「僕もそう思います。PTAがなくなっても誰も困りゃしませんよ。むしろ喜ぶ人が多いんじゃないかな」

事前に城島から聞いていた。役員会の内部でPTA解散を主張している一派がいることを。首謀者は女性で、大手IT企業の女性幹部だと耳にしていた。

「学校としてはどうお考えですか？　PTAは存続させる必要がありますか？」

「いや、それは……」

女性副会長に訊かれ、男性教師がしどろもどろになっている。学校側としては答えにくい質問だ。副会長はもう一人いて、そちらは男性で会長の隣に座っている。その表情からしてPTA存続派だと思われた。

ここ最近、PTAの休止・廃止に関する話題をネットニュースやSNSでも見かけるようになった。以前はPTAを廃止するなどタブー視されていたが、その流れが変わりつつあった。きっかけはコロナ禍だ。

コロナ禍において、PTAの活動を休止せざるを得なくなった。そのときに全国の保護者たちは気づいたのだ。「あれ？　PTAなくても学校活動とかに問題なさそうだな」と。そしてPTA不要論が生まれ、実際に休止・廃止となっていく学校が増えたのが現状だと莉子自身は分析している。

しかし増えたといっても、全国には二万近い小中学校があるため、実際にPTAを休止・廃止にした学校はごくごく一部だろう。おそらく今後十年くらいでゆっくりとPTAはその数を減らしていくものと想像できた。

「PTAを存続させるべきか、それとも廃止すべきか。すべての保護者を対象としたアンケートを実施することを提案いたします」

女性副会長が声高らかに言う。与党を糾弾する野党の女性政治家のようだ。ほかの役員たちはすっかり弱り切ったような表情。

これは世の流れと言えよう。もしもアンケート調査など実施したら、かなりの確率で廃止が決まってしまうはず。ここは――。

「よろしいでしょうか？」

莉子は手を挙げる。場にいた全員の注目が集まるのを感じた。会長がうなずいたのが見えたので、莉子は発言した。

「初めまして、真波と申します。普段は夫に任せきりで、実は今回が初めての役員会です。新参者の私がこのような意見を述べるのは極めて恐縮でございますが、私としてはPTAは廃止してはならないと考えております」

一際強い視線を感じた。女性副会長がキッとこちらを睨んでいる。莉子は構わず続けた。

「皆さん、学校の先生が長時間労働を強いられていることはご存じでしょうか？　現在厚労省が定める過労死ラインは月に八十時間以上の時間外労働と規定されていますが、最新の調査によると小学校教師の約十五パーセント、中学校教師の約三十五パーセントがそれに該当すると言われています」

　別に莉子自身、ＰＴＡをどうしたいかという明確なビジョンを持っているわけではない。ただ、女性副会長が居丈高に持論を展開するのを見て、真逆の立場に身を置きたくなっただけだ。要は反発心が芽生えたのだ。

「学校の先生たちは多忙を極めているんです。そんな先生たちに対して、さらに仕事を増やすのは酷というもの。やはりＰＴＡは必要ではないでしょうか」

「ちょっと待ってください」案の定、女性副会長が口を挟んでくる。「私は先生たちに仕事を押しつけるつもりはありません。やるべきことは有志のボランティアで続けていく。そういう形を模索しています」

「それって単なる名称変更ですよね？　だったら存続させてもいいんじゃないですか？」

　女性副会長は答えなかった。大袈裟に肩を竦め、断言するように言い放った。

「とにかく私は全保護者を対象にアンケートを実施します。その結果を考慮して、また協議するといたしましょう。もうよろしいですよね？　会社に戻らないといけないので」

　私は忙しいんだから。そういうムードを周囲に撒き散らし、女性副会長は視聴覚室から出ていった。会長や男性教師が困惑した顔で頭を振っている。

ＰＴＡ廃止問題。なかなか面白そうなテーマではある。乗りかかった船でもあるし、次回の役員会にも出席してもいいかなと莉子は思った。

　ハンドバッグからスマートフォンを出す。城島からＬＩＮＥが入っている。どうやらあちらも進展があったらしい。周囲に「失礼します」と声をかけ、莉子は視聴覚室をあとにした。

「いらっしゃいませ。お待ち合わせでしょうか」

黒服のスタッフが近づいてきたので、莉子は小さく笑みを浮かべて店内を見回した。恵比《えび》寿《す》にあるバーだ。黒を基調としたすっきりとした内装で、ジャズのピアノ曲が邪魔にならない程度の音量で流れている。カウンター席にその人物を見つけ、莉子はそちらに向かって歩を進めた。

「こちら、よろしいですか?」

莉子がそう言うと、その人物がこちらを見た。飛鳥雅。ＡＳＵＫＡ舞踏団の総合演出家で、第三者委員会のメンバーでもある。創設者、ロバート飛鳥の一人娘だ。

雅が何も言わなかったので、莉子は勝手に彼女の隣の椅子に座る。雅はグラスの赤ワインを飲んでいた。近づいてきた店員に対し、「同じものを」と注文した。

「いいお店ですね。よく来られるんですか?」

雅は答えなかった。彼女がこの近くに住んでおり、週に何度か足を運ぶことは城島の調べでわかっている。店員がグラスの赤ワインを運んできた。店員が立ち去るのを待っていたかのようなタイミングで彼女が訊いてくる。

「で、用件は?」

せっかちな性格らしい。莉子は単刀直入に切り出した。

「昨日、某週刊誌の記者と会いました。森沢さんに関するいじめ疑惑を報じた記者です。彼に情報を提供したのはあなたですね」

これも城島の調べでわかったことだ。沼田という記者は情報提供者が飛鳥雅であると示唆したらしい。まったく予想外の人物であったが、莉子に驚きはなかった。もしかしたらそうではないか、と漠然と思っていた。

「どうしてあなたはスキャンダルの種を記者に売ったのか。お父様への反抗ですか？」

雅は黙りこくっている。莉子は話題を変えた。

「すでにご存じだと思いますが、私の父は総理大臣です。母を捨てた父に対して、憎しみに近い感情を抱いていたこともあります」

決して裕福な家庭ではなかった。母は女手一つで莉子を育ててくれた。父が政治家の栗林智樹であることは知らされていたので、国会等で発言する彼の姿を見て、憎々しく思ったことも一度や二度ではない。

「父と会ったのは大学生の頃でした。あまりに飄々とした態度に、積もり積もった憎しみみたいなものが吹っ飛んでしまいました。そこが父らしいと言えば父らしいんですが。だから私も雅さんの気持ちが理解できるような気がするんです。あまりに強大な父親を持った子の宿命とでも言えばいいのでしょうか」

ロバート飛鳥。日本のバレエダンサーの草分け的存在であり、ＡＳＵＫＡ舞踏団の創設者だ。ともすれば前近代的とも言えるＡＳＵＫＡ舞踏団のシステムはすべて彼が作り上げたものだ。そう、雅自身も彼の作品の一部であるのかもしれない。

「あなたは従順な一人娘を演じながらも、常日頃からお父様に対して反発心を抱えていた。そして今回の事件が起きた。臭いものに蓋をする。お父様やその側近の手法を見て、あなたはどうしても我慢できなかった。だから記者に内部情報を洩らしたんですね」

雅は無言を貫いている。それが肯定を意味しているように莉子には思えた。雅がワイングラスに手を伸ばしたのを見て、莉子も一口飲んだ。驚くほどに美味しかった。父が総理公邸内で好んで飲むボルドー左岸、メドック地方あたりか。

「ワインで思い出したんですが」莉子はまたしても話題を変える。「フィロキセラというのをご存じですか？　十九世紀に世界中のブドウの木を襲った害虫です。根に寄生して樹液を吸って、ブドウを枯死させてしまうんです」

フランスではワイン生産量の三分の二を失うことになり、多くのワイン産地が大打撃を受けた。そんな中。ある学者が発見する。アメリカ原産のブドウの木はフィロキセラに対して耐性があると。

「そこで対策が生まれました。アメリカ原産のブドウを台木として植え、その上にヨーロッパ産のブドウを接ぎ木するんです。こうした対策が実り、フィロキセラはワイン産地から姿を消しました」

雅がフッと笑みを見せた。そして彼女はようやく口を開いた。

「根っこを取り替えてしまえ。あなたはそう言いたいわけ？」

「その通りです。時代は昭和から平成、平成から令和に変わりました。古き伝統を重んじるのも大事ですが、今の時代に合わせてアップデートするのも必要でしょう。ところで、お父様はお元気でしょうか？」

ロバート飛鳥については健康不安説が囁かれている。莉子もいまだに彼の姿を見たことがない。ワイングラスを見つめたまま雅が言った。

「父は軽度の認知症を患っているの。それをいいことに黒羽や副社長が好き勝手やってる状態ね。今度の騒動に関しても父は何も知らないに等しいはず」

副社長というのはロバート飛鳥の遠縁にあたる人物だ。彼と黒羽がグルになり、ASUKA舞踏団の経営に関与しているのだろう。

「雅さんは会社の株の五十パーセントを持ってますよね。あなたが会社経営に本気で乗り出せば、副社長や黒羽も何も言えないのではないですか？」

ASUKA舞踏団は典型的な同族経営だ。会社のすべての株はロバート飛鳥と娘の雅が分け合って所有している。黒羽などは所詮は雇われている弁護士に過ぎない。副社長などの幹部も同様だ。

「このままでは何も変わりません。第二の森沢風香を生み出さないためにも、心を鬼にして根っこを交換すべき頃合いかと」

雅が店員に対して手を上げ、ワインのおかわりを二杯、注文した。二人ともすでに飲み干してしまっている。店員がワインを運んでくるのを待ってから、雅がグラスを持ち上げた。

「真波さん、よろしくお願いします。すべてあなたにお任せします」

「微力ながら協力させていただきます」

交渉成立だ。莉子もグラスを持ち上げ、雅のそれにぶつける仕草をした。

＊

「……去年の夏だったかしら、坂間さんたちが引っ越してきたのは。離婚してこの団地に入ってきたって噂だった。何でわかったのかって？　耳の早い人たちがいるのよ」

女性は小島《こじま》という名前の、四十過ぎとおぼしき女性だった。見るからにお喋り好きと思われる女性で、さきほどから城島の前でずっと喋り続けている。

坂間祐奈《ゆうな》という子の家庭状況について調べてくれ。莉子からそう命じられたのは一昨日の夜、莉子が授業参観に行った日のことだ。坂間祐奈は愛梨の前の席に座っており、授業中も愛梨は彼女のことを気にかけていたらしい。クラス名簿から坂間祐奈が市営住宅に住んでいることが判明した。

「ここに来る前は一戸建てに住んでたって話よ。旦那さんが事業に失敗して、かなりの借金を背負ってしまったみたいね。旦那さんは奥さんと娘さんを残して夜逃げ同然にいなくなったそうよ。酷な話よ」

北相模市内にもいくつか市営住宅があるが、坂間母子が住んでいるのは、所得の低い者が優先して入居できる物件だった。聞き込みをしようと車を停めたところ、いきなり小島という女性に話しかけられたのだ。渡りに船とはこのことだ。

「ちなみに坂間さんのお仕事は？」

「ドラッグストアで働いてるわよ。県道沿いの……」

城島は店の名前を手帳にメモる。小島は話し続けている。

「……奥さんはこれまで水商売を転々としていたって。そこで前の旦那さんに出会ったんだろうね。今もできることなら夜の仕事をしたいみたいだけど、小学五年生の娘もいるし、世間体ってもんがあるから我慢してるらしいわよ。まあ、あの年じゃそもそも雇ってくれるところなんかないだろうけど」

「娘さんのご様子は？　元気ですか？」

「この団地にも子供はたくさんいるからね。たまに一緒に遊んでるのを見かけることがあるわよ。でも最近はよその子と一緒にいるのをよく見るわね。この道を東に行ったところに公民館があるんだけど、そこの図書室で友達と一緒にいるのを何度か見かけたし」

愛梨だな。城島はそう確信する。塾のある日、愛梨は一度帰宅することもあるし、学校からそのまま塾に直行することもある。塾に行くまでの間、愛梨がどこで時間を潰しているか城島は知らない。

「坂間さんのところ、生活は苦しいんでしょうか？」

「さあね。でも何とかなってるんじゃない。坂間さんはちゃんと働きに出てる。それだけでも偉いよね。ほら、この団地には引きこもってる人もたくさんいるし」

これ以上聞き出せる話はなさそうだ。城島はそう判断し、礼を述べてから車に乗り込んだ。坂間祐奈の母親が働くドラッグストアに向かう。県道沿いにあるその店舗は駐車場が広く、午前中ということもあってか、駐まっている車はわずか数台だった。

客の振りをして店の中に入る。籠を片手に店内をぶらついた。店のテーマソングらしき軽快な音楽が流れている。店のところどころで青い制服を着た従業員が品出しをしていた。それとなく従業員たちの姿を観察していると、城島は彼女を発見した。

ややや茶色く染めた髪を後ろで束ねている。たしかにどことなく水商売風の雰囲気が漂っている。顔に疲れが見えるのは気のせいか。年齢は城島と同年代の四十代半ばくらいだろう。彼女は腰を屈め、陳列台に品物を並べていた。皮肉なことに彼女が並べているのは生理用品だった。城島は内心問いかけた。あなたは娘さんに生理用品を買い与えているんですか、と。

先日、愛梨はコンビニで生理用品を買っていた。莉子の話によると、二人で共同で使用している生理用品の減るスピードに特に変化はないらしいので、愛梨が自分用として購入したわけではないことは明らかだった。もしかしたら愛梨は友達の坂間祐奈に生理用品を渡したのではないか。坂間家の事情がわかった今、その想像は確信めいたものに変わっている。

そもそも愛梨は東京に住んでいた頃、同じクラスでいじめられていた子を庇い、それが遠因となってクラスの仲間外れにされてしまった。弱い者を助ける。そういう気骨のある子に育ったのは父親として誇らしく思うが、一歩間違えれば災いとなって自分に返ってきてしまう。なかなか難しいものだ。

歯ミガキやシェービングフォームなどの日用品を購入した。買った品物を持って車に戻る。莉子は今、都内にいる。彼女も大勝負に臨むらしく、朝から気合いが入っていた。

城島は車を出した。北相模市は今日も快晴だった。

第三問：
いじめ問題で揺れる某舞踏団の
旧態依然とした体質を改善しなさい。

＊

莉子が会議室のドアを開けると、中にいた者たちの視線が一斉にこちらに向けられた。誰もが驚いたような顔つきをしている。代表して黒羽弁護士が立ち上がった。

「部外者が何の用だ。勝手に入ってくるんじゃない」

まるで野良犬を追い払うかのように手を振っている。中央のテーブルを囲むのは黒羽のほかに飛鳥雅と松原教授。第三者委員会の面々だ。脇には本社のスタッフが三名ほど顔を揃えていた。

「君たち、さっさとこの女を追い払いなさい」

黒羽に命じられ、本社のスタッフたちが莉子に向かって歩いてくる。それを制したのは飛鳥雅だった。

「やめなさい。その方は第三者委員会のメンバーよ。私が呼んだの」

「雅さん、あなたはいったい……」

黒羽は訳がわからないといった表情を浮かべ、雅を見た。彼女は高らかに宣言する。

「黒羽さん、今日付けであなたとの契約を解除します」

「待ってくれ、雅さん。あんた、自分が何を言ってるのか、わかってるのか？」

本社のスタッフたちも困惑気味に事態の推移を見守っている。総合演出家と顧問弁護士。この二人の言い合いに割って入ることなどできないのだ。

「もちろんです。諸悪の根源はあなただと気づいたんです。森沢風香の自殺。この問題と真摯に向き合い、ＡＳＵＫＡ舞踏団は組織として生まれ変わらなければなりません。あなたが顧問弁護士の座にある限り、本質的には何も変わりません」

「ふざけたことを。あんた、この真波っていう女に唆《そそのか》されたな。騙されるなよ、この女はペテン師だ」

どちらがペテン師だ。反論したい気持ちもあったが、莉子はしばらく黙っていた。

「この女はな、総理の娘という肩書きを利用して、荒稼ぎしているどうしようもない女なんだ。それにな、雅さん。あんたは株主かもしれないが、社長であるロバート氏の了承を得ずして私を解任することなんてできないぞ」

社内規程により、会社の重要事項の決定に関しては株主の過半数の了承が必要とされている。父と娘で五十パーセントずつの株を保有しているため、どちらか一人が反対したら過半数に満たないのだ。

莉子はバッグの中から封筒をとり出した。中に入っていた一枚の書類を広げ、説明した。

「ロバート飛鳥氏の委任状です。すべて雅さんに委任すると記されています」

黒羽が書類をひったくるように奪った。みるみるうちに彼の顔が紅潮していく。

昨夜、莉子は雅とともにロバート飛鳥と面談した。気難しい芸術家タイプの男であると聞かされていたが、実際に会ってみると温厚な老人だった。認知症が進んでいるようで、こちらの説明のすべてを理解してくれたとは言い難いが、最終的に委任状にサインをしてくれた。帰り際に雅は言っていた。昔はもっと激しい性格の人だったの。ああいう姿を見ちゃうと少し淋しい気もするわね。

「こんなもの……」

黒羽が手にしていた書類に手をかけた。すかさず莉子は言った。

「破ったら私用文書毀棄罪に当たりますよ」

黒羽は書類を投げ捨てた。委任状はひらひらと舞って床に落ちた。本社のスタッフが慌てそれを拾い上げる。莉子は黒羽に向き直って言った。

「黒羽さん、あなたは今回の問題を徹底的に隠蔽し、世間の目から隠そうとした。それも一つの方法ではありますが、このご時世、それでは通用しません。問題の本質を炙り出し、解決策を考えるべきなんです」

「お前に……それができるというのか？」

「わかりません。しかし全力は尽くします」

フン、と鼻で笑うような仕草をしてから、黒羽は乱れてしまったネクタイの位置を調整した。そして最後に捨て台詞を吐いた。

「違約金は後日請求させてもらうからな」

黒羽が会議室から出ていった。それと入れ替わるように一人の初老の男性が中に入ってくる。日に焼けた壮年の男性だ。雅と松原教授に彼を紹介する。

「弁護士の平尾《ひらお》先生です。黒羽先生の代わりに第三者委員会のメンバーに入っていただく予定です。よろしいですね？」

「弁護士の平尾です。よろしくお願いします」

二人から異論の声は出なかった。平尾は以前はワイドショーなどでコメンテイターを務めており、世間の認知度も高かった。最近は自宅のある千葉の勝浦《かつうら》で釣り三昧の生活を送っているようだが、共通の友人を介してオファーをかけると快く応じてくれた。記者会見などでは彼の知名度がいい方向に作用するはずだ。

「この度は申し訳ありません」雅が殊勝な顔つきで言った。「もっと早く黒羽を解任しておくべきでした。私たちの責任です」

初動の対応で後れをとってしまったのは否定できない。ASUKA舞踏団はいじめ問題の有無をうやむやにし続けている、というのが世間一般の評価だ。

「それで真波さん」平尾弁護士が椅子に座りながら言った。「具体的にはどう動くつもりですか？　すでに遅きに失した感はあるが」

森沢風香が亡くなってから十日ほど経つ。その間、ASUKA舞踏団では公式ホームページ上で森沢風香の死と、第三者委員会に調査を委ねる旨を伝えただけだ。何もしていないに等しい。

「とにかく抜本的な改革しかないと考えています。遅くとも週明けには何らかの発表をするつもりです」

莉子がそう言うと、平尾が手元の資料に目を落として言った。

「厳しい戦いになりそうですな」

ここまで問題を引っ張ってしまった以上、生半可な改革案では世間は納得しないだろうし、何よりASUKA舞踏団の体質を変えることはできない。やるべきことは明確なのだが、その方法がまったく思い浮かばなかった。

気をとり直し、莉子は三人のメンバーに向かって言った。

「お手元にあるのは調査報告書の原案です。何かご意見がありましたらお聞かせください」

メンバーたちが資料を捲《めく》る。莉子も同じく調査報告書に目を落とした。


「お帰り」

助手席に乗ってきた愛梨に声をかけると、彼女は怪訝そうな顔を向けてきた。

「あれ？　お父さんは仕事？」

「真司さんは家よ。たまには私が迎えにきてもいいでしょう」

思っていた以上に早く帰宅できたので、莉子が車を運転して愛梨を迎えにきたのだ。一度二人きりで話したいと思っていた。

「愛梨ちゃん、夕飯何が食べたい？　どこかでテイクアウトしていこうよ」

「莉子ちゃんは何がいい？」

「私はそうだなあ……和食とかいいかも。海鮮丼とか」

「賛成。海鮮丼にしよう」

県道沿いに三人でよく行く回転寿司の店があり、そこで何度かテイクアウトしたことがある。行き先が決まり、莉子は車を発進させた。

「こないだ授業参観のときに見たんだけど」莉子はさりげなく切り出した。「愛梨ちゃんの前の席に座ってる子、坂間さんだっけ？　あの子と仲いいみたいだね」

「うん、まあね。席近いし」

愛梨は素っ気ない感じで答えた。普段、莉子が学校の話題を振るともっと積極的に話す子だ。あまりこの話題に触れないでくれ。そういう気持ちが垣間見えた。それでも莉子はさらに踏み込んだ。

「坂間さん、市営住宅に住んでるみたいだね」

しばらく間を置いてから、愛梨は反応した。

「……何でそんなこと知ってるの？」

「調べたからよ」と莉子は素直に答える。「私が真司さんに調べてもらったの。授業参観のときに愛梨ちゃんと坂間さんの様子が気になった。それとは別に、愛梨ちゃんがコンビニで生理用品を買ってるところを真司さんが目撃していた。どうして愛梨ちゃんが生理用品を買わなければならないのか。それが気になったの」

答えはすでに出ている。愛梨は購入した生理用品を坂間祐奈にあげていたのだ。愛梨は開き直ったように言った。

「悪い？　自分のお小遣いをどう使おうと私の勝手じゃん」

「たしかにそうね。お小遣いの使い道を考えるのは愛梨ちゃんの自由。生理用品を買ってほしい。坂間さんからそう頼まれたの？」

「違う。そんなわけないじゃん」

「じゃあどうして？」

「それは……」

渋々といった感じで愛梨が話し出す。きっかけは六月の遠足だった。愛梨たちの小学校では初夏のバス旅行が恒例行事となっており、そのときに愛梨は祐奈と隣の席になった。バス旅行の車中で愛梨は祐奈の不調に気づいた。事情を訊くと、突然生理が来てしまったという。トイレ休憩の際、愛梨は持参していた生理用品を彼女に手渡した。

「祐奈ちゃん家《ち》、お母さんが無頓着っていうか、あまり構ってくれないみたいで、お小遣いとかもらえてないみたいだった。だから私が助けてあげるしかなかった」

それを機に二人の仲は深まっていく。塾に行く前の時間を利用し、公民館の図書室で会ったりもした。同じ韓流アイドルが好きで、推しも一緒だった。今では無二の親友だ。

「やっぱり公立の方がいいかも。真司さんにそう言ったらしいわね。東京の私立に行ってしまったら坂間さんに会えなくなってしまう。それも関係しているの？」

「どうだろう」と愛梨は首を傾げる。「あれは単純に夏期試験の結果が悪かったから、そう言っただけ。でも私立に進学しちゃうと祐奈ちゃんと、あ、祐奈ちゃんだけじゃなくてほかの友達とも会えなくなるのは淋しいけどね」

愛梨と祐奈は依存関係にあるようだ、と莉子は冷静に分析した。愛梨は祐奈に生理用品を買い与えることで、自己満足感を得ていると思われた。しかしそんな関係は長くは続かない。環境が変われば人も変わる。仮に同じ中学に進学したとしても、クラスが変わったり違う部活に入ったりすれば、二人を取り巻く環境は激変する。一時の感情のみで自分の進むべき道を変えてしまうのは危険だが、それをどう愛梨に説明すればいいのか、莉子にはわからなかった。

「ところで」と莉子は話題を変える。どうしても訊いておきたいことがあったからだ。「愛梨ちゃんが通ってる小学校、たしか女子トイレに生理用品置いてあるよね？」

学校の女子トイレに生理用品を置く。その取り組みは数年前から始まっており、東京ではすべての都立校の女子トイレに生理用品が置かれているという。その動きは徐々に拡散しており、北相模市でも同様の取り組みが始まったと二年ほど前にローカルニュース番組で見たことを憶えていた。

「うん。置いてあるよ」

「それは使わないの？」

「使えるけど、毎日だと変な目で見られるっていうか……」

愛梨の通う小学校の場合、生理用品は鏡の前の籠に入っているらしい。当初は個室内に置かれていたらしいが、盗難に遭うという被害が出たため、置き場所が変更されたそうだ。つまり生理用品を使用する場合は誰かに見られてしまうのである。

「学校のトイレって、休み時間になると常に人が出入りしているし、なかなか使いづらいんだよ。それにチェックしている子もいるしね」

「生理用品の数を？」

「そう。暇な子がいるんだよ」

くだらない、とでも言うように愛梨は肩を竦めた。どこの世界にもお節介を通り越した暇人がいるのだ。

「たとえばさ、もし坂間さんが周囲の目を気にすることなく、自由に生理用品を使えるような環境になったら嬉しいよね？」

「そりゃ嬉しいよ。でも無理だよ、そんなの」

「どうして無理って決めつけるの？」

「だって無理だから」

愛梨は唇を尖らせた。これはいい展開だぞ、と莉子は内心思う。

「だったら、もし私がそういう環境を作ったらどうする？」

「莉子ちゃんが？」

「うん、私が」

「そのときは」と愛梨が前を見たまま言った。「莉子ちゃんの言うこと、何でも聞くよ」

「約束だよ」

ちょうど赤信号で車が停まったので、莉子は小指を差し出した。愛梨も小指を出し、指切りげんまんをする。別に解決策が頭にあるわけでもない。が、それも楽しかった。問題を解決するのが、私の仕事なのだから。

＊

「Cパートから Dパートまで、通しでやってみるわよ。カオルはカメラの位置もチェックして。それ以外の子はカオルの動きに合わせる形で。よーい、スタート」

音楽が鳴り始める。陽菜は久し振りにリハーサルに参加していた。練習場にはほぼ全メンバーが集まっており、十月公演の稽古に励んでいた。アンダーの陽菜は終盤の全員参加のダンスまで出番はない。

「カオルにタイミングを合わせて」

総合演出家の雅の指示が飛ぶ。カオルというのは雪野《ゆきの》カオルというダンサーで、ASUKA舞踏団のエース格だ。これまでにも幾度となくプリンシパルに選ばれており、風香の代役として十月公演のプリンシパルに急遽選ばれた。ある意味、順当な代役だ。

「ミチル、何やってんの。ワンテンポ遅いっ」

十月公演のタイトルは『ドラゴン&プリンセス』。大手ゲーム会社とコラボレーションした作品であり、剣と魔法の世界を舞台に、主人公のプリンセスとその守護者であるドラゴンが冒険していくファンタジーだ。本来であれば中央で踊っているのは風香のはずだった。しかし彼女はもうここにはいない。

どうにも稽古に身が入らない。心がどこかに行ってしまったかのようだ。理由は明白だった。今日発売の週刊誌にASUKA舞踏団に関する記事が出たのだ。タイトルはズバリ『告発！ ASUKA舞踏団の凄惨ないじめ』。記事は次の通りだった。


**『先日、トップダンサーの死が伝えられたASUKA舞踏団だが、我々取材班は現役ダンサーの一人とコンタクトをとることに成功した。取材に応じてくれたのは故・森沢風香さんの同期、Hさん（23）だ。彼女は語る。**

**「本当に風香は可哀想でした。プリンシパルに抜擢されて、先輩たちから妬まれていたんです。トウシューズに画鋲を入れられたり、ロッカーにケチャップやマヨネーズが撒かれていたこと**

もあります。でも彼女は文句の一つも言わずに淡々と練習していました」

バレエ界に限らず、アスリートの世界は凄絶な足の引っ張り合いがおこなわれていると聞く。しかしあまりに異常ではないか。

「うち（ＡＳＵＫＡ舞踏団）には七箇条という独自のルールがあるんです。第一条は目上の者には必ず敬語を使うことで、それ以外にも上下関係を徹底するルールが存在しています。だから当然のように躾がおこなわれますし、下の者は逆らうことはできません。……躾ですか？まあ体罰みたいなものですかね」

躾と称した体罰が存在する。ＡＳＵＫＡ舞踏団の本質を知り、我々は震撼した。次週は弁護士監修のもと、ＡＳＵＫＡ舞踏団の七箇条に迫っていきたい』

Ｈというのは陽菜のことをさしているのだと思うが、陽菜自身は取材を受けた覚えなどない。一昨日までビジネスホテルの一室に軟禁されており、物理的に取材を受けることなど不可能だった。しかし風香の同期は陽菜一人しかいないし、これを読んだほかの団員が勘違いすることは確実だ。事実、今日この練習場に足を踏み入れた瞬間から、ほかの団員の自分を見る目が冷たいような気がする。

ただ、練習前のミーティングにおいて、雅が庇ってくれたのが何よりの救いだった。記事が掲載されている写真週刊誌を掲げ、団員に向かってこう言った。マスコミは嘘ばかり書く。中傷記事に惑わされないように。私たちは来月の公演に向けて集中しましょう。

たしかに今回の記事は誇張されているが、ＡＳＵＫＡ舞踏団の内部に七箇条なる前近代的な慣習が存在しているのは否定できない事実でもある。まるきり出鱈目とは言い切れないのだ。

「クライマックスよ。全員準備して」

雅の声に我に返り、陽菜は所定の位置につく。クライマックスはドラゴンが憑依《ひょうい》したプリンセスが、悪の魔王と戦うシーンだ。プリンセスが唱えた魔法により、飛ばされていくたくさんのモンスターのうちの一体を陽菜も演じるのだ。

音楽が激しくなり、プリンセスがターンを決める。それを受け、陽菜たちダンサーはフェッテ（難度の高い回転技）をしながら、吹き飛ばされていく様子を演じる。陽菜はフェッテの途中、バランスを崩して倒れてしまった。すぐに起き上がって演技を続ける。体が少しなまっている。練習不足は明らかだ。

音楽が鳴り止んだ。雅が声を張り上げる。

「後半がまだまだね。五分休憩のあと、もう一度Ｃパートの頭から」

「はい」

声を揃えて返事をしてから、団員たちは各々休憩に入る。陽菜は床に座り込み、入念に足の状態を確認した。痛むところはない。怪我はなかったようだと胸を撫で下ろす。

「深田さん、大丈夫？」

そう声をかけられた。顔を上げると新プリンシパルの雪野カオルが立っている。その端整な顔立ちは女優のようだ。彼女は写真集も二冊出していて、陽菜にとっては雲の上の存在だ。心配そうな顔で陽菜を見下ろしていた。

第三問：
いじめ問題で揺れる某舞踏団の
旧態依然とした体質を改善しなさい。

「あ、はい。大丈夫です」

「そう。無理しないで」

「ありがとうございます」

カオルは立ち去っていった。その華奢な背中を見ながら、陽菜は思い出していた。

一ヵ月ほど前のことだ。夜、コンビニに行くとカオルの姿を見かけた。向こうもすっぴんだったし、話しかけない方がいいだろうと思い、彼女に気づかれないように店内を動いた。カオルが会計しているのを物陰から窺った。ドリンクやプロテインバーなどと一緒に、マヨネーズやケチャップ、ソースなどを購入していた。たこ焼きパーティーでもやるのかな、と陽菜は思った。

そしてその数日後、事件は起こった。風香のロッカーにマヨネーズなどの調味料が撒かれていたのだ。結局犯人はわからずじまいだったが、陽菜の脳裏をよぎったのはコンビニのレジ前で見かけた雪野カオルの横顔だった。

カオルが犯人であるはずがない。陽菜はそう信じたい気持ちだった。たった一度、プリンシパルの座を奪われたくらいであんな暴挙に及ぶはずがない。カオルは放っておいても今後プリンシパルを演じるだろうし、これまで積み上げてきた実績というものがある。入団二年目の風香とは立場が違う。

陽菜は立ち上がった。休憩時間もあと少しだ。練習場の隅の方に一人の女性がパイプ椅子に座っているのが見えた。上野のビジネスホテルにフードデリバリーの宅配人に扮して乗り込んできた、真波莉子という女性だ。

私は真実を明らかにしたいだけ。真波莉子はそう言っていた。もし彼女が本当にそう思っているのであれば――。

莉子と視線が合う。彼女がにこやかに笑いかけてきたので、陽菜はぎこちない会釈を返した。

＊

「やあ、莉子。いらっしゃい」

総理執務室に入ると、ソファに座っていた父の栗林がそう言った。父は寝巻きにガウンを羽織ったままだ。テーブルの上には食べ終えた朝食の皿が放置されている。

「お父さん、だらしないわね。国民が見たら失望するわよ」

「今日は土曜日だよ。私にだって休む権利はある」

父は熱心にタブレット端末を見ている。莉子は背後から覗き込んだ。

「何見てるの？」

「ん？　アメリカの観光サイト。アメリカ久し振りだから何だか興奮しちゃって」

来週、栗林はアメリカに行く。れっきとした外交であり、アメリカ大統領との首脳会談も予定されている。父がアメリカに行くのは三年振りのことだった。

「行きたい店とか一杯あってさ、回り切れないかもしれない」

「別に観光で行くわけじゃないんだから」

「ほぼほぼ観光みたいなもんだろ。首脳会談なんて一時間で終わるんだし」

第三問：
いじめ問題で揺れる某舞踏団の
旧態依然とした体質を改善しなさい。

国民が聞いたら怒るだろう。莉子は聞かなかった振りをして、デスクの椅子に座ってパソコンの画面を開く。溜まっている仕事を片づけていく。

「うーん、ニューヨークといえばやっぱりピザだな。いや、パンケーキも捨て難い。これは一泊では足りんな、ニューヨークは」父はスマートフォンで電話をかける。「私だ。秘書官に伝えてくれ。できればニューヨークは二泊にしてほしいと。多分朋ちゃんもブティック巡りをしたいと思うんだよ。……何だって？　前日に日系企業の重役たちとの懇談会が予定されている？　そんなのはキャンセルしなさい」

莉子は仕事に集中した。やるべきことはたくさんある。アメリカにおけるタイムスケジュールも確認した。見ていて気づいたことがあった。

「お父さん、ワシントンでの晩餐会でスピーチするみたいじゃない」

「うん、そうだよ」

「そうだよってお父さん、英語大丈夫なの？」

「まあね。強い味方がいるんだよ、私には」

父はあまり英語が得意ではなく、英語力は中学生レベルだ。これまで父が英語でスピーチしている姿など見たことがない。

ドアが開き、一人の女性が顔を覗かせる。それを見て父が言った。

「ほら、噂をすれば何とやらだ」

入ってきたのは栗林梓《あずさ》だ。栗林の娘であり、莉子にとっては腹違いの妹ということになる。大手航空会社でキャビンアテンダントとして働いている。

「莉子さん、来てたんだ」

「梓ちゃん、久し振り」

そういうことか、と莉子は感づいた。栗林は己の英語スピーチのブラッシュアップのため、梓に協力を仰ごうとしているわけだ。入ってきた梓は父にファイルを手渡した。

「これ、昨日もらった原稿。カタカナで読み方入れたから」

「サンキュー、梓。助かるよ」

父は早速原稿を読み始める。たどたどしい読み方だった。この調子で晩餐会でスピーチなどできるのだろうかと不安になってくる。

「莉子さん、最近どう？　忙しい？」

「まあまあかな。梓ちゃんは？　彼氏できた？」

「いい男いなくてさ」

梓が嘆く。彼女は合コンでいい男を探すのを趣味としている。なかなか理想の男性と巡り会えないといつも嘆いている。

「莉子さんの周りにかっこいい人いないの？」

「心当たりないわね。女ばっかりだから」

「どういうこと？」

ＡＳＵＫＡ舞踏団の第三者委員会のメンバーに入っていると伝えると、梓は目を丸くした。

「そうなんだ。まさに女の園だね。昔友達に連れられてＡＳＵＫＡ舞踏団の公演、観にいったことあるよ。うちの会社もそうだけど、二十代の女の子が十人、二十人集まれば、マウントのとり合いになるのはしょうがないわよ。しかもＡＳＵＫＡ舞踏団は目に見える形で優劣がついちゃうわけだし」

それはそうだ。ダンスの技術だけでなく、ルックスも重視され、格付けされてしまうのだ。過去の公演の動画を確認したが、エース級と呼ばれる二、三人のダンサーがプリンシパルを交互に演じていた。亡くなった森沢風香は文字通り抜擢であり、将来の新エース候補だった。

「でも実際にいじめはあったわけでしょ？　犯人とかわかってるの？」

「敢えて犯人探しはしてないの。全員が加害者っていう側面もあるしね」

とは言っても、トウシューズに画鋲を入れるなど、悪質ないじめに手を染めた者が内部にいるのは事実だった。その者はお咎めなしでも構わないのか。そういう世間の声に対して、莉子も正しい答えを用意できていない。

「お父さん、そこのＲの発音だけど……」

スピーチを練習している栗林に対し、梓が発音の指摘をする。父はそれを受け入れ、何度も繰り返している。こう見えて素直な性格をしており、公邸内でも女性人気が高いのだ。母性本能をくすぐられるタイプの男だった。

「日本も第二公用語を英語にしちゃえばいいのにね。そうすればもっと国際社会で活躍できると思うんだけど」

梓がさらりと大胆な発言をする。莉子は笑って言った。

「実は日本では公用語が決まってないんだよ」

「えっ？　そうなんだ」

日本語は事実上の公用語にはなっているが、それは日本国憲法で指定されているわけではない。公用語という言葉が頭の隅に引っかかる。これは利用できるかもしれない。

「莉子さん、スマホ光ってるよ」

梓に指摘され、莉子は自分のスマートフォンを手にとった。ＬＩＮＥのメッセージが届いている。深田陽菜からだった。「大事な話があります」とそこには記されていた。


場所は前回と同じく視聴覚室だった。莉子が中に入ると、六人の男女が顔を揃えていた。一人の男――ＰＴＡ担当の教師が近づいてきて、莉子に耳打ちする。

「これで全員です。始めてください」

「わかりました」

莉子が学校側に呼びかけ、急遽開催してもらった臨時のＰＴＡ役員会だ。臨時なので全員の参加は難しかったが、会長などの主要メンバーは集まっていた。莉子の後ろから愛梨が入ってきて、教室の隅の椅子にちょこんと座った。それを見て会長が言った。

「あの子は？」

「私の娘です。見学を希望したので連れてきました。不都合でもございますか？」

「いや、そういうわけでは……。で、いったいどんな用件ですか？」

会長がこちらを見た。ほかの役員たちも怪訝そうな顔つきで莉子を見ている。

「皆さん、お集まりいただきありがとうございます」一礼してから莉子は本題に入る。「皆さんは『生理の貧困』問題をご存じでしょうか。その名の通り、経済的理由などにより、女性が生理用品を購入できない状態のことをさします。これは決して途上国だけの問題ではなく、先進国でも起こり得る問題です。日本においてもコロナ禍で収入が激減した若い女性が、生理用品を購入できないという事態が発生いたしました」

厚労省の調査によると、「新型コロナウイルスの発生以降、生理用品の購入・入手に苦労したこと」が「よくある」または「ときどきある」と回答した女性が全体の約八パーセントに及んでいた。

「でもそれだったら解決済みだよね。たしかうちの学校、女子トイレに生理用品を置くようになっただろ」

口を挟んできたのは会長だった。彼は市内でハウスメーカーの社長を務めており、六年生と三年生の二人の子持ちだ。

「おっしゃる通りです。しかし私は足りないと考えております。生理用品の数ではなく、やり方に問題があるのです。皆さん、日本の子供の貧困率というのをご存じでしょうか。日本では一九八〇年代以降、子供の貧困率は上昇傾向にあり、最近では七人に一人が貧困状態にあると言われています。この学校においても家庭の経済的理由により生理用品を満足に入手できず、かといって学校の女子トイレでも周囲の目が気になって生理用品を手にとれない、そういう子がたくさんいるのではないでしょうか」

家庭の貧困と生理の貧困。これが二重苦となって子供にのしかかっているのである。坂間祐奈がそうであるように。

「だったらどうすればいいの？　女子児童全員に生理用品を配れ。あなたはそう言いたいわけ？」

女性副会長が発言した。ＰＴＡ廃止派の急先鋒だ。彼女の行動力には目を見張るものがあり、つい先日、ＰＴＡ存続に関するアンケートがＬＩＮＥを通じて送られてきた。

「校内だけではなく、学区内であれば気軽に生理用品を入手できる。そういう環境を整えることができないか。私はそう考えました」

莉子は用意していたプリントを皆に配った。学区内の地図が載っている。ところどころに☆マークが印されていた。

「ご覧ください。☆マークは公民館や市役所の出張所などの公共施設、またはコンビニやドラッグストアなどで、全部で二十箇所あります。そこの女子トイレに無料の生理用品を置くことはできないか。それが私の提案です」

学校だけではなく、学区内の公民館やコンビニなどに生理用品を置く。これならクラスメイトの目を気にすることなく、気軽に生理用品を入手できる環境が整う。

「ちょっと待って」真っ先に手を挙げたのは女性副会長だった。「盗まれてしまうんじゃないかしら？　トイレの中に防犯カメラを設置するわけにもいかないし」

「一応、生理用品には『小学生用』と表記する予定ですが、一定数盗まれてしまうのは仕方ないと考えています。始めてみなければ何も進みませんので」

「生理用品を購入する予算はどうなっているの？」

女性副会長が矢継ぎ早に質問してくる。莉子は答えた。

「当然、当校のＰＴＡの予算を使用します。バザーの売り上げ等、年間数万円が剰余金として残ると会計の方から聞いております」

「この☆マークのところには許可を得たのかしら？」

「まだです。一軒ずつ回って説明する必要がありますね。これもPTAの仕事だと考えております」

女性副会長は黙り込んだ。手元にあるプリントを見ている。ほかのメンバーは発言せず、事の推移を見守っている様子だった。莉子はつけ加えた。

「ただでさえお忙しいのに、PTAの仕事を増やすような提案をしてしまい、誠に申し訳ございません。しかし本事業は一度レールに乗ってしまえば、さほど多くの作業は必要ありませんし、何よりも『生理の貧困』問題を解決できれば、我が校のPTAはそれなりに脚光を浴びることでしょう」

やはりキーパーソンは女性副会長だと莉子は思っている。彼女のインスタグラムを見たが、社内でも働き方改革などを推し進める立場にある女性のようだ。なぜ彼女はPTA廃止を唱えているのか。きっと彼女は会社の同僚たちにこう触れ回りたいのだ。私、PTAって意味ないと思うから潰してやったの。

今、彼女は二者択一を迫られている。莉子の案に乗った場合、会社の同僚たちにこう言える。私、PTAの力を利用して、学区内の施設に生理用品を置く手はずを整えたの。生理の貧困を解消するためにね。

「わかりました」女性副会長が口を開いた。「私としては異存はありません。大変いい取り組みだと思います。会長はいかがでしょうか？」

話を振られ、会長が慌てて姿勢を正して言った。

「わ、私も賛成です」

「まずは施設の許可を得ることから始めないといけないわね。交渉役は私が引き受けます。それと本事業は大々的にアピールする必要があるかと思います。できれば市の広報紙にも載せてほしいですね。先生、そのあたりの交渉をお願いできますか？」

早くも女性副会長は仕切り始めている。ＰＴＡ担当の教師が答えた。

「すぐに教育委員会に相談します」

「お願いします。あとは生理用品の購入ね。これに関しては……」

次々と役割分担が決まり、臨時の役員会は終了となった。殺伐とした雰囲気はなく、新しい事業に向けて誰もがやる気を見せていた。莉子はそそくさと教室を出る。廊下で愛梨が待っていた。

「莉子ちゃん、やったね。超凄かった」

「やめてよ、愛梨ちゃん。ただ仕事をしただけよ」

自然と二人で手を繋ぎ、廊下を歩いた。グラウンドの方から児童たちの歓声が聞こえてくる。サッカーでもやっているようだ。

「莉子ちゃん、どうすればいい？」

愛梨がそう訊いてくる。先日の約束だ。坂間祐奈が周囲の目を気にすることなく、自由に生理用品を使えるような環境を作ったら、愛梨が莉子の願いをきくというやつだ。しかしまだ環境が整えられたわけではなく、その最初の話し合いがなされただけだ。

「まだだよ。実際に始まるのはもう少し先だし」

「莉子ちゃん、私」と愛梨は繋いだ手を前後に大きく振りながら言った。「中学受験、頑張るよ。そして東大行って莉子ちゃんみたいな官僚になるよ」

「そう。頑張って」

「うん、頑張る。応援してるぞって総理も言ってたから」

「お父さんが？」

「将来は任せたって言われた」

父と愛梨がLINEでやりとりしているのは知っている。二人がどんなやりとりをしているのか知らないが、想像するだけで少し可笑しい。

「愛梨ちゃん、夕飯何が食べたい？」

「うーん、カレーかな」

「カレーいいね。カツカレーにしよう」

「カロリー高っ」

まだもうひと勝負残っている。莉子は愛梨と手を繋いだまま廊下の角を曲がった。下校を促す音楽が校内に鳴り響いていた。

＊

三人の男女が続けて会議室に入ってくる。先頭を歩いているのは飛鳥雅で、その後ろは初老の男性だった。最後が真波莉子だった。

　陽菜は本社一階の会議室にいた。全団員が集められている。本社の社員もいるため、会議室は少々手狭な感が否めなかった。入ってきた三人は正面のテーブルにつく。それぞれの前にプレートが置かれていて、名前と肩書きが紹介されている。初老の男性は弁護士らしい。莉子だけは肩書きがなく、名前だけが書かれている。三人は第三者委員会のメンバーであり、今日は何やら重要な話があるということでここに呼び出されたのだ。団員たちがヒソヒソ話をする中、真波莉子がマイクを持った。

「皆さん、初めまして。本日はお集まりいただきありがとうございます。第三者委員会の真波と申します。先日、ＡＳＵＫＡ舞踏団において将来有望なダンサーが亡くなるという、非常に悲しい事件が起きました。なぜ彼女はみずから命を絶ったのか。我々はその原因究明と、今後の対応策を協議してきました」

　団員たちは黙ったまま莉子の話に耳を傾けている。誰もが背筋をピンと伸ばしていた。バレエダンサーだけあって皆姿勢がいい。

「いじめはあったのか、それともなかったのか。おそらく前者であろうと私は考えておりますが、今はいじめの有無を特定するのではなく、もっと未来を見据えた提案をしたいというのが私どもの考えです。世間がＡＳＵＫＡ舞踏団についてどのような印象を持っているか、皆さんはご存じでしょうか？　残念ながら世間は皆さんに対していい印象を持っていません。いや、印象を持っているだけでもマシかもしれません。はっきり言って興味なし。そのレベルでしょう」

第三問：
いじめ問題で揺れる某舞踏団の
旧態依然とした体質を改善しなさい。

ニュースサイトのコメント欄には罵詈雑言《ばりぞうごん》が溢れている。それらネガティブな言葉の数々を見ていると、心が参ってしまうほどだ。団員の中には一切ネットは見ないと公言している子もいるが、陽菜はついつい見てしまい、そして落ち込む。自分が所属している組織が叩かれているのは気分的にも楽しいものではない。

「世間に広く支持されなくてもいい。一部の熱狂的なファンに支えられた舞踏団でいい。そういう割り切った考えもあるかもしれませんが、現実はそこまで甘くありません。事件以降、有料会員を解約する方が目立ちます。これまでは毎月有料会員の数が増加していく一方でしたが、このままだと今月は初めて減少を記録しそうです」

正面のモニターに月単位の有料会員数のグラフが表示された。予想される今月の会員数はたしかに先月よりも下回っている。

「有料会員の減少は、そのまま収益に直結します。すでにＡＳＵＫＡ舞踏団は見捨てられつつある。そこまでの危機感を抱くべきなんです」

ＡＳＵＫＡ舞踏団はファンクラブの有料会員によって支えられていると言っても過言ではない。年間の会費は三千円とそれほど高くはないものの、有料会員には優先的にチケットが買える権利が与えられるし、ファンミーティングなどの各種イベントにも参加資格が与えられる。たとえば団員の私物のオークションなどが開催されれば、その売り上げは数百万円にも達する。

「ピンチをチャンスに変える。今こそ改革の時ではないか。ＡＳＵＫＡ舞踏団を生まれ変わらせるため、私は三つの改革案をご用意いたしました」

緊張がさらに高まる。改革案とはいったい何か。団員たちはそれぞれポーカーフェイスを装っているが、誰もが真剣に耳を傾けていた。

「この度、実際にＡＳＵＫＡ舞踏団の内部事情を調査させていただきまして、私なりに感じたことがございます。それは団員の皆さんの社会通念が、一般社会のそれとかけ離れていることです。皆さんはおそらく幼少の頃からバレエ一本の生活を送ってきたのではないでしょうか。そのためバレエ界のことには通じていても、世間一般の常識は知らないという、少々歪《いびつ》な人間になってしまっているようです」

歪な人間。ちょっと言い過ぎだと思う半面、理解できる部分もある。ＡＳＵＫＡ舞踏団に所属しているダンサーの多くは、幼い頃からバレエの英才教育を施された面々だ。

「まずは団員一人一人の人間力を高めていただきたいと思います。そのために修業が必要でしょう。突然ですが、皆さんはハンバーグはお好きでしょうか？」

いきなりの問いかけに面食らう。隣の子と顔を見合わせているメンバーもいた。莉子は真顔で続けた。

「スマイリーズというファミレスをご存じでしょうか？　関東地方を中心に展開するチェーン店で、看板メニューはハンバーグです。私は訳あってスマイリーズの本社の方と面識がございまして、相談したところ快諾を得ることができました。スマイリーズ上野店において皆さんを雇用していただけるそうです。細かい調整はこれからですが、基本的に週二回のローテーションでホールスタッフとして接客していただくことになります。これはきっと皆さんにとっていい経験になると思います。接客業を学ぶのはもちろんのこと、職場における人間

## 第三問：
いじめ問題で揺れる某舞踏団の
旧態依然とした体質を改善しなさい。

関係も重要です。ダンスが巧いだけのお人形さんのような女の子ではなく、一人の人間として成長していただくのが目標です」

実は陽菜自身も飲食店でのアルバイトの経験はない。中学・高校時代はバレエに専念していたし、大学に進学してからはコロナ禍でバイトどころではなかった。きっとほかの子も同様だろう。程度の差はあれ、バレエをやっている子は比較的裕福な家の子が多い。バイトとは無縁の生活を送っている子もたくさんいると思われた。バイトするくらいならレッスンに励みなさい。そういう世界だった。

「というわけで、皆さんにはスマイリーズ上野店で働いていただきます。例外はございません。スターズ、アンダーの別なく、平等に働いていただくことになるでしょう。これが改革案の一つめです」

驚きの内容だ。改革案と聞いたときに最初に陽菜が連想したのは、規律の見直しなどのお堅い内容だった。しかしその予想は裏切られた。莉子は「バイトをしろ」と言っているのだ。あまりアルバイト経験のない陽菜にとって、少々怖いという気持ちが半分、もう半分は未知の世界に足を踏み入れることに対する好奇心だ。

「続きまして二つめの改革案を提示いたします。二つめの改革案はＡＳＵＫＡ舞踏団における公用語についてです。今後は日本語を廃止し、練習中から日常会話にいたるまで、すべて英語でおこなっていただきます」

もはや陽菜には理解できなかった。日本語を廃止して英語にする？　いったいこの人は何を言ってるんだろうか――。

＊

会議室にいる者たちがこちらを見ている。どの顔も驚きに満ちたものだった。目を大きく見開いている者もいれば、口をあんぐりと開けている子もいる。莉子は内心うなずいた。ここまでは想定内だ。

「ＡＳＵＫＡ舞踏団において代々受け継がれている伝統、いえ悪習とでも言えばいいのでしょうか。七箇条なるルールが存在していると耳にしました」

最初に聞いたときは呆れてしまった。が、よくよく考えてみると目上の者に敬意を払うとか、礼節を重んじるとか、そういう点では理にかなったルールであるとも感じた。

「私は七箇条のルールを否定しません。悪くないとさえ思っています。上下関係を徹底することは集団行動の基本です。質の高いパフォーマンスを維持するためには必要だったかもしれません。ただ、時代は変わりました」

時代に即していないのだ。躾と称して格下の者たちにペナルティを科す。そんなことは今の時代にそぐわないし、世間一般の常識ともかけ離れている。

「いじめ等に代表される上から下への力による強制を廃止するためには、七箇条のルールを改善しなければいけないと考えております。そのためには思い切った改革が必要でしょう。いろいろと思案した末、ＡＳＵＫＡ舞踏団では敬語が諸悪の根源ではないかと思い至りました」

日本語の特徴的な表現方法とされる敬語。その人の立場に配慮すること。その人を敬う気持ちを表すこと。「相互尊重」の概念が敬語の根底にあるとされている。

「敬語は日本人の美徳です。しかしＡＳＵＫＡ舞踏団では敬語は本来の意味を失い、目上の者には絶対服従という屈服の意思表示になっているように感じました。たとえば七箇条の第一条では『目上の者には必ず敬語を使うこと』とあります。これは下の者は上の者に服従せよ、と同意ではないでしょうか」

この状況を打破できないか。あれこれ思案していたときのことだった。総理公邸にて父の栗林が英語のスピーチを練習しており、それを教えている梓が何気なく口にした一言がきっかけとなった。日本も第二公用語を英語にしちゃえばいいのにね。それを聞いたとき、これはいける、と莉子は確信した。

「ですので日本語を廃して、英語を使用することを義務付けます。Everybody, do you understand? If you have any questions, please feel free to ask.（みんな、理解してくれた？　質問があったらどんどんしてね）」

誰もが驚いたようにこちらを見ている。日本語を廃止して英語を公用語とする。想像もしていなかった改革案に違いない。

「よろしいでしょうか」莉子は日本語に戻して言った。「今後はすべての会話は英語でおこなってください。たとえば後輩をネチネチいじめたいときも英語ですし、誰かの悪口を言いたいときも英語を使ってください。これは絶対的なルールです」

パフォーマンスとしての意味合いもある。今後、第三者委員会を通じて改革案を世間に公表する際、この英語使用の改革案については大きな話題になることは必至だ。批判もあるだろうが、それも承知の上だ。私たちは本気で改革に取り組もうとしている。そうした意思表示でもある。

「続きまして三つめの改革案を提示いたします。三つめの改革案はＡＳＵＫＡ舞踏団版の保護者会の設置です。皆さん、小学校にあるＰＴＡをご存じですよね？　あれの大人バージョンを結成しようと考えております」

愛梨の小学校においてＰＴＡ活動に関わりを持ち、いくつかわかったことがあった。昨今では何かと保護者たちから目の敵にされているＰＴＡであるが、使い方次第では大きな効力を発揮するのではないかと思った。

「保護者同士がネットワークを作ることによって、内部でいじめが起きていないか、誰かが辛い思いをしていないか、それを見極めるセーフティネットの役割を果たすと期待しております。ほかにもファン参加型のイベントなどでも、保護者がスタッフとして働いていただければ、本社としては人件費の削減にも繋がります」

すでに保護者の数人と接触し、保護者会の設立について話し合いをしているが、ほぼ全員が歓迎ムードだった。森沢風香の死を受けて、どの親も自分の娘を心配しているのは明らかだった。娘のためなら力になりたい。そう言ってくれた親が大多数だ。

「以上の三つが我々第三者委員会が提示する改革案です。もう一度おさらいしましょう。一つ、アルバイトを通じた人間力の向上。二つ、日本語ではなく英語の使用を徹底。三つ、保護者会の設立。何か質問はありますか？」

第三問：
いじめ問題で揺れる某舞踏団の
旧態依然とした体質を改善しなさい。

膝を突き合わせ、何やら話している子もいた。やがて一人のメンバーが手を挙げた。

「あのう、もう英語じゃなきゃ駄目ですか？」

「まだ日本語で大丈夫ですよ」

「その三つの改革案、いつから始まるんですか？」

「今日の提案を受けて、今後本社で協議、その後に正式決定となる運びですので、早ければ来週中くらいでしょうか」

それからいくつか質問を受けたが、どれも難しい質問ではなかった。まだ誰もが戸惑っており、半信半疑という顔つきだった。

「最後にもう一つ」莉子はこうつけ加えた。「近々実施される十月公演ですが、プリンシパルを替えます。ＡＳＵＫＡ舞踏団の新たなスタートとなる公演ですし、力を入れていきたいという運営側の意向でもあります」

会議室がざわついた。十月公演のプリンシパルは雪野カオルが風香の代役を務めることは決定しており、その件は公式ホームページで発表済みだ。さらなる変更に団員たちは戸惑っているのだった。

「新たなプリンシパルは昨年まで在籍していた白岡美優《しらおかみゆう》さんです。すでに彼女の内諾も得ました。近日中に練習に合流する予定になっています」

白岡美優。現在は女優として映画、ドラマと幅広く活躍している、ＡＳＵＫＡ舞踏団の元エースだ。所属事務所を通じて打診したところ、色よい返事をもらっていた。なぜ代役に代役を重ねたのか。理由は深田陽菜からの情報提供があったからだ。雪野カオルが森沢風香に対していじめをおこなっていた張本人かもしれないと。

疑わしきは罰せず、という言葉がある。これは刑事訴訟において、犯罪事実が立証されるまでは被告人を有罪にしてはならないという意味だが、ビジネス（特に興行）においては少々違う。疑わしきは起用せず、だ。いじめ等のハラスメント行為に関わっていた可能性のある者は、みずからがその潔白を証明しない限り、重要なポジションに就くことはできないのである。

第三者委員会でも協議をした。雪野カオルを呼び出して事情聴取すべきだという声も聞かれたが、そう簡単に彼女が認めるわけがないという意見も出た。話し合った結果、疑わしき者については公演に参加させるべきではないという結論に達し、雪野カオルについては十月公演に参加させない方針が決まった。

後ろの方の席で一人の女性が立ち上がるのが見えた。均整のとれたプロポーションと、長く伸びた髪。雪野カオルだ。彼女は無表情のままツカツカと歩き、会議室のドアに向かっていく。その姿を誰もが息を呑んで見守っていた。

彼女が会議室から出ていった。少し間を置いてから莉子は言った。

「以上が私からの提案になります。ご清聴ありがとうございました」

＊

「Good. Keep up the good work.（いいわね。その調子で頑張りましょう）」

総合演出家の飛鳥雅が手を叩いて皆を鼓舞している。十月公演の初日まであと二週間を切っており、稽古にも気合いが入っている。本社のスタッフが練習場に入ってきて声を張り上げた。

「白岡さん、到着されました」

英語使用を義務付けられているのは団員だけで、本社のスタッフは日本語を使っている。

練習場に白岡美優が入ってきた。元ＡＳＵＫＡ舞踏団のダンサーだが、陽菜にとっては芸能人という印象しかない。

白岡美優は雅と談笑を始めた。古参のダンサーはその輪に加わったが、陽菜ら若手ダンサーは遠巻きにしていることしかできなかった。

ＡＳＵＫＡ舞踏団を取り巻く環境は大きく変わった。例の三つの改革案への反響は凄まじく、テレビでも連日のように報道された。よくやった、という好意的な意見が半分と、残りの半分はバッシングだった。

風向きが変わったのは先週のことだ。本社で飛鳥雅が会見を開き、亡くなった森沢風香がいじめに遭っていた事実を公表したのだ。第三者委員会による聞きとり調査はずっと続いており、その調査に基づいた結論のようだった。同時に雅は遺族に対する謝罪と、今後は手厚い補償を検討していくと発表した。正直にすべてを認めたことが功を奏したのか、世間のバッシングは徐々に収まっていった。

負の一面もあった。いじめの首謀者と目される雪野カオルが退団を発表したのだ。遺族が彼女に対して訴訟を起こすのかどうか、今後はそこに焦点が集まっていくようだった。

「Can you give me some of that hand cream?（そのハンドクリーム、ちょっと使っていい？）」

いきなり話しかけられる。五歳上の先輩ダンサーだ。陽菜が手にしたハンドクリームを指でさしている。

「Yes.（はい）」

「Thanks.（ありがと）」

英語効果は早くも出始めている。上下の関係なく、英語で積極的にコミュニケーションをとろうとする子が増え始めた。置いてきぼりにされてしまうのが怖いのか、英語を学び始める子もいた。入団三年目の帰国子女のダンサーに英会話を教えてほしいと、連日のようにお姉さまダンサーたちが押しかけているという。これまでには見られなかった光景だ。

「Have you heard? Apparently that woman is the Prime Minister's daughter.（ねえ、聞いた？あの女性って総理大臣の娘だったみたい）」

「I know, I was really surprised.（知ってるわよ、本当に驚いたわ）」

ほかの団員たちの声が耳に入ってくる。あの真波莉子という女性のことだ。彼女は栗林総理の隠し子らしく、元厚労省官僚だというのだ。最近だと女性アスリートを対象とした労働組合の結成に尽力したりと多方面で活躍しているようだ。

ホテルに軟禁されているとき、あの真波莉子はフードデリバリーの宅配人に扮して部屋にやってきた。彼女はこう言っていた。問題を解決するのが私の仕事である、と。

たしかに彼女は問題を解決してしまった。それだけでなく、ＡＳＵＫＡ舞踏団の今後の進むべき方向性までも決定づけてしまったように思える。まさにスーパーウーマンだ。

陽菜はタオルで首筋の汗を拭きながらスマートフォンを手にとった。母親からＬＩＮＥが入っていた。保護者会に入った母は今度の公演で受付スタッフとして働くことになっていた。ほかの保護者とも頻繁に連絡をとり合っているらしい。母に向けてスタンプを送ってから、陽菜は画像ファイルを開いた。

　去年撮った一枚の画像を表示させる。寮の前に二人の女性が並んで立っている。陽菜と森沢風香だ。入団式の前に一緒に撮った写真で、桜が満開だった。期待と不安に胸を膨らませ、二人で並んで笑みを浮かべている。風香は余裕があるのに対し、陽菜は若干緊張気味だった。

「Everyone, get together. Let's start practicing again.（みんな集まって、練習を再開するわよ）」

　雅が手を叩くと、団員たちがぞろぞろと集まっていく。陽菜はスマートフォンをタオルで包んでから壁際に置いた。私は風香のためにも踊り続けなければならない。陽菜は早足で皆のもとに急いだ。

**第三問**：いじめ問題で揺れる某舞踏団の旧態依然とした体質を改善しなさい。

解答例

英語を公用語として（上下関係の見直し）、
団員にバイトをさせ（人間力の向上）、
保護者会を設立する（親も巻き込む）。

保身に走る顧問弁護士には
退場してもらう。

いじめの首謀者にはプレッシャーを
かけて自主的に去ってもらおう。

第四問：

# 某製菓メーカーの
# 異物混入事件を解決しなさい。

「えっ？　嘘だろ？　結婚って真波君、俺にはそんなこと一言も……」

目の前に座る男が口をあんぐりと開けてこちらを見ている。まあ当然の反応だよな、と思いつつ、城島はノンアルコールビールを一口飲んだ。場所は有楽町にある創作居酒屋だ。

「ですから今日、ご報告にまいりました。中村《なかむら》課長補佐には厚労省時代に大変お世話になりましたので」

隣に座る莉子がいつもと変わらぬ口調で言った。手元には麦焼酎のロックが置かれている。前に座る男は中村芳樹《よしき》といい、厚労省の職員だ。莉子と同じく東大出のキャリア官僚で、城島も何度か顔を合わせたことがある。のっぽで人が好さそうな感じの男だ。

「でも真波君」と中村は声を小さくする。「結婚といっても君の場合は大変だろ。なんたって君のお父上はこれなんだから」

中村は親指を立てた。総理を意味するサインだ。

「マスコミに嗅ぎつけられたら厄介だ。そもそもお父上の許可は得たのかい？」

「まだです。内緒にしています」

「やっぱりそうか。前途多難だな、こいつは。あっ」急に思いついたかのように中村が城島を見た。「別に城島さんが真波君に相応しくないとか、そういうことを言っているわけではないですからね」

「わかってますよ」

城島は苦笑しながら応じた。自分が莉子に相応しい男でないことは城島自身も承知している。以前はあれこれ悩んだものだが、最近は開き直っている。なるようになるさ、の心境だ。

「でもまあ、真波君が決めたのなら仕方がない。俺は全力で応援するよ」

「ありがとうございます、課長補佐」

「真波君、さっきから言ってるけど、俺はもう課長補佐じゃない。室長だからね、室長」

「これは失礼いたしました。中村広報室長」

さきほどもらった名刺を見る。中村は今年の四月から異動になり、現在は大臣官房広報室において室長を務めていた。厚労省の広報部門のトップであり、花形の部署だと思われた。

「お仕事の方はどうですか？」

「忙しいけど充実してるかな。真波君のお陰だよ」

「いえいえ、中村室長の実力ですよ」

昨年、厚労省ではレンタル公務員なる制度を実験的に導入した。公務員を民間に貸し出す制度で、国家公務員の事務スキルや人脈等を民間で活かすと同時に、長期療養から復帰した公務員のリハビリも兼ねたものだった。その発案者は莉子であったのだが、中村はその運用において中心的役割を果たしたらしい。

「でも広報室も大変なんじゃないですか？」

「本当だよ。マジで大変だ。先月なんて一度も深夜零時前に帰ったことがなかったよ。あ、お姉さん、麦焼酎のロック、おかわりね」

「私も同じものを」莉子はグラスの麦焼酎を飲み干した。カランと氷がぶつかる音がする。

「やはり例のサプリ問題ですか？」

「うん。ようやく下火になりつつあるけどね」

二ヵ月ほど前のこと。某大手製薬会社が発売するビタミン系サプリメントを服用した消費者から、体調が悪くなったという報告が消費者庁に複数寄せられた。体調悪化にとどまらず、問題のサプリを服用した高齢者が死亡する騒ぎにまで発展した。厚労省でも緊急対策チームを起ち上げ、対応に追われた。広報室が無関係でいられるはずもなく、あれこれと忙殺されていたのは想像に難くない。

「でもよかった。真波君、改めておめでとう」

「ありがとうございます」

中村の手元のスマートフォンが震えている。彼はスマートフォンを手にとり、耳に当てた。少し険しい顔で話し始める。

「……お疲れ様です。……今ですか？　食事中です。……本当ですか？　それは参りましたね。……わかりました、すぐに向かいます」

ちょうどそのタイミングで店員が麦焼酎のおかわりを運んでくる。スマートフォンを上着の内ポケットにしまいながら中村が言った。

「ごめん、真波君。急用が入った。戻らないといけなくなった」

第四問：
某製菓メーカーの
異物混入事件を解決しなさい。

「何かあったんですか？」

「うん」と中村が声のトーンを落とす。名残惜しそうに麦焼酎のグラスを見ている。「某製菓会社の製品に異物混入の恐れがあって、近々自主回収する予定なんだ。でもどうやらそのニュースが明日の週刊誌ですっぱ抜かれるらしい。その対応に当たらないといけなくてさ」

「そうですか。ではお送りしますよ」

「いいよ、真波君。君たちはゆっくり……」

莉子が目配せを送ってくる。城島は立ち上がって店を出た。近くのコインパーキングに駐めてあったプリウスに乗り、店の前に横づけした。やがて莉子と中村が出てきて、二人は後部座席に乗った。すぐに車を発進させる。

「すみません、城島さん」

中村がそう言ったので、城島は笑顔で応じた。

「お気遣いなく」

霞が関まで車を走らせる。道も空いていたので十分足らずで到着した。厚労省が入っている中央合同庁舎5号館の前で車を停めた。夜間通用口の前だ。

「ありがとう。ではまた」

中村が車から降りる。ちょうどそのとき城島たちが乗るプリウスの前に黒のクラウンが停まり、後部座席から恰幅のいい紳士が降りてきた。中村が彼のもとに駆け寄っていくのが見えた。後ろで莉子が説明する。

「佐伯《さえき》官房長よ。次期事務次官候補と言われているわ」

中村と佐伯はその場で立ち止まり、何やら話している。しばらくして中村がこちらに戻ってきた。それを見て城島は後部座席の窓を開けた。中村が申し訳なさそうな顔つきで言った。

「すまない、真波君。官房長が君と話したいそうだ」

「少し飲んでしまっていますが、それでも大丈夫ですか？」

「もちろん。僕もほろ酔いだしね」

ルームミラーを通じて莉子と視線が合った。城島がうなずくと、莉子も心を決めた様子だった。莉子が後部座席から降り、中村とともに佐伯のもとに向かって歩き始める。

長い夜になるかもしれないな。城島は車を発進させ、どこに停めておこうかと思案を巡らせた。

＊

莉子は中村とともに廊下を歩いていた。勝手知ったるかつての職場だ。午後九時を回ったところだが、省内はまだ煌々《こうこう》と明かりが灯っている。多くの職員が残業中だった。

案内されたのは会議室だ。中に入ると十名ほどの職員がいた。莉子の姿を見て、「あっ」と声を上げる者もいた。莉子は会釈をして応じた。

「これで大体揃ったかな。みんな、座ってくれ」

佐伯が周囲を見回して言った。莉子は中村と並んで椅子に座った。若い男性職員が資料を配っている。全員のもとに資料が配られたところで一人の男が前に出た。

「健康・生活衛生局食品監視安全課の松永《まつなが》です」

　顔だけは知っている。たしか年齢は二十代後半くらい。こうして場を仕切っているということはそれなりにデキる男に違いなかった。

「私からこれまでの経緯をご説明いたします。二週間前のことでした。消費者庁に一件の相談が寄せられました。都内のスーパーで購入したスナック菓子を食べたところ、気持ちが悪くなったというものでした。相談者は都内在住の五十代の女性で、該当するスナック菓子は〈タヌキ製菓〉の〈じゃが山君〉です」

　タヌキ製菓なら莉子も知っている。煎餅などの米菓を主力商品としている老舗の製菓メーカーだ。コンビニの陳列棚は大手メーカーに譲っているが、今でもスーパーやドラッグストアではその商品をよく見かける。

「それを皮切りに似たような相談が相次ぎ、昨日の段階で合計二十件の相談が寄せられています。相談の内容はいずれもじゃが山君を食べたことによる体調不良です。事態を重く見た我々は消費者庁と連携して調査を開始し、週明けにはマスコミを通じて発表しようと思っていたところでございました。資料の二枚目をご覧ください」

　莉子は資料をめくる。記事のコピーがある。明日発売の週刊誌の記事のようだ。松永の報告とほぼ同じ内容だが、問題のじゃが山君を食べて体調不良を起こした男子児童の母親へのインタビューが掲載されている。


**母親『本当に驚きました。ちょうど日曜日だったので緊急外来に行って、診察していただき**

ました。じゃが山君が原因なのは明らかだったので、すぐにお客様相談センターですか？　そこに電話をしたんですが、あまり要領を得ず……。厚労省にも問い合わせをしたんですが、今日までに回答はありません。一刻も早く原因を究明し、公表してほしいですね』

なかなか辛辣な意見だ。厚労省の対応の悪さを露呈された格好になる。松永が神妙な顔つきで言った。

「我々のミスです。サプリの方で手一杯になっていて、後手後手に回ってしまったようです。ちなみにこれが当該商品です」

松永が床に置いてあった段ボール箱をテーブルの上に持ち上げ、中から袋入りのスナック菓子を出した。そこにデザインされたじゃが山君のイラストは莉子にも馴染みのあるものだった。莉子自身はあまり食べないが、愛梨がたまにおやつで食べているものだ。すぐに知らせないと、と思った。

「ちなみに原因は明らかになっているのか？」

佐伯が不機嫌そうな口調で言った。彼が不機嫌になる理由もわかる。こうした健康被害が発生した場合、もっとも影響を受けるのは当該商品を製造・販売しているメーカーや委託業者であるが、厚労省も無傷ではいられない。監督不行き届きを指摘されるケースも懸念されるのだ。

「まだ不明です」松永が神妙な顔で首を横に振った。「明日、保健所が現地調査に入る予定です。当然、我々も同行いたします」

## 第四問：
## 某製菓メーカーの
## 異物混入事件を解決しなさい。

「調査の対象は？」

「西武蔵市《にしむさし》にあるタヌキ製菓東京第一工場です」

その工場でじゃが山君が製造されているようだ。莉子は素早くタブレット端末で検索した。タヌキ製菓は東京都西武蔵市に二つの工場があり、あとは千葉県内に工場と物流倉庫、愛知県と岐阜県にそれぞれ工場一つずつを保有していた。総従業員数は千人弱で、昨年の売上高は百五十億円だった。

「あっちの方の目途はついたのか？」

佐伯が質問する。あっちというのはビタミン系サプリで死者を出した問題なのは明らかだ。

松永が答えた。

「ある程度は。原因は明らかになりましたが、今後の対応策や補償の問題を考慮すると、まだ解決したとは言えません」

報道によると、健康被害をもたらした原因は製造過程でサプリに混入したカビにあるらしい。工場機械の老朽化に伴い、発生したカビが商品に混入したのだ。

「参ったな」と佐伯は溜め息をついた。それから思い出したように彼は言った。「すまない、紹介を忘れていた。知っている者も多いと思うが、うちのOGでもある真波莉子君だ。さっき見かけてな。思わず連れてきてしまった」

莉子は立ち上がって一礼した。「真波です」

「彼女は問題解決のエキスパートだ。是非とも今回の件でも力を借りたいと思ってる。真波君、どうだろうか？」

断る理由が思いつかない。莉子はうなずいた。

「わかりました。微力ながら協力させていただきます」

本来であれば「この問題、私が解決いたします」と大見得を切りたいところであるが、年長者が多いのでやめにした。

「ありがとう。真波君は外部から招聘《しょうへい》した有識者という立場でいこうか。中村君、いろいろと調整を頼む」

「了解いたしました」

「では松永君、明日の保健所の現地調査の件だが……」

ミーティングは続く。莉子はタブレット端末でタヌキ製菓についてあれこれと検索をかける。酔いはどこかに吹き飛び、頭は仕事モードに切り替わった。健康被害を出した製菓メーカーを調査せよ。なかなかやり甲斐のある仕事ではないか。

＊

「狩野《かりの》さん、去年第一工場で圧搾機を入れ替えただろ。あのときの見積書を持ってきてくれるかな。あと仕様書も」

「わかりました」

狩野茉優《まゆ》は席を立ち、書類が保管されている奥の書庫に走った。キャビネットからファイルを出し、それを持って席に戻った。茉優から書類を受けとった主任が慌ただしく事務室か

第四問：
某製菓メーカーの
異物混入事件を解決しなさい。

ら出ていった。

茉優はタヌキ製菓の総務部に所属する社員だ。遂に今日、保健所の調査が入ることになり、朝から本社の内部は殺気立っている。西武蔵市にあるタヌキ製菓本社と、それに隣接している第一工場を、保健所の所員を含めた関係者二十名近くが訪れている。その大半が第一工場内に立ち入り調査をしているが、五名ほどのスーツ姿の男女が本社内の書類などを調べていた。

「狩野さん、第一工場の保守メンテナンス関係の書類、一式持ってきてくれるかな」

再び主任から声をかけられ、言われるままに茉優は席を立った。書庫から戻ってきても主任の姿は見当たらなかった。茉優はファイルを持って廊下に出て、同じ階にある会議室に向かう。そこでは保健所の関係者らしき人たちがファイルを眺めている。

「お持ちしました。保守メンテナンスの書類一式です」

「それ、私にください」

一人の女性が手を挙げる。茉優はファイルをその女性の方に持っていった。綺麗な女性だ。保健所の人だろうか。茉優が渡したファイルをめくり、その女性が言った。

「工場内にある機械のメンテナンスは月に一度とのことですが、先月おこなわれた記録が残っていません。どういうことですか？」

「あ、すみません」主任がこちらにやってくる。「十一月は連休中におこなっております。報告書がまだ提出されていないんだと思います」

主任が目配せを送ってくる。席に戻りなさい。そういう意味だと解釈して茉優は事務室に戻った。窓から外を見ると第一工場の敷地内を保健所の人たちが歩いている。今朝、出勤するときには正門のところにマスコミの姿もあった。

事の発端は二週間前、消費者庁からの情報提供だ。じゃが山君を食べた消費者から具合が悪くなったという報告が寄せられたのだ。即座にタヌキ製菓においても自社製品をチェックし、そして問題が発覚した。三ヵ月前に第一工場で製造された当該商品に不純物が混入していると。

すぐに原因究明がおこなわれたが、なかなか調査は進まなかった。そして今日発売の週刊誌にスクープ記事が出た。『相次ぐ健康被害問題。今度は老舗製菓メーカーの殺人お菓子』というタイトルだった。殺人は言い過ぎだと思うが、すでに体調不良を起こした者は二十名を超える勢いだという。

内線電話が鳴る。受話器をとると主任の声が聞こえてくる。

「こっちは落ち着いたよ。狩野さんは通常の仕事を続けて」

「わかりました」

茉優は請求書の整理を始めた。茉優はタヌキ製菓の正社員であり、ここで働くようになって今年で十年目だ。繁忙期はそれなりに忙しいが、仕事内容に特に不満はない。

チャイムが鳴り、昼休みとなる。茉優は足元の物入れから弁当箱の入った袋をとり、それを持って事務室を出た。本社から出て、隣接している第一工場に向かう。やはり立ち入り調査が入っているせいか、いつもより空気が重い気がする。普段は鳴っているラジオの音楽も今日は聞こえない。

集配部と呼ばれる場所に向かった。製造した商品を保管しておく巨大倉庫であり、ここから商品が運ばれていくのだ。その一角に潰れた段ボール箱が集められている場所があり、そこで一人の男が腹這いになって漫画週刊誌を読んでいる。兄の恵太《けいた》だ。

「お兄ちゃん、お弁当持ってきたよ」

茉優はそう言って兄の近くに持ってきた袋を置いた。しかし恵太はうんともすんとも言わずに漫画に夢中になっている。髪はボサボサで、作業着の前のボタンも留まっていない。仕方ないので茉優は袋から弁当箱を出し、それを開けてから兄の手元に置いた。匂いでわかったのか、兄がおにぎりに手を伸ばした。

三歳上の兄は子供の頃から集中力を欠いた子だった。授業中に突然立ち上がって運動場に遊びに行ってしまうこともあれば、テストの時間に歌を歌い出したりと、一風変わった子供だった。今で言えばＡＤＨＤ、注意欠陥・多動性障害という言い方もあるが、兄が子供の頃はそんな名称は広く知られていなかった。兄は「ちょっとおかしい子」と周囲に認識されていた。

高校卒業後、兄はいくつかの職に就いたが、どれも長続きしなかった。五年前、茉優は上司に無理を言い、無職だった兄を実験的に雇ってもらうことにした。倉庫での作業が性に合ったのか、文句も言わずに黙々と働いた。その真面目な働きぶりが評価され、今年の四月からは晴れて正社員として雇ってもらえるようになった。それを記念して、茉優は兄にＧ-ＳＨＯＣＫの腕時計をプレゼントした。サッカー日本代表をイメージした限定版だ。気に入ったらしく、兄の左手首には常に青いＧ-ＳＨＯＣＫが巻かれている。

「お兄ちゃん、ご飯粒」

茉優は注意する。飯粒がシャツの胸のあたりに付着していた。恵太は何も答えずに漫画を読んでいるので、茉優が手を伸ばして飯粒をとってやる。世話の焼ける兄だった。現在、茉優は兄と二人で会社から自転車で十分ほどのところにあるアパートに住んでいる。

「ゲームやるのもいいけど、スマホの電池に気をつけて」

茉優がそう言っても兄は返事もしなかった。ゲームに夢中になるあまり、スマートフォンの電池の残量がゼロになってしまうことが兄には度々ある。夜、なかなか家に帰宅しない兄に電話をかけてみても繋がらない、みたいなことも一度や二度のことではない。

「お兄ちゃん、わかった？」

「……うん」

笑い声が聞こえた。目を向けると三人の女性が歩いている。薄いブルーの作業着を着ていて、三人ともベトナム人だとわかった。タヌキ製菓ではベトナム人を多く雇用しており、ここ第一工場でも三十人近いベトナム人が働いていた。いわゆる技能実習生だ。

今回の異物混入問題でも工場内の従業員から話を聞いたようだが、ベトナム人に関しては難儀している様子だった。技能実習生の中で比較的日本語が堪能な者に通訳を任せたらしいが、やはり限界があるようだ。

意外なものを見た。恵太が三人のベトナム人を凝視しているのだ。異性として興味があるのか。それとも別の理由があるのかわからないが、兄が漫画を読むのを中断するほど興味を惹かれているというわけだ。

「知り合いでもいるの？」

茉優がそう訊いても恵太は答えなかった。女性たちの姿が見えなくなると、兄は再び漫画週刊誌に目を落とした。週刊誌の表紙は破れている。誰かが購入したものが巡り巡って兄のもとにやってきたのだろう。

「じゃあね、お兄ちゃん」

そろそろ戻らなくてはならない。茉優は立ち上がり、急ぎ足で倉庫内を歩いた。

*

その寮はJR荻窪《おぎくぼ》駅から徒歩で十五分ほどの場所にあった。城島は路肩にプリウスを停め、寮の入り口に目を向けている。莉子に頼まれ、ここである人物を待っているのだ。

プリウスの横を通り過ぎた白人女性が寮に入っていく。この建物は千駄《せんだ》ヶ《が》谷《や》にある四年制私立大学、王林大学の寮であり、入居できるのは外国人留学生のみだ。大学のホームページによると洗練された印象を受けたが、実際に足を運んでみるとごく普通のマンションだ。

数人の学生を見送った。時刻は午後四時を過ぎている。その人物が夜にバイトに入っているのは事前に入手した情報から明らかなので、そろそろ帰宅する時間だと思われた。直接バイト先に向かうとも予想されるが、それならばバイト先を調べて訪ねるだけだ。

さらに五分ほど経過した頃、駅の方から歩いてくる女性の姿を見つける。彼女で間違いなかった。城島は車から降りて、こちらに向かって歩いてくる彼女に並んだ。

「久し振り」

そう声をかけると、彼女はちらりとこちらを見た。両手でリュックサックの肩紐を握っている。顔色一つ変えずに彼女は言った。

「お久し振りです、城島さん」

彼女の名前はグエン・ティ・ホア。王林大学に通うベトナム人留学生だ。彼女との出会いは二年ほど前に遡る。

当時、莉子は厚労省を辞めたばかりで、突然大手ファミレスチェーン、スマイリーズでバイトを始めた。しかし素性が明らかになってしまい、売り上げワースト店の原因調査に力を貸すことになった。そのとき莉子が派遣された店舗で働いていたのがホアだった。無愛想だが仕事は早い。そんな女性だった。

「驚かないんだね、俺を見ても」

「ええ」とホアは素っ気なくうなずいた。「私、視力がいいんです。だから城島さんがいることはずっとわかってました。それに車も変わっていないんですね」

「ホアちゃん、随分日本語が上手くなったね」

以前はもっとぶっきらぼうな口調だった。敬語の使い方がいまいちだったせいだ。

「勉強したので。ところで用件は何ですか?」

「莉子さんに頼まれてやってきた」

「莉子さんに?」

ホアが足を止めた。彼女にとっても莉子は忘れ難い存在のはずだった。一度、ホアがオーバーワーク（留学生が制度上の上限を超えてバイトしてしまうこと）で悩んでいたとき、莉子がその悩みを解決してやったことがあるのだ。

「そうだ。君に用事があるらしい。できれば一緒に来てくれると嬉しいのだが」

「どうして私がここにいるってわかったの？」

寮のエントランスの前には自転車が乱雑に駐められている。寮から出てきた黒人女性がこちらを怪訝そうな顔つきで見ながら歩き去った。

「ＳＮＳだよ。俺も拝見した」

莉子はずっとホアのＳＮＳをフォローしていたらしい。その投稿を見ただけでホアのこの数年の行動は一目瞭然だった。

スマイリーズに勤務していた当時、彼女は新宿にある日本語学校に通っていた。そこを卒業後、彼女はいったんベトナムに帰国したが、今度は留学生として日本に戻ってきた。きっとホアはかなり恵まれた家庭の子ではないか。それが莉子の推測だ。そうでなければこうして頻繁に留学などさせてもらえない。

「君がバイトをしているのも知っているし、昼間は授業があるのもわかる。無理なお願いだと承知しているけど、できれば俺と一緒に来てくれないかな」

ホアは一瞬だけ逡巡した素振りを見せたが、すぐに行動に移した。スマートフォンを出し、電話をかけた。流暢な日本語で「急用ができたのでバイトを休ませてほしい」と告げた。

「協力してもらえるってことだね？」

城島が念を押すと、ホアがうなずいた。

「うん。莉子さんは私にとっても大切な人だから。あの人の力になれるなら何でもするよ。ちなみに私は何をすればいいの？」

「俺も聞いていないんだ。でも作戦名だけは聞いてる」

「作戦名？」

「スパイ大作戦。それが君に与えられる任務らしい」

ホアは首を傾げた。当然の反応だ。城島自身もよくわかっていない。

「まあ、よろしく頼むよ」

城島が拳を突き出すと、ホアも自分の拳をコツンと当ててくれる。二人でプリウスに乗り込んだ。シートベルトを締めながら城島はホアに訊いた。

「ちなみにどこでバイトをしているんだ？」

「スマイリーズ荻窪店」

「なるほど」

城島はプリウスを発進させる。助手席のホアはリュックの中から学校の教科書らしきものを出し、勉強を始めている。

＊

保健所の立ち入り調査があった翌日、朝からタヌキ製菓本社は大忙しだった。今朝のテレビのニュースでもこぞって報道され、その問い合わせの電話がひっきりなしにかかってくるのだ。なかでも原材料を購入している取引先からの問い合わせが多かった。当然、茉優も電話対応に追われた。

「狩野さん、この子、今日から入ってきた新人さんだ。案内を頼むよ」

「はい、わかりました」

主任の声に顔を上げると、事務室の入り口に一人の若い女性が立っている。真新しい作業着に身を包んだベトナム人女性だ。茉優は手元にあった履歴書に目を走らせた。名前はグエン・ティ・ホア。年齢は二十二歳。ホーチミン市出身。

「ホアさん、よろしく。私は狩野といいます」

「よろしくお願いします。私はグエン・ティ・ホアです」

目の大きな可愛らしい子だ。基本的にベトナム人従業員を雇用する時期は決まっていて、年度初めの四月にまとめて雇用することが多い。この十二月という中途半端な時期に一人だけポツンと雇い入れるのは珍しかった。

「工場を案内するわ。こっちよ」

二人で本社から出て第一工場に向かう。今日も工場は稼働している。じゃが山君の製造ラインは止まっているが、それ以外は平常通りに動いている。

「ここが管理部よ。最後に商品をチェックするセクションね。ここから集配部に運ばれて、最終的にトラックで出荷されるの。次は……」

ホアは熱心にメモをとっている。時折質問してきたが、彼女の日本語は非常に流暢だった。

「ホアさん、日本語上手ね」

「ありがとうございます。以前、日本語学校に通っていたので」

現在、第一工場だけでも二十九名のベトナム人が働いているが、なかにはほとんど日本語を話せない子もいる。ベトナム人同士でまとまってしまうと日本語を覚えなくても仕事ができてしまうせいである。彼らと比べるとホアの日本語の能力はずば抜けていた。

「あ、ティンさん、ちょっといいですか？」

茉優は通りかかったベトナム人従業員を呼び止めた。彼は経験豊富な三年目の従業員であり、新人の教育係を任せている。

「この子、今日から入った新人のホアさんです。仕事を教えてあげてください」

「わかりました」

ティンはそう返事をして、ベトナム語で何事かホアに話しかけた。ベトナム語はわからないし、機械の音もしているため騒々しい。ここは工場の心臓とも言える製造部だ。作る商品や工程によってセクションが分かれていて、新人は大抵製造部の比較的責任の少ないラインに回されるのが常だった。ホアの案内をティンに任せ、茉優は製造部をあとにした。

帰りがけに集配部の倉庫を横切る。兄の恵太の姿を探す。やはり恵太のことは気になってしまう。しっかり仕事をしているか。周りに迷惑をかけていないか。いじめられていないか。不安は尽きない。

恵太の姿を発見する。大型トラックの荷台にいた。運ばれてきた原材料をフォークリフトに載せているのだった。恵太はフォークリフトを運転している年配の男性従業員と話していた。その顔つきからして冗談でも言い合っているのだとわかった。少し安心して茉優は本社に戻った。事務室のデスクで自分の仕事を再開する。

正午になり、昼休みを告げるチャイムが鳴った直後だった。主任が事務室に駆け込んできた。血相を変えて主任が言った。

「第一工場、閉鎖されるぞ」

事務室にいるのは茉優を含めて五人ほどだった。誰もが驚いたような顔を上げた。男性社員が主任に訊いた。

「どういうことですか？」

「さっき保健所から連絡があったらしい。閉鎖しろという指示が出た」

「いつからですか？」

「今日の午後からだ」

声が上がる。茉優も思わず立ち上がっていた。あまりに急だ。第一工場では日本人、ベトナム人合わせて百五十人近い従業員が働いている。大変なことになったぞ。そう思う半面、当然かもしれないと茉優は漠然と思った。不純物が入った商品を市場に流通させてしまったのだ。飲食店だったら即刻営業停止になっていても不思議はない。

「従業員はどうするんですか？　休ませるんですか？」

「今日は仕方ないが、明日以降は第二工場に回ってもらおうと思ってる。シフトを組み直さなくてはならないな」

西武蔵市内にはタヌキ製菓の第二工場があり、そちらでは主に甘味系の菓子を作っている。と言っても全員をそちらに回すわけにはいかない。午後はその調整に追われるのかと思うと気が滅入った。

「まずは第一工場の閉鎖を優先させよう。取引先に連絡を入れるんだ。各自手分けして進めるぞ」

工場を閉鎖するといっても従業員を帰宅させればいいわけでもなく、やるべきことは多い。すでに別の事務員は取引先に電話をかけていた。午後、搬入されてくる原材料をキャンセルする旨を説明していた。

茉優は改めて事の重大さを痛感した。まさに嵐に見舞われた船のようだ。果たしてタヌキ製菓は無事にこの嵐を抜けられるのだろうか。

*

部屋に入ってきたのは五十代くらいの男性だった。莉子は部屋の片隅で男の身なりを観察した。仕立てのいいスーツに、左の手首にはロレックスが巻かれている。事前に仕入れた情報によると年齢は五十八歳になるはずだが、もっと若く見えた。

「社長、ようこそお越しくださいました」

厚労省の松永がそう出迎えた。男性の名は田貫克則《たぬきかつのり》。タヌキ製菓の代表取締役社長だ。

「こちらこそご迷惑をおかけしております」

田貫は深く頭を下げた。彼は三代目の社長であり、二年前に他界した父の跡を継いでいた。ちなみに創業者は新潟の生まれで、新潟市内で営んでいた煎餅屋がルーツだと会社のホームページにも紹介されていた。

「迅速な対応、痛み入ります。こちらとしては工場を閉鎖していただくよりほかありませんでした。ご容赦ください」

「理解しております。本来であれば自主的に閉鎖すべきでした。申し訳ございません」

今日の午後から西武蔵市内にあるタヌキ製菓第一工場は閉鎖となった。原因が究明されるまでの措置だ。すでにマスコミが騒ぎ始めており、事態を重く見た厚労省の上層部が保健所と協議を重ねた上、決断したのだ。正しい判断だと莉子も思っている。

「ところで調査で何か判明したのでしょうか？」

田貫の質問に松永が答えた。

「はい。御社から押収した菓子を調べたところ、微量のグリホサートカリウム塩が検出されました。ほかにも界面活性剤の成分も検出されたようです」

「グリホサート……何ですか？　それは」

「アミノ酸系の化学物質です。アミノ酸の合成を阻害する性質を持ち、植物を枯死させることができます」

「植物を枯死って、それってつまり……」

「そうです。除草剤ですね」

じゃが山君には除草剤の成分が混じっていたというのだ。田貫は目を見開いている。驚きで声も出ないようだ。

「うちの調査によりますと」松永が重々しい口調で説明する。「三ヵ月前に製造された商品に混入している可能性が高いです。しかし、だからといってその分だけを回収すればいいというわけではありません。現在、市場に出回っているじゃが山君はすべて早急に回収する必要があるでしょう」

「そんな……除草剤なんて……」

田貫が頭を抱えた。かなりショックを受けている様子だった。唇も青白く、目もやや虚ろだった。

「社長、お気を落とさずに。ここが踏ん張りどころです。今日中にホームページでじゃが山君の全品回収を発表してください。マスコミ向けの発表も同時におこなっていただきます」

松永がこちらに目を向けたので、莉子は前に出た。クリアファイルから出した書類を田貫の前に置き、莉子は言った。

「こちらは御社のホームページに掲載する謝罪文の案ですので、参考にしてください。もう一枚はマスコミ向けに発表する内容です。どちらもそのまま使っていただいて構いません」

田貫が書類に目を落とした。自社商品に異物が混入する。タヌキ製菓において前例のないトラブルだった。社長自身も心の整理がついていないようだ。

「つまり、何者かが除草剤を混入させた。そういうことですよね？」

田貫が暗い目でそう言った。松永が安心させるような笑みを見せて言った。

「まだそうと決まったわけではありません。除草剤がどのようにして混入したのか。その経路は特定できていませんので」

「工場内で何者かが除草剤を入れた。そう考えるのが妥当じゃありませんか？」

松永は返事をしない。それが暗に肯定を物語っている。たとえば注射針などを使って商品に異物を混入させるのも可能だが、問題の除草剤入りじゃが山君の包装フィルムには針の穴などの異常な点は見当たらなかった。製造時に異物が混入したと考えるのが妥当だ。

「よろしいですか」と莉子は横から口を挟んだ。「誰が除草剤を入れたのか。社長は心当たりはございますか」

「それは……特にありません」

一瞬、答えに間が合った。莉子はさらに訊いた。

「御社に対して強い恨みを抱いている従業員はいますか？」

「さあ……そんなのわかりませんよ」

「御社ではベトナム人を数多く雇用していらっしゃいますよね。その理由は何ですか？」

「人件費の節約です。ベトナム人を雇用したのは先代の方針なので」

昨日のことだ。午前中からタヌキ製菓第一工場の立ち入り調査が始まり、莉子もそれに同行した。工場内を視察していて、ベトナム人の多さに気がついた。同時に保健所の職員がベトナム人からの事情聴取に難儀していることも知った。日本語を巧みに操れるベトナム人従業員がいないのだ。

すぐに莉子は彼女のことを思い出した。数年前、ファミレス立て直しの際に出会ったベトナム人女性のことを。彼女が都内の大学に留学していたのは知っていたので、すぐに城島に頼んで彼女に接近してもらった。最初は通訳を依頼する予定だったが、いっそのこと潜入させてしまってはどうかと思い直した。

名づけてスパイ大作戦。すでに今日からホアは第一工場に潜入している。しかし第一工場は当面の間閉鎖されてしまうことが決定したので、彼女の情報収集がうまく行く当てなどない。もし結果が振るわなかったら別の手を考えるまでだ。

「本当に大丈夫でしょうか？　うちの会社、どうなってしまうのでしょうか？」

田貫が胸の不安を吐露するが、それに答える者はいなかった。それほどまでにタヌキ製菓は追い詰められていた。

＊

茉優が住む自宅の間取りは２ＤＫだ。以前は１Ｋのアパートに住んでいたのだが、二年前に兄の恵太が転がり込んできて、手狭に感じたので引っ越したのだ。家賃は多少高くなったが、二人分の家賃補助が出るので実質的な負担額はさほど変わりがない。

茉優が自宅に帰ってきたのは午後九時過ぎだった。普段は定刻で帰宅できるのだが、今日ばかりはそうもいかなかった。第一工場の閉鎖が決まり、その煩雑な事務手続きに追われたためだ。すでにタヌキ製菓ではホームページ上で謝罪文を掲載し、その話題はネットニュースでもとり上げられている。反響は大きく、午後八時時点でのＳＮＳの検索ワードのランキングでは、『じゃが山君』が一位だった。ちなみに二位は『タヌキ製菓』だ。

恵太はまだ帰宅していない。工場は閉鎖となったので、仕事をしているはずがない。それでも茉優は気に留めなかった。兄は休みの前日などは駅前にある二十四時間営業のネットカフェで一晩を過ごすことが多い。工場閉鎖を受け、暇を持て余した兄がネットカフェに向かったのは想像に難くない。

料理をするのが億劫だったので、夕食はカップ麺で済ませた。そのままソファの上に横になっていると睡魔が襲ってきた。いつしか眠りに落ちていた。

救急車のサイレンで目を覚ました。サイレンの音は割と近かった。スマートフォンを見ると友人からLINEが届いていた。じゃが山君関連のニュースを見て、心配してくれているのだった。大丈夫だよといった内容のメッセージを返信してから茉優は洗面所に向かった。

歯磨きと洗顔を終えて自分の部屋に戻る。充電器に挿したままのスマートフォンが点滅しているのが見えた。画面を確認すると総務部の主任から不在着信が入っていた。何事だろうかと不安な気持ちになった。時刻は午後十一時七分だった。折り返し電話をかけるとすぐに繋がった。

「すみません。電話に出られなくて……」

「狩野さん、今自宅だろ」主任はいきなり切り出した。「実はさっき連絡があって、メゾンアスティに住んでるベトナム人女性が救急搬送されたらしい」

タヌキ製菓では来日したベトナム人従業員のために、優先して斡旋している共同住宅が市内にいくつかある。メゾンアスティ西武蔵もそのうちの一棟で、現在も十人近いベトナム人が居住しているはずだ。

「うちの従業員の可能性が高い。上からの指示で様子を見てこいって話なんだ。俺が行きたいところだけど嫁を置いていくわけにもいかなくてさ」

主任の妻は妊婦だった。それに彼は郊外の新興住宅地に住んでいる。車でも三十分以上かかる距離だ。

「わかりました。私が様子を見てきます」

「頼むよ、狩野さん。ちなみに搬送先の病院は……」

身支度を整えてから部屋を出た。自転車に乗って総合病院に向かう。五分ほどで到着した。緊急搬送口の前に一台の救急車が停まっていた。警備員に事情を話すと中に案内された。暗い廊下を奥に進む。

突き当たりの処置室の前に、三人ほどのベトナム人の姿があった。その顔に見憶えがあった。うちの従業員で間違いない。彼らの方に向かって足を進めながら、茉優は首を傾げた。三人の陰に隠れるように小さな人影が見えた。小さな女の子だ。いったいなぜ……。

「こんばんは」と声をかけた。若い女性が二人と、もう一人は若い男性だ。こちらを向いた彼女たちに茉優は訊いた。

「運び込まれたのは誰？　あ、私はタヌキ製菓本社の狩野です」

三人は顔を見合わせた。ベンチに座った女の子は眠そうだった。年齢は七、八歳。小学校低学年くらいの女の子だ。

「……スアン」

男性がつぶやいた。スアン。ファム・ティ・スアンか。茉優は給与計算などの関係で第一工場で働くベトナム人の名前だけは全員頭に入っている。が、どんな人物なのかは知らない。

「スアンさん？　救急搬送されたのはスアンさんなんですね？」

三人がうなずく。ただ、状況はいまいち摑めなかった。どうしようかと逡巡していると、処置室のドアが開いて若い男性医師が出てくる。続いて出てきた看護師がこちらに向かって歩いてくる。

「お知り合いの方ですか？」

「はい」と茉優は返事をした。すると看護師が「こちらへ」と言い、少し離れた場所に向かった。看護師が説明してくれる。

「残念ながら搬送された方はお亡くなりになりました。実際には救急車の車内で心肺停止した模様です。蘇生を試みましたが駄目でした」

「……そうですか」

「ご愁傷様です。おそらく警察からの事情聴取もあるでしょうから、しばらくこの場で待機していてください」

「警察？　病気で亡くなったんじゃないんですか？」

嫌な予感が頭を掠める。急病で搬送されたのだとばかり思っていた。そうではない可能性もあるのか。看護師が神妙な顔つきで言った。

「死因は低酸素脳症です。詳しいことは私の口からは言えませんが……」

看護師が通路を去っていく。低酸素脳症とは窒息死みたいなものだろうか。茉優の脳裏に「自殺」の二文字が点滅した。

茉優はベトナム人たちのもとに向かい、搬送されたスアンが亡くなったと伝えた。二人の女性は額に手を当て、ベトナム語で何やら言った。スアンの死を嘆いているものと思われた。

男性が膝をつき、女の子の頭を撫でている。女の子は寝入ってしまったようだ。

この子は誰なんだろうか？　改めてそんな疑問を抱いた。タヌキ製菓で雇用しているベトナム人従業員は技能実習生であり、年齢は十代後半から二十代半ばくらいが大半を占めている。全員が独身で既婚者はゼロだ。従ってこのくらいの女の子が暮らしている理由がないのである。

通路の向こうから二人組の男性が歩いてくるのが見えた。多分刑事だろうな。そう思って茉優は身構えた。


「狩野さん、午後からでもよかったんだぞ。そんなに無理しなくても」

朝、出社すると主任にそう言われた。結局茉優が解放されたのは午前二時過ぎだった。本社からやってきた別の若手社員と交代する形で帰宅したのだ。

「でも本当にありがとう。助かったよ」

「いえいえ」

「彼女は残念だったな」

死亡が確認されたのはファム・ティ・スアン。タヌキ製菓で働く技能実習生だった。死因は首を吊ったことによる低酸素脳症で、警察の話によると自殺の可能性が高いという。

ベトナム人従業員が雇用期間中に死亡するのは初めてだったので、総務部では対応に追われた。タヌキ製菓で就労しているベトナム人はすべて、先代から付き合いのある斡旋会社から紹介されてやってくる。その斡旋会社に連絡をすると、電話に出た若い男性は「あとのことはすべて私どもにお任せください」と請け合ってくれた。遺体をベトナムに搬送するなど、そういった手続きはすべてやってくれるみたいで安心した。とはいえ、タヌキ製菓側に生じる負担もないわけではない。今後の対応策を協議しながら、午前中は慌ただしく過ぎ去った。

「狩野さん、ちょっといいかな？」

昼休みが終わる頃、主任に呼ばれた。スーツ姿の男性二人が一緒だった。昨日会った二人組ではなかったが、多分刑事だろうと茉優は漠然と思った。

「刑事さんがスアンさんの件で君と話したいそうだ。応接室を使ってくれて構わないから」

「わかりました」

二人の刑事とともに応接室に向かう。取引先の重役などを案内する部屋だ。お茶を淹れようとすると刑事たちは「要りません」と言った。向かい合う形でソファに座った。二人とも年齢は四十代くらいだった。

「我々はこういう者です」

まずは自己紹介される。片方の男は警視庁捜査一課の刑事で、もう一人は西武蔵署の刑事のようだ。茉優はよく刑事ドラマを観るので知っている。いわゆる本庁と所轄の組み合わせってやつだ。

「昨夜の事件についてです」

捜査一課の刑事がそう切り出した。事件というからには自殺ではなく、事件性ありと警察は判断したのかもしれない。

「お亡くなりになったのはファム・ティ・スアンさんです。御社にお勤めだったのは間違いありませんね？」

「はい。うちで働いていた従業員です」

「救急車を呼んだのは隣室の住人です。この方も御社にお勤めのベトナム人だったようです。彼女は隣室から物音が聞こえたことを不審に思い、廊下に出てみたそうです」

するとスアンの部屋のドアがわずかに開いていた。その隣人はドアを開けてスアンに呼びかける。そして部屋の奥の壁で首を吊っている彼女の姿を発見した。スアンは土気色の顔をしており、慌てて一一九番通報をした。

「現場から何者かが逃走したものと我々は考えています。隣人が耳にした物音も恐らく逃亡者が発した音でしょう。さらに同アパートの別の住人が階段を駆け下りていく男性の姿を目撃しています」

その者がスアンの死に関与しているのか。だから彼らはさきほどから事件と表現しているのだ。ただの自殺ではなく、事件であると。

「隣人がスアンの部屋に入ったのと同時刻」刑事が手帳をめくりながら説明する。「現場から五百メートルほど離れた路上で交通事故が発生しています。車は宅配トラックで、運転していたのは四十代の男性。運転手の供述によると、法定速度を守って運転していたところ、いきなり車の前に人影が飛び出してきたそうです」

逃亡者が事故に遭ったということか。茉優は刑事の話に耳を傾けることしかできなかった。

「運転手はすぐに一一九番通報しました。車に撥ねられたのは三十代の男性です。頭を強く打ったようで、今も病院で治療が続いています。意識不明の重体ですね」

嫌な予感がする。三十代の男性、という単語を聞いたときから、茉優の胸には漠然とした不安が押し寄せていた。車に撥ねられた男性とは、まさか――。

「所持していた財布の中にマイナンバーカードが入っていました。人相などから本人であると確認がとれました。車に撥ねられた男性は狩野恵太、あなたのお兄さんです」

何か口にすべきだと思ったが、何も言えなかった。茉優はしばらくその場で固まっていた。やがて事の次第を理解し、ようやく茉優は声を絞り出した。

「あ、兄は……ぶ、無事なんですね？」

「さきほども申し上げた通り、意識不明の重体です。集中治療室に入って治療を受けているようです」

茉優は立ち上がった。一刻も早く兄が入院している病院に行かなければならないと思ったからだ。覚束ない足で歩き始めると、刑事に制される。

「狩野さん、落ち着いてください」

「でも……兄が……」

「話はまだ終わりではありません。ゆっくり深呼吸した方がいいでしょう」

刑事に言われるままに茉優は大きく息を吸い、そして吐いた。気持ちが落ち着くことはなかったが、頭は動き始めていた。刑事が質問してくる。

「ちなみにお兄さんですが、昨夜は帰宅されましたか？」

昨夜は兄の姿を見ていない。日付が変わり、病院から戻ってきたときも兄の姿は自宅になかった。きっと今夜はインターネットカフェに泊まるんだろうな。そう決めつけて連絡さえしなかった。そのあたりの事情を説明する。

「なるほど。わかりました」

一課の刑事がそう言いながら、隣にいる西武蔵署の刑事に目配せする。すると西武蔵署の刑事がバッグの中から大事そうにビニール袋を出した。証拠保管袋だ。その中には一台のスマートフォンが入っている。

「このスマホに見憶えはございますか？」

シルバーのスマートフォンだ。画面の端が割れている。その特徴的な割れ方に見憶えがあった。買い替えたいけどお金がない。彼はいつもそう言っていた。

「兄のものです。間違いありません」

二人の刑事が視線を交わすのが見えた。何だかとても不安だった。二人とも鉱脈を発見したかのような顔つきだった。やがて一課の刑事が厳粛な面持ちで言った。

「このスマホですが、亡くなったスアンさんの自宅で発見されたものです。彼女の死に狩野恵太さんも関与しているのではないか。我々はそう睨んでいます」

＊

「係長、ちょっといいですか？」

部下に呼ばれ、榎本《えのもと》ヒカリは振り返った。西武蔵署の会議室では捜査員たちが準備に追われている。昨夜西武蔵市内のアパートでベトナム人女性が首を吊っている状態で発見され、すぐに救急搬送されたが救急車の車内で心肺停止し、その後死亡が確認された。現地の警察署が自殺を視野に入れて捜査を始めたところ、現場から逃走した怪しい男性の存在が明らかになった。同時に検視官などの所見などにより、自殺に見せかけた殺人の線も十分に考えられることから、こうして西武蔵警察署内に捜査本部が設置されることになったのだ。

「何？」

ヒカリは年下の部下、早川《はやかわ》に訊く。早川は手帳を見ながら答えた。

「狩野恵太の妹の証言がとれました。狩野は昨夜、帰宅していないそうです。兄はインターネットカフェにでも行ったのではないか。妹はそう思っていたようです」

「そう思っていた？　ＬＩＮＥとかでやりとりしてなかったの？」

「さあ、そこまでは……」

「早くウラをとって。大事なとこよ」

「わかりました」

早川が立ち去っていく。ヒカリはホワイトボードに目を向ける。事件の概要が箇条書きになっている。注目すべきは事件現場から五百メートル離れた場所で発生した交通事故だ。その被害者の所持品と思われるスマートフォンがスアンの部屋で発見されたのだ。狩野恵太がスアンの殺害に関与していると考えるのは自然な流れだ。しかも二人は同じ会社で働いている同僚同士だった。

「係長、やはりストーカーの線が濃厚のようですね」

別の部下がやってくる。部下といってもヒカリより十歳以上年上だ。今年で三十八歳になるヒカリは、警視庁捜査一課の最年少係長であると同時に、唯一の女性係長でもあった。

「どういうことですか？」

「工場の従業員から話を聞きました。狩野はどうやらスアンに付きまとっていたみたいですね。仕事中にも彼女が通ると手を休めてぼうっと見ていたらしいです」

二人の間には面識あり。ストーカーとその被害者という図式か。

「もっと情報を集めてください。特にスアンの周辺を徹底的に。彼がストーカーだったことを示す根拠がもっと欲しいです」

「了解しました。ほかの者にも伝えます」

現在、午後二時過ぎ。おそらく夕方には第一回捜査会議が開かれるはずだ。ヒカリは腕を組み、ホワイトボードに書かれた事件の概要を今一度眺めた。

もともとヒカリは警察官を志望したわけではなかった。公務員志望であり、都内の区役所などを受験する一方、警察官採用試験にもエントリーした。結果、めぼしい区役所はすべて落ち、警察官採用試験にだけ合格したのだ。就職浪人するのも嫌だったし、大学まで剣道部だった経験も役立つと思い、警視庁に入庁した。

最初に配属されたのは地域課だった。繁華街の交番に勤務した。道案内をしたり酔っ払い同士のトラブルを解決したりと、それなりにやりがいのある仕事だった。二十六歳のときに警察学校時代の同期と結婚し、名字が榎本になった。二十八歳のときに息子が生まれた。優《ゆう》と名づけた。

子育ては大変で、職場復帰しないでこのままフェードアウトしてもいいかなと思った。幸い旦那も公務員で稼ぎは保障されている。警察官を辞めて専業主婦になり、子供が大きくなったらパートでもすればいいか。そんなことを思っていた矢先――。

夫が死んだ。交通事故だった。帰宅途中、歩道に突っ込んできた車に撥ねられたのだ。突如として目の前が真っ暗になった。息子はまだ一歳になったばかり。どうしていいかわからなかった。高い崖から突き落とされたような感じだった。

夫を撥ねたのは二十歳そこそこの介護職の男性で、夜勤明けで疲れていたらしい。その犯人に下された判決を知り、ヒカリは愕然とした。危険運転致死傷罪で懲役七年の実刑判決だった。あらかじめ弁護士から言われていたが、軽過ぎると思った。夫を殺害した犯人は息子の優が小学校に上がった頃には出所してきて、元の生活に戻れるのだ。そんな馬鹿な話はないとヒカリは憤慨した。

優を託児所に預け、ヒカリは仕事に復帰した。やり場のない怒りをぶつける先は仕事しかなかった。刑事課に配属されたヒカリは無我夢中で働き、犯罪者たちを検挙し続けた。所轄での活躍が本庁の目に留まったのか、今年の春から捜査一課の係長に抜擢された。女性を管理職に登用することが警視庁でも重要な施策となり、その目玉として白羽の矢が立ったのだ。

周りは百戦錬磨の刑事。最初は臆していたヒカリだったが、徐々に人間関係のコツ――男はおだてておけばどうにかなる――を覚え、日々の仕事にも慣れ始めた。しかし――。

ここ最近、空振りが続いている。捜査一課では都内で殺人などの重大事件が発生した場合、係ごとに派遣され、所轄で捜査本部を起ち上げて捜査をおこなう。ヒカリの係ではここ三回ほど、犯人を逮捕できていないのだ。時間切れのタイムオーバーのため、所轄署に事件を引き継ぎ、本庁に戻ってくるのである。これほど屈辱的なことはないし、ヒカリの査定にも大きく影響することは確実だ。それを知っている部下たちもあれこれ張り切ってくれるのだが、全体的にどこか空回りしている感が否めない。

「係長、報告があります。こちらをご覧ください」

別の部下がやってくる。部下が一枚の写真をこちらに見せた。プラスチック製の容器だった。除草剤の容器であり、ホームセンターなどでよく見かける代物だ。いったいこれがどうしたというのだ。

「これはスアンの自宅の押し入れの奥から発見されたものです。さきほど保健所から報告がありまして……」

面倒なことにならなきゃいいけど。先行きを心配しつつ、ヒカリは部下の報告に耳を傾けた。

＊

西武蔵保健所内にある会議室。そこが厚労省から派遣された者たちに与えられた詰め所だった。城島も会議室内にある椅子に座っている。近くには莉子の姿もある。彼女はタブレット端末で何やら調べている。今、会議室にいるのは二人だけだ。

「それにしても」城島はペットボトルの緑茶を飲んで言った。「大変なことになりましたね。じゃが山君どころではなくなってしまったというか」

**第四問：**

某製菓メーカーの
異物混入事件を解決しなさい。

昨夜のことだ。西武蔵市内にあるアパートからベトナム人女性が救急搬送され、ほどなくして死亡が確認された。時を同じくして現場近くで交通事故が発生、一人の男性が病院に運ばれた。男性のスマートフォンがベトナム人女性の自宅で発見されたことから、男性が女性を殺害して逃亡したのではないかという疑いが持ち上がったという。

殺された女性はファム・ティ・スアン、二十六歳。タヌキ製菓で働く技能実習生だった。一方、現場から逃走して現在入院中の男性は狩野恵太、三十五歳。同社集配部で働く社員だった。二人の仲がどういうものであったのか、痴情のもつれの線で捜査が進んでいるという話だった。

「もう記事が出てるわ。ストーカー殺人だって」

城島もスマートフォンで記事を検索した。すぐに見つかった。西武蔵市内で発生した事件について伝えられており、ストーカー殺人の可能性がありと指摘されていた。

「最近のネットニュースは仕事が早いわね」

莉子がそう言ったので、城島は応じた。

「そうですね。でも正確性には欠けると思います」

「同感。この記事だって根拠は一切書かれていないしね。憶測のみで書かれた記事に、匿名希望の読者たちが好き勝手にコメントする。それが今の世の中ね」

城島はスマートフォンを置いた。莉子は書類を読んでいる。一昨日、タヌキ製菓の第一工場に立ち入り調査が実施された。そのレポートが送られてきたのだ。

「どうです？　何かわかりましたか？」

「工場内では除草剤の成分は検出されていない。でも保健所の専門家は混入経路を特定しつつあるわ。詳しいことはわからないけど、商品を袋詰めする直前のラインが怪しいようね」

城島はベルトコンベアのようなものを想像した。そこを運ばれていくじゃが山君に除草剤を振りかける。大変悪質な行為だ。

「今後、商品の回収が進んでいけば、もっと詳しいことがわかるかもしれないわね」

すでにタヌキ製菓のホームページでは商品回収の呼びかけが始まっている。テレビコマーシャルを利用する案も検討されていた。同商品を食べたことによる健康被害は、一昨日の段階で二十件を超える勢いだと報告されている。情報公開を受け、その数は増えていくものと予想された。その増加の伸びと、どれほど深刻な健康被害が報告されるのか。そこが重要だと厚労省では考えているようだ。

スマートフォンが震えた。ショートメールを受信した。送信者はグエン・ティ・ホアだ。短く一言、こう記されていた。

『報告あり』

城島はスマートフォンの画面を莉子に見せた。彼女がうなずいたので、すぐに城島はホアに連絡した。現在時刻は午後三時。午後六時に待ち合わせることになった。

「俺、トイレに行ってきます」

城島がそう言って立ち上がったときだ。会議室のドアが開き、厚労省の松永が入ってきた。彼の二名の部下も一緒だ。三人とも莉子よりも若く、二十代後半くらいだと思われた。城島からみればお子様ではあるが、何といっても彼らは国家公務員であり、莉子の元同僚。失礼のないように心がけている。

「何かありましたか？」

異変に気づいた莉子が腰を浮かせた。それほどまでに三人は険しい表情をしている。

「ええ」と松永はうなずいた。そして一枚の写真を見せてくる。そこには除草剤の容器が写っていた。

「これは？」

「昨夜、近くでベトナム人女性が亡くなった事件はご存じですか？　彼女の部屋で見つかった容器です。昼過ぎにあちらの捜査本部から情報提供があったんです。もしかしてこの除草剤がこちらの事件に関係あるのではないかと」

「つまり亡くなったベトナム人従業員、もしくは彼女と一緒にいたと思われる男性が、じゃが山君に除草剤を混入させた可能性が高い。そういうわけですね？」

「現時点ではそういう予測が成り立ちます。保健所にも情報提供をしたので、数日以内に成分の分析がおこなわれるでしょう」

問題は交通事故に遭った男性だ。城島は脇から口を挟んだ。

「ちなみにその男性の容態は？」

松永は首を横に振った。あまり思わしくない状態で、口を利けるようになるまで相当の時間がかかるらしい。

殺された女性と、現場近くで交通事故に遭った男性。二人はタヌキ製菓の従業員だった。内部の者による犯行説が一段と高まったわけだが、どこかすっきりしないものを城島自身は感じていた。死者が出てしまったというのも大きい。

会議室は沈黙に包まれた。莉子もあごに手を置いて何やら考え込んでいる。深い霧の中に迷い込んでしまったような感覚に陥った。除草剤の混入と、昨夜のベトナム人女性の死。この二つに何らかの関連があるのだろうか。


午後六時。西武蔵市内のファミレスは八割ほどの客が入っていた。城島は莉子のボディガードであるため、一足先に店内に入って怪しい者がいないか確認するのが常だった。ホアは窓際のボックス席に座っており、驚いたことに子供を連れていた。七、八歳くらいの女の子だ。ほかに異常がないことを確認してから、外で待っていた莉子を呼び込んだ。

「この子は誰かな?」

城島がそう質問してもホアは答えない。あとで説明する。そういう意図を汲みとった。店員に断ってから、女の子を空いているカウンター席に一時的に座らせた。人数分のドリンクバーを注文し、各々が飲み物を用意した。

「それではホアちゃん、報告をよろしく」

莉子がそう言うと、ホアが話し始めた。

「私、今日は第二工場に行きました。ベトナム人は十五人くらいかな。全員の受け入れは難しいようなので、ローテーションで回すみたいです」

第一工場は昨日の午後から閉鎖中だ。仕事がなくなった従業員を第二工場に回す。それが本社の方針だった。ただ、人数的に全員を第二工場で働かせるわけにはいかないのだ。

「私が新人だからかもしれないけど、どこかよそよそしい雰囲気を感じました。あまり他人を受け入れないというか、自分たちだけのコミュニティ？　そういうのを作ってる感じがあります。私の方から積極的に話しかけても、あまり自分たちのことを話してくれません」

普通だったら新人が入社してきた場合、同郷のよしみであれこれ世話を焼いたり、教えてくれたりするものであり、それはベトナム人にも通じるものがあるだろう。が、タヌキ製菓のベトナム人従業員たちはホアに対して無関心を装った。

「仕方ないのでロッカールームにこれを仕掛けました。録音機能をオンにして置いてきたんです」

ホアは自分のスマートフォンをポケットから出した。

「君ね」と城島は思わず口に出していた。「素人が危ない真似をするんじゃないよ。バレたらどうするつもりなんだ？」

「この際だから大目にみましょう。それで何かわかったの？」

莉子が先を促した。ホアがスマートフォンを操作すると、男女の声が聞こえてきた。話しているのはベトナム語だろうか。

「リンをどうするか。それが彼らの話題です」

「リンって誰？」

ホアはその問いには答えずにスマートフォンを操作した。別の会話が流れ始める。

「たとえばここですが、こう言っています。『リンが可哀想。これからどうなってしまうのか』『母親が死んでしまったから、俺たちは関係ないだろ』『じゃあどうするの？　放っておおけない』『エージェントがどうにかするだろう』と」

母親が死んでしまった。昨日亡くなったファム・ティ・スアンのことをさしているのは明白だ。彼女には娘がいたのか。おそらくその娘というのが……。

「スアンさんに娘がいた。そういう記録はありませんね、たしか」

莉子が言った。城島も記憶を呼び起こす。そういう話が出てきた覚えはない。本社に内緒で娘と暮らしていたということか。

「こういうことかな」莉子が話を整理するように言った。「亡くなったスアンには娘がいた。そして娘は今、誰か別のベトナム人従業員に匿われている」

「そうですね。実は私、さっき現場の近くを通ってみたんです」

ホアが当然といった顔つきで言った。この子、探偵の素養が備わっているようだぞ、と城島は感心した。

「アパートの近くに小さな公園があるんですけど、そこで一人の女の子が地面に絵を描いて遊んでいました。話しかけたら応じてくれたんです」

あなた、名前は？

リン。

どこに住んでるの？

この近く。

お母さんは？

いない。死んじゃった。

第四問：
某製菓メーカーの
異物混入事件を解決しなさい。

「とても可哀想になって、ここに連れてきてしまったんです。さほど抵抗しませんでした。きっと疲れているんだと思います」

城島は改めてカウンター席に目を向けた。リンという少女は足をブラブラさせながら絵本を読んでいる。彼女こそ昨日亡くなったファム・ティ・スアンの遺児なのだ。

「ホアちゃん、あのリンという子だけど、日本語は話せる？」

莉子の質問にホアはうなずいた。

「はい、話せます。私との会話も日本語でした。今読んでるのも日本語の絵本です」

莉子が深刻そうな顔をしてカウンター席のリンに目を向けている。ホアが自らの推察を披露する。

「タヌキ製菓で働くベトナム人は皆、技能実習生です。そもそも技能実習生は家族を日本に招くことはできません。おそらくリンちゃんは何らかの形でスアンさんが密かに日本に呼び寄せたんだと思います。彼らが言うエージェントなる組織を介して」

きな臭い話になってきたと城島は感じた。莉子が言った。

「ホアちゃんのような可愛い新人を受け入れようとしない。彼らには後ろめたい何かがあるのだと思う」

すでに莉子はその何かに気づいている様子だった。莉子はホアに訊いた。

「リンちゃんだけど、ここに勝手に連れてきちゃって平気かな？」

「大丈夫だと思います。警察沙汰になって困るのは彼らなので」

「リンちゃんをここに呼んできて。食事にしましょう」

ホアが立ち上がり、カウンター席のリンを呼びにいった。その姿を目で追いながら莉子は断言した。

「タヌキ製菓で働くベトナム人、彼らは他人に探られたくない、後ろめたい何かを隠しているわね。かなり悪質な、そして組織的な犯罪の臭いがするわ」

*

取調室というと刑事ドラマのイメージなどから殺風景な印象があるが、その部屋は応接室に近い感じの部屋だった。窓際には観葉植物も置かれている。茉優はソファに座っていた。目の前には女性の私服刑事が座っている。榎本という名前の刑事だ。

「スアンさんの死因は低酸素脳症によるものでした。死亡推定時刻は午後十時五十七分。病院へ搬送中に心肺停止し、その後死亡が確認されました」

榎本が説明してくれる。朝、出社すると上司から警察で事情聴取を受けるように言われ、こうして警察署にやってきた。

「司法解剖の結果、殺人事件と断定されました。犯人はスアンさんの首を絞めて気を失わせたあと、彼女の首をクローゼットのドアにかけた紐に巻きつけ、そのまま逃走したと推測できます。仮に発見が早かったとしても助からなかったのではないか。それが解剖を担当した医師の所見です。物音を聞きつけた隣人が彼女を見つけ、一一九番通報しました」

ちょうどその頃、茉優は自宅にいた。救急車のサイレンも耳にしていた。サイレンの音で居眠りから目が覚めたのだ。

「同時刻、スアンさんの住むアパートから五百メートルほど離れた路上で交通事故が発生しました。運転手の証言によると、いきなり男性が道に飛び出してきたとのことでした。撥ねられた男性はそのまま病院に搬送されています。その男性の名前は狩野恵太さんです。狩野さんはスアンさんの自宅から逃走していた途中、車に撥ねられたものと思われます。彼のスマホが現場から発見されたのがその証拠です」

恵太は今も病院の集中治療室に入っている。意識はまだ回復せず、治療が続けられているようだ。面会は認められていないし、病院に行くことさえも許されなかった。ただし生命の危機は脱したという。それだけが何よりの救いだった。

「仮にお見舞いが可能になったとして」榎本が質問してくる。「お母様はお見舞いには来ないんですか？」

「はい。来ないと思います」

「そうですか」

茉優たち兄妹は母とは不仲で、今ではほとんど交流がない。父は早くに亡くなったと聞いている。母はスナックに勤務していて、四六時中、香水の匂いをまき散らしているような人だった。茉優は育児放棄に近い環境で少女時代を過ごした。従って母に対して恩義のようなものは何一つ感じていない。

「では」榎本が咳払いをして話題を変えた。「お兄さんについてです。彼はスアンさんに対して好意を抱いていたようです。ご存じでしたか？」

「いいえ。知りませんでした」

「家でそういう話題が出たことは？」

「ないです。兄はあまり自分のことを話そうとしないので」

「勤務時間中にスアンさんが通りかかると、手を休めて彼女の方を見ていた。集配部の同僚からそういう話を聞いております」

数日前に弁当を届けにいったときのことを思い出した。あのときも兄は通りかかったベトナム人女性たちに目をやっていた。あの女性たちの中にスアンがいたのかもしれない。

「お兄さんはスアンさんに対して一方的に好意を抱いていた。それが私たちの見立てです」

ストーカー殺人。そういう単語がニュースを騒がせていることは知っているが、茉優は敢えて目を背けていた。

「お兄さんの女性関係について、狩野さんは把握していますか？」

「すみません。まったく知らないんです、本当に」

恵太とそういう話をしたことはない。兄に恋人がいたことはなかったのではないか。それが茉優の推測だ。ここに来る直前、会社でスアンの履歴書のコピーを見てきた。そこに貼られた写真には、純真そうな女性がはにかんで笑っていた。兄の女性の好みなど知らないが、好きになってしまっても不思議はないと茉優は思った。

「まだ内密にしておいていただきたいのですが」榎本が声のトーンを落とした。「スアンさんの自宅から除草剤の容器が発見されました。今、保健所が詳しい成分等を分析中です」

「えっ？」

**第四問：**

某製菓メーカーの

異物混入事件を解決しなさい。

それは初耳だった。つまりスアンが除草剤の混入に関与しているのか。

「お気を悪くしないで聞いてください。お兄さんが一方的にスアンさんに好意を抱いていたとします。ある段階でお兄さんはその想いを彼女に伝えたが、すげなく断られてしまった。ショックを受けたお兄さんは自暴自棄になって、工場に侵入して製造過程の商品に除草剤を混入させた」

「ちょっと待ってください。兄はそんな真似……」

榎本は冷たい口調で続けた。

「そして数日前、異物混入が明らかになった。もう逃げられない。そう悟ったお兄さんはある計画を思いつく。すべてをスアンさんのせいにすることはできないか。死人に口なし。すべてを彼女に押しつけてしまってはどうか」

「やめてください。兄はそんな……」

兄はそんなことをするような人じゃない。そう言いたかったが、最後まで言い切ることができなかった。兄の何を知っているのか？　そう自問してしまうと答えに迷いが生じるのも事実であった。家ではほとんど自分の部屋に閉じ籠もっている兄。スマートフォンの電池がなくなるまでゲームに興じる兄。悪い人間でないのはわかっている。しかし、彼の深い内面など茉優には想像もできなかった。

「お兄さんはスアンさんの自宅に侵入し、自殺に見せかけて彼女を殺害します。そして現場から逃走したところ、車に撥ねられてしまった。これが現時点での有力なストーリー、一連の出来事を合理的に説明できる話だと我々は思っております。いかがでしょうか？」

そんなことを言われても答えようがない。偽装自殺なんて難しいことを兄が思いつくだろうか。そんな疑問が頭に浮かんだが、ああ見えて兄はゲームも好きだし漫画もたくさん読んでいる。そういう知識がないとは言えない。

「それと厚労省から情報提供があったようなのですが、亡くなったスアンさんは娘さんと同居していたようなのです。そのことについて何かご存じありませんか？」

事件があった夜を思い出す。病院のベンチに座っている七、八歳の女の子がいた。もしかしてあの子が……。

「さあ……知りません」

タヌキ製菓に勤務するベトナム人従業員は原則的に独身者のみと決まっている。家族と暮らしているなど聞いたことがないし、そもそも技能実習生の制度上、家族を日本に呼ぶことは不可能ではないのか。

わからないことだらけだ。スアンの事件と、除草剤の混入問題。なぜスアンは娘と同居していたのか。それらの事件に兄はどう関与しているのか。茉優自身も混乱に陥っていた。

一つだけはっきりしていることがある。警察は兄が犯人であるという前提で捜査を進めているのだ。あの兄が殺人犯。そんな話、信じられるわけがない。

＊

「狩野恵太ですが、まだ意識が戻る気配はありません。当分の間はこのままじゃないかと担当医も話しているそうです」

ヒカリは部下の報告に耳を傾けていた。捜査本部の一角に係員たちが集まっている。今後の捜査方針を確認するためだ。

「それで係長、妹はどうだったんですか？　兄貴がストーカーだったこと、知ってたんですか？」

「知らなかったみたい」とヒカリは首を横に振った。「形としては同居していたけど、さほど干渉し合う兄妹ではなかったようね」

現場で除草剤の容器が発見されたことを受け、事態は大きく進展した。現在、世間を騒がせているタヌキ製菓の異物混入問題。亡くなったファム・ティ・スアンと入院治療中の狩野恵太。この二人が異物混入に関与している可能性が疑われたのだ。

ではどちらが異物混入の犯人なのか。もしくは共謀しておこなったのか。様々な角度から考慮した結果、狩野恵太の仕業ではないかという見方が浮上した。理由は彼の行動だ。

タヌキ製菓の関係者に聞き込みをおこなったところ、狩野がファム・ティ・スアンに対してストーカー行為を繰り返していたことが明らかになった。帰宅するスアンを尾行する様子を別の従業員が目撃していたし、仕事中もスアンが通りかかるだけで狩野は手を休めてじっと彼女を見つめていたという。スアンの自宅付近でも狩野の目撃情報があった。

「ほかに何か新情報は？」

ヒカリが辺りを見回すと、部下の一人が手を挙げた。

「会社から出勤簿を手に入れました。それによると狩野は三ヵ月前、二日連続で仕事を休んでいます。ウイルス性の風邪だと本人は話していたみたいですが、病院に行った形跡はありません。ちなみに彼が仕事に復帰した三日後、異物が混入されたみたいですね」

「なるほど。風邪ではなくて、フラれたショックで休んだのかもしれないわね」

徐々に情報が出揃ってきた。保健所の調査によると、問題の異物が混入していたのは三ヵ月前の、ある一日に製造された商品であることが明らかになっている。

「異物が混入された日、狩野は？」

「通常勤務でした」

狩野は集配部に配属されている。どうやって除草剤を混入させたのか。そこに若干の疑問が残るが、筋書きは悪くないとヒカリも手応えを感じていた。

「係長、こんな感じでどうでしょうか？　私と早川が……」

年長の刑事が提案した。係を大きく二つに分け、片方のチームは狩野の身辺調査をしてスアン殺害の証拠固めをおこない、もう片方は工場内で聞き込みをして、狩野が除草剤を混入させた張本人である証拠を探すというものだ。殺人と異物混入。両面から狩野を追い込む作戦だ。

「悪くないわね。それで行きましょう」

解散となり、係員たちが捜査に向かうのを見送った。ヒカリは近くにあったパイプ椅子に座り、スマートフォンを出した。息子の優に向かってＬＩＮＥのメッセージを送った。今日は何を食べるの？

時刻は午後四時を過ぎたあたり。今頃、優は帰宅の途中か。以前は捜査本部が設置される

第四問：
某製菓メーカーの
異物混入事件を解決しなさい。

とシッターを頼んでいたのだが、最近は一人で夕飯を注文できるようになった。コロナ禍を経て、フードデリバリー・サービスが普及したのも大きい。しばらく待っているとメッセージは既読になり、『考え中』という返信が入ってくる。

「榎本君、ちょっといいかね」

管理官に呼ばれる。管理官とは複数の係を統括する責任者であり、課長や理事官に次ぐ重要なポストだ。こうして捜査本部に顔を出し、実際に捜査を指揮することもある。

「捜査状況はどうなってる？」

これまでの経緯を説明した。管理官は腕を組んだ。

「うむ。早期解決が期待できそうだな。問題は被疑者の容態次第か」

「はい。意識が回復したら事情聴取。すぐに逮捕できれば御の字かと」

「油断するなよ。四戦連続負け試合じゃ私だって庇いきれない」

「肝に銘じます」

管理官が胸ポケットからスマートフォンを出し、その場で話し始めた。最初のうちは穏やかな笑みを浮かべていた彼だったが、会話が進むにつれて真剣な表情に変わっていく。通話を終えた管理官は息を吐いた。

「法務省から連絡があった。亡くなったベトナム人女性の身許についてだが……」

込み入った話になりそうだな、とヒカリは覚悟した。発生直後は安易な事件だと思っていた。ベトナム人女性にフラれた男による、自殺に見せかけた殺人事件。しかし時が経つにつれ、様相は変化していった。ヒカリは背筋を伸ばし、管理官の話に聞き入った。

＊

「おいおい、真波君。どういうことだよ」

厚労省の広報室長である中村が莉子の耳に口を寄せてくる。赤坂にある会員制雀荘に来ていた。あまり周囲に聞かれたくない話をしたい場合、ここの個室は好都合なのだ。しかし中村は集まっている面子《メンツ》を見て表情を硬くしている。彼は小声で囁くように言った。

「勘弁してくれ、真波君。ここは伏魔殿じゃないか」

中村の声が耳に入ったのか、馬渕が朗らかに笑って言った。

「とって食べたりしないから心配ご無用。なあ、織部先生」

作家の織部金作が真顔で応じる。

「まあな。莉子ちゃんが連れてきたってことはひとかどの人物なのだろう。さあさあ、始めようじゃないか」

四人で卓を囲んだ。馬渕と織部はスコッチの水割り、莉子はグラスのシャンパーニュ、中村は冷たいウーロン茶を注文した。莉子は早速中村に訊いた。

「中村室長、タヌキ製菓の除草剤問題、進展はありました？」

「ええと……」

中村が言い淀んだ。二人の存在を気にしているのは明らかだったので、莉子は補足した。

「このお二方は口が堅いので大丈夫です。人生の大先輩でもありますから、助言をいただく

第四問：
某製菓メーカーの
異物混入事件を解決しなさい。

こともございますし」

今日も莉子は西武蔵市内にある保健所に詰め、情報収集に追われていた。中村と情報を共有しておいた方がよかろうと思い、ここで落ち合ったのだ。

「わ、わかったよ」中村がウーロン茶を一口飲んで言った。「反響は大きいね。今日だけでタヌキ製菓には百件以上の問い合わせがあったと聞いてる。うちに直接電話をかけてくる人もいたよ。ただ、重篤な被害を訴えている消費者はいないらしい。そこだけが救いだね」

商品の回収も順調に進んでいた。回収された商品は一定数が保健所に送られ、さらに詳しい分析がおこなわれるそうだ。

「さきほどネットニュースを見たが」織部が口を挟んでくる。「ベトナム人技能実習生にフラれた男が自棄《やけ》になって除草剤を混入させたんだろ。まったく酷いことをする奴がいるもんだな」

「先生、まだそうと決まったわけではありませんわ」

「いやいや、莉子ちゃん。ネットニュースではほぼ決まりみたいな書き方をしていたけどな」

容疑者は狩野恵太。彼はファム・ティ・スアンに付きまとっており、仕事中も気にかける様子を見せていたという。スアンにフラれた腹いせに除草剤を商品に混入させ、それが露見したことに恐怖し、すべてをスアンのせいにして殺害する決意を固めたのではないか。それが警察側が思い描いている筋書きだった。捜査関係者の口からマスコミに流れ、今は公然の事実として独り歩きしていた。

「狩野は犯人ではない。真波君はそう思っているのか？」

中村が訊いてくる。借りてきた猫のように大人しかった彼も、ようやく緊張が解けてきたらしい。

「彼は集配部の所属です。そんな彼が工場内に入って除草剤を商品に混入させることが物理的に可能なのか。そんな疑問を覚えただけです」

「彼、ＡＤＨＤだっけ？　職場では少し浮いていたみたいだけどね」

ワイドショーなどのマスコミでは早速この話題をとり上げている。狩野恵太は社会に適応できていたのか。そのあたりに焦点を絞り、各局が報道していた。あるテレビ局の取材によると、狩野は近くのインターネットカフェでアダルト専門チャンネルばかりを視聴していたそうだ。また別のテレビ局の取材によると、コンビニで「温めが足りない」と店員に難癖をつけていたらしい。

「中村君、それ、ロンだ。立直、平和、三色、ドラドラ。一万二千点だ」

「参ったな」

サイドテーブルに置いたスマートフォンに着信が入っている。ちょうど半荘《ハンチャン》が終わったところだったので「失礼します」と立ち上がり、廊下に出て電話に出た。かけてきた相手は厚労省の松永だった。

「真波さん、今大丈夫ですか？」

「はい。何かありましたか？」

「法務省から連絡がありました。問い合わせをしたベトナム人の件ですが、向こうの記録にはないそうです」

タヌキ製菓で働くベトナム人技能実習生たち。彼らの素性が怪しいとホアから指摘を受けたのは昨夜のことだ。今日の朝一番で法務省には問い合わせをしていた。その回答が得られたのだ。

「問い合わせをした三十人近くが法務省側の把握する在日外国人情報にヒットしません。つまり不法滞在ってことですよね。真波さん、これってどういうことでしょうか？　うちで扱うべき問題なんですか？」

松永が困惑している様子が目に浮かぶようだ。莉子は率直に言った。

「わかりません。ですが、組織的な犯罪行為の臭いがします。不法滞在は見逃すわけにはいかないかと」

「そうですか……」

電話の向こうで松永がつぶやいた。松永たちはあくまでも異物混入問題の混乱収束のために派遣された厚労省のチームであり、不法滞在しているベトナム人についてはノータッチを貫きたいはず。厚労省ＯＧとしては彼らの立ち位置は十分に理解できた。

「あとは私がやります。松永さんはご自身の職務に専念してください」

「手伝えることがあったら何なりとおっしゃってくださいい」

「ありがとうございます」

通話を切った。個室に戻ろうとしたとき、下腹部に異変を感じた。チクリとした痛みを感じたのだ。実は似たような痛みはここ最近、何度かあった。病院に行こうと思っていたが、忙しさを言い訳にして先延ばしにしてしまっていた。

個室に戻ると三人は談笑していた。話題は厚労省の人事にまつわるものだった。莉子は会話に耳を傾けつつ、サイドテーブルのグラスに手を伸ばす。が、うまくグラスを握れなかった。手の甲にぶつかり、グラスが落ちる。ガシャンとグラスが割れる音——。

「おい、大丈夫か、真波君」

馬渕の声が遠くで聞こえる。思わず麻雀卓に突っ伏していた。莉子の記憶はそこで途絶えた。


案内されたのはカウンセリングルームという部屋だった。小綺麗なオフィスのようでもあり、クラシック音楽が静かな音量で流れている。壁にはヨーロッパ風の街並みが描かれた風景画が飾られている。莉子は城島と並んで中央の応接セットのソファに座った。

昨夜、雀荘で強烈なめまいを感じて昏倒し、すぐに港区内の大学病院に運ばれた。疲労による貧血の可能性が高い、と若い当直医は診断したが、念のために精密検査をすべき、との提案も受けた。一夜明け、莉子は馴染みの医師のもとを訪れた。日本女性プロスポーツ選手会の理事でもある産婦人科医の小泉《こいずみ》医師だ。

ドアが開き、白衣を着た小泉が部屋に入ってきた。莉子が立ち上がろうとすると、彼女は手を上げてそれを制した。しかし城島は腰を浮かせて膝に手を置いた。

「先生、ありがとうございます」

「礼には及びませんわ。真波さんは仲間ですから」

小泉は普段はここ虎ノ門にある産婦人科で働きながら、国立スポーツ科学センターに非常勤で勤務している優秀な医師だ。小泉は大きめのタブレット端末をテーブルの上に置いた。そこには画像が映っている。腹部MRIで撮影したものだ。

「真波さん、おそらく自覚症状があったのでしょう？」

小泉がそう訊いてきたので、莉子はうなずいた。

「はい。生理不順を感じていました。あと酷い月経痛も」

早めに検査を受けようと思っていたが、忙しさにかまけてついつい後回しになっていた。厚労省を去って以来、年に一度の健康診断からも遠ざかっていた。

「単刀直入に言うわね。真波さん、子宮筋腫よ」

やはり。覚悟していただけにショックはない。むしろこれまで大病したことがない方が不思議だった。厚労省時代、それこそ毎日のように残業して、美容や健康とは無縁の生活を送ってきた。

「でも良性の腫瘍だから心配しないで。悪性に変化することはないと思うから」

「それで先生」莉子はタブレット端末の画像に視線を落とした。「治療の方法はどうなるのでしょうか？」

「子宮のどの場所に筋腫があるのか。またはその大きさや数などから、治療方法は分かれます。薬物療法か手術療法のどちらかね。真波さんの場合は筋腫の大きさからして手術療法、内視鏡手術を選択できると思います」

「ちなみに摘出するのは腫瘍のみですか？」

「ええ」と小泉は微笑を浮かべた。「悪性の腫瘍だったら子宮の全摘手術に踏み切る場合があるけど、真波さんの場合は腫瘍のみ、筋腫核出術で対応できるはずよ。つまりこれからも妊娠は可能よ」

胸を撫で下ろした。最悪の場合、子宮の摘出も視野に入れていた。少なくとも私は子供を産む能力を維持できるのだ。

「どうする？　早ければ早い方がいいと思うけど」壁に貼られたカレンダーに目を向け、小泉が続けた。「私は今週だったら大丈夫よ。ほかの予定も入っているけど、あなたのためならどうにかするわ」

隣に座る城島は手帳を開いてスケジュールを確認している。城島が顔を上げた。

「莉子さん、俺もいつでも大丈夫です。早ければ早いほどいいんですよね。だったら明日でもいいんじゃないかな。ちょうど大安だし」

「先生」と莉子は小泉の方に向き直った。「今、ちょっと抱えている仕事があるんです。どうしても手放すことができません。一週間、いえ、三日間だけ猶予をいただくことは可能でしょうか？」

「な、何を言い出すんですか、莉子さん」

隣で城島が声を上げたが、それを無視して莉子は小泉を見つめた。彼女は二度三度とうなずいた。

「それほど長い付き合いではないですけど、あなたの性格は知っているつもり。一度言い出したらきかないことも。いいでしょう。お薬を出しておくので、しばらくそれで様子をみましょう」

「ありがとうございます」

「手術は一応一週間後を予定しておきます。詳細については受付のスタッフから説明させます。それでいいですね？」

「はい。よろしくお願いします」

小泉が部屋から出ていった。それを見送ってから城島が声をかけてくる。いつになく真剣な顔つきだ。

「莉子さん、ご自身の体ですよ。あまり無理しない方がいいと思います」

「わかってる。でも今の段階で放り出すことはできない」

タヌキ製菓の除草剤混入問題だ。被疑者は今も病院に入院中で、ベトナム人技能実習生が一人、命を失っている。しかも亡くなったベトナム人女性はなぜか娘と同居しており、不法滞在者でもあった。事件の全貌はいまだ闇の中だ。

「真司さん、情報収集をお願い。一刻も早くこの問題を解決したいから」

「りょ、了解しました」

城島は立ち上がり、勢いよく部屋から出ていこうとした。

「ごめん、真司さん。ちょっと待って」

莉子は手を伸ばし、彼の手首を摑んだ。城島がバランスを崩し、再びソファに腰を下ろす。莉子は彼の胸に顔を埋めた。男の汗の匂いがする。

「しばらくこのままで」

「あ、うん」

良性の腫瘍とはいえ、自分が手術を受けることに少なからずショックを受けていた。手術を受けるのは初めてだった。小泉医師を信頼しているし、恐怖はまったくないのだが、それでも心の奥底で不安を感じているのだった。

私、全然パーフェクトじゃないな。

莉子はそう痛感しながら、夫の胸の中で大きく深呼吸をして心を落ち着かせた。

＊

茉優は基本的に昼食は家から持参するのだが、今日は持ってこなかった。兄もいないし、一人分だけ作るのは億劫だったからだ。昼休み、茉優は会社の裏門から出た。少し歩いたところにあるコンビニに向かった。

恵太は今も治療が続いていた。昨日、意識をとり戻したと連絡が入ったが、呻き声を出すのが精一杯で、警察の事情聴取に応じることはできないらしい。茉優に対する事情聴取も継続しており、昨日も短い時間だったが警察署で事情聴取に応じた。内容は兄のプライベートやこれまでの生い立ちに関するものがほとんどだった。

兄がファム・ティ・スアンを殺害したのは既成事実のように扱われていた。警察の裏づけ捜査も進んでいて、恵太がスアンに付きまとっていたことは明らかになっていた。たとえばスアンの五メートル後ろを歩く恵太の姿が町内会の防犯カメラに映っていたとか、公園で遊

第四問：
某製菓メーカーの
異物混入事件を解決しなさい。

ぶスアン母娘を離れた場所からじっと見ている恵太を近所の住人が目撃していたとか、そういう声が多数上がっていた。認めたくないが、兄がスアンに付きまとっていたというのは事実のようだ。

コンビニに到着した。店内に入ると中は暖かかった。十二月に入り、ここ最近はめっきりと寒くなっている。ドリンクとカップスープ、サンドウィッチを一つ購入し、店から出た。すると店の裏から一人の男が出てきて、いきなり声をかけてくる。

「突然すみません。週刊スネークアイズの者です。狩野さんですよね？」

週刊スネークアイズはゴシップ記事を主に扱う週刊誌だ。茉優は無視して前に進んだ。記者はそれでも話しかけてくる。

「お兄さんの件について話を聞かせてくださいよ。お兄さん、若いベトナム人女性を殺したんですよね？　それについてどう思われますか？」

茉優は口を真一文字に結び、歩き続けた。記者は背後から質問を浴びせてくる。

「お兄さん、意識は回復しましたか？　あなたはお兄さんがストーカーだったことをご存じでしたか？」

間の悪いことに、横断歩道の赤信号に引っかかってしまう。記者が隣に並び、スマートフォンをこちらに向けてきた。撮影しているようだ。

「やめてください」

茉優は顔を背けたが、記者はスマートフォンを持ち替えて撮影を続行する。

「あなたのお兄さん、ベトナム人女性を殺害したんですよね。それについて何か思うところはありませんか?」

こういうときに限って信号はなかなか青に変わらない。記者が口調を変えた。

「一言くらいコメントくれてもいいだろ。それともあれか? 金が欲しいのか? そうだな、一万円で手を打たないか。一万出すからコメントくれ。私の兄は昔から狂った男だった、みたいなエピソードがあると助かるな」

酷い男だ。茉優は内心怒りを覚えたが、それを表に出してしまえば相手の思う壺だと思い、何とか堪《こら》える。

「これが初めてじゃないんだろ。どうせ過去にも似たようなことをしていたはずなんだよ。何かネタをくれよ。別にでっち上げでも構わねえ。一万円払うからさ。あんたもクソ兄貴のことを煩わしく思っていたんだろ」

我慢の限界だ。抗議の声を上げようとしたところ、不意に背後から近づいてくる人影が見えた。三十歳前後の髪の長い女性だ。さっきのコンビニで見かけたような気がする。その女性が予想外の行動に出た。手に持っていた紙コップ――多分買ったばかりのホットコーヒー――を記者に向かってぶちまけたのだ。

「熱っ。何しやがるんだよ」

「ごめんなさい。手が滑っちゃいました」

女性は平然とした口調で言った。記者は女性に対して食ってかかる。

「お前、わざとだろ。邪魔しやがって。ただで済むと思うなよ」

「そちらこそ言動には注意した方がいいわよ。さっきあなた、こちらの方にでっち上げでも構わないと言いましたよね。つまり週刊スネークアイズでは記事を捏造《ねつぞう》しているということですよね？」

「それは……」

「ちなみに私も録音させていただいておりますので」

女性はスマートフォンを出した。男がそれを見て、舌打ちをして退散していく。女性がにこりと笑いかけてくる。この人、どこかで見たことあるような……。

「行きましょうか」

「あ、はい」

女性と一緒に横断歩道を渡る。その横顔に見憶えがあるような気がしてならなかった。歩きながら女性が自己紹介をした。

「真波莉子と申します。厚労省の調査チームの一員として先日御社にも伺いました」

そういうことか。茉優は納得した。立ち入り調査の際に見かけたのだ。会議室でこの人に書類を渡したような気がする。茉優は真波という女性に訊いた。

「助けていただいてありがとうございます。もしかしてうちに用が？」

「はい。ちょっと見せていただきたい資料がございまして」

総務部の事務室に莉子を案内する。ほかの社員たちは全員が出払っていた。今、タヌキ製菓の社内では緊急特別対策チームなるものが起ち上がっていて、ほとんどの社員がそちらに動員されているのだ。会社で一番大きな会議室に集まり、そこで電話対応などに追われているのだった。ただ、茉優だけは呼ばれていなかった。もしかしたら兄の恵太が除草剤を混入させた張本人かもしれないのだ。その妹を対策チームに入れるわけにいかない。

「どうぞおかけください」

空いている椅子に座ってもらった。彼女は興味深そうな顔つきで事務室内を見回している。茉優は緑茶のペットボトルを彼女に向かって差し出した。

「これ、よかったらどうぞ」

「ありがとうございます」

莉子はペットボトルを受けとった。厚労省の人だ。きっと頭がいいんだろうな。雰囲気だけで彼女の有能さは伝わってくる。

「それでどんな資料を用意すればいいのでしょうか？」

「こちらに勤務されているベトナム人従業員の履歴書など、資料一式を見せてください」

その問題も未解決だった。亡くなったファム・ティ・スアンは不法滞在している可能性があるというのだ。しかもスアンだけではなく、ほかの者たちもだ。事件が立て続けに起きたせいか、感覚が麻痺しているようだ。雇用している技能実習生に不法滞在の可能性あり。本来であれば会社全体を揺るがすほどの大問題だ。

茉優は外国人従業員のファイルを用意し、莉子に手渡した。彼女は真剣な顔つきでファイルに視線を落とした。しばらくして莉子が質問してきた。

「すみません。こちらの技能実習生たちはどういう風にして雇用されるのですか？」

「ええとですね」と茉優は説明する。「ベトナムに人材派遣会社があって、すべてそこを通してやっています。たとえば来年度は何人お願いしたいと頼むと、それに合わせて向こうが人材を用意してくれるんです」

ほとんどオートマチックに近い。今、莉子が読んでいる履歴書などの資料もすべて人材派遣会社が準備したものだ。

「その人材派遣会社の社名は？」

「エースマネジメントです。ハノイに本社があって、社長は現地在住の日本人ですね」

茉優自身、エースマネジメントの社長と会ったことはない。彼の部下とはたまにメールや電話でやりとりする。エースマネジメントとの付き合いは古く、社員たちの間では「先代物件」と呼ばれている。つまり先代の社長からの付き合いであり、勝手に契約を切ってはならない業者のことだ。そのあたりのことを言葉を選んで説明すると、莉子はあごに手をやって言った。

「たしか先代の社長は二年前にお亡くなりになったとか」

「ええ。ガンでした」

本社を新潟から東京に移し、現在のタヌキ製菓繁栄の基礎を作った二代目社長の功績は大きく、彼の影響は社内に色濃く残っていた。そんな父の威光を振り払いたいのか、現社長の田貫克則は自分の色を出そうと必死だった。先代物件との取引を中止するなどして、古参の社員たちの反発を食らっていた。

「そういえば」思い出したことがあり、茉優は莉子に向かって言った。「エースマネジメントとの取引を中止することを社長は検討していたみたいです」

「別の人材派遣会社に鞍替えするという意味ですか？」

「そうではなくて、ベトナム人、というか外国人に頼らない会社にすべきだって、秋の役員会で発言したみたいです」

結構な騒ぎになった。ベトナム人技能実習生は技術的・コミュニケーション能力的に未熟な部分はあるものの、人件費の節約という意味では大きなメリットを会社にもたらしていた。社長は来年度からベトナム人技能実習生の雇用を強引にとり止めるのではないか。そんな噂が流れていた。

「どうして社長はベトナム人の雇用をやめたいと言い出したんでしょうか？」

莉子に訊かれた。事務室には誰もいない。茉優は小声で言った。

「新しい風の会ってご存じですか？」

「ええ、もちろん」

新しい風の会。若者を中心に支持を拡大している新興の政党だ。党首はＡＩ開発会社の若手社長で、斬新な改革論で話題を呼んでいる。都知事選や衆院選にも候補者を立てるなどして、マスコミの話題をさらっていた。

「うちの社長、新しい風の会の党首と仲がいいんです。その関係で日本人の若者に雇用の機会を与えたいと考えているみたいで……。となると不要になってくるのがベトナム人の技能実習生なんですよね」

「なるほど。よくわかりました」莉子がうなずいた。「話は変わりますが、狩野さん、あなたはお兄さんがファム・ティ・スアンさんを殺害したとお考えですか？」

第四問：
某製菓メーカーの
異物混入事件を解決しなさい。

「えっと……」

茉優は言葉に詰まった。莉子を見ると、彼女の顔つきは柔らかかった。取調室で刑事から事情聴取を受けているときと比べ、心境はだいぶ楽だ。茉優は本音を語った。

「正直わかりません。兄が人を殺すわけがない。そう信じています。でも私は兄のすべてを知っているわけじゃありませんから」

兄だって男なのだ。工場を歩いているベトナム人女性に心を奪われることだってあるだろう。そしてその恋愛感情が殺意に変じてしまうことも。

「でも……」茉優は感情を表に出して言った。「兄がうちの商品に除草剤を入れることはないと思います。兄はうちの商品を愛していました。特にじゃが山君は大好きで、タヌキ製菓で働くことに誇りを持っていました」

普段から恵太はじゃが山君をよく食べていた。二人でドラッグストアに買い物に行った際、恵太は必ず棚に並んでいるじゃが山君を綺麗に並べていた。そんな彼が除草剤を混入させることなど有り得ない。茉優はそう思うのだった。

「なるほど。狩野さんのお気持ちはわかりました。ところであの雑誌は何ですか？」

窓際に置かれたキャビネットに同じ週刊誌が並べられている。何冊も購入してストックされているのだ。茉優はそのうちの一冊を手にとり、あるページを開いて莉子の前に置いた。

「三ヵ月前に発売された雑誌です。うちの社長と例の政治家、新しい風の会の党首が対談しているんです。社長がこの記事を大変気に入ったみたいで、来客があると必ず自慢するんですよ」

「へえ、そうなんですか」莉子がパラパラと雑誌を捲って言った。「これ、頂いてもよろしいですか？」

「どうぞどうぞ」

「あともう一つ。あの写真は何ですか？」

莉子の視線が壁に飾られた写真に向けられていた。グラウンドの中で十五人ほどの社員が並んでいる。全員がジャージなどの軽装だった。

「あれ、体育祭のときの写真です。十年くらい前のものです」

写真の端の方に入社したばかりの茉優も写っている。今より野暮ったくて恥ずかしい。綱引き競技で優勝したときの写真だ。存命していた先代や、ゲストとして招かれた政治家などの姿もあった。

「体育祭は毎年やるんですか？」

「コロナのときに中止になって以来、やってません。全工場の工員が集まる大規模な体育祭で、市民グラウンドを貸し切りにしてやっていたんです。出店も出たりして、お祭りみたいに賑やかでした」

「へえ、そうですか」

どういうわけかわからないが、莉子はその写真にかなり興味を惹かれたらしい。食い入るように写真を眺めている。そして莉子は思わぬ質問をぶつけてきた。

「狩野さん、選挙って行かれたことありますよね？」

第四問：
某製菓メーカーの
異物混入事件を解決しなさい。

＊

午後四時。時間通りに男はやってきた。西武蔵市の郊外にあるショッピングモール内のフードコートだ。城島が手を上げると男はこちらに向かって歩いてくる。

「先輩、お久し振りです」

「ああ。呼び出して悪かったな」

男の名前は前田《まえだ》といい、城島が警視庁にいた頃の後輩だ。警視庁を辞めたあとも年賀状のやりとりが続いている数少ない元同僚の一人だった。前田は紙コップのコーヒーをテーブルの上に置き、城島の前に座った。

「例のベトナム人女性の偽装自殺事件、お前の係が担当しているのか？」

「いや、直接の担当は別の係だったんですけどね。厄介な話になってきたんで昨日からヘルプで呼ばれたんですよ」

情報を収集してくれ。莉子からの頼みを受け、城島は朝から精力的に動いた。午前中はタヌキ製菓の千葉工場に出向き、そこで非常に興味深い写真を入手した。そして都内に舞い戻り、古巣の伝手を頼ることにした。前田に連絡を入れて「西武蔵市の殺人事件の件で話をしたいから誰か紹介してくれ」と伝えたところ、前田本人がやってきたのだ。

「厄介な話っていうと、やはり不法滞在の件か？」

「ええ」と前田はうなずいた。「殺されたファム・ティ・スアンだけでなく、それ以外の従業員も不法滞在の可能性があるみたいです。参っちゃいますよね」

　工場に潜入しているホアの情報をもとに、スアンたちが不法滞在者ではないかと言い出したのは莉子だった。彼女の推理は見事に当たり、まずはスアン母娘が不法滞在をしていることが明らかになった。その後は芋づる式で別の技能実習生たちの不法滞在も白日の下に晒されたのだ。

「すでに寮から逃亡してしまったベトナム人もいるみたいっす。今日も入管の連中が捜査本部をウロチョロしてましたよ」

　出入国在留管理庁。法務省の外局だ。その前身である入国管理局時代の名残で、今も「入管」と呼称されることが多い。

「ところで殺しの方だが」城島は話題を変えた。平日夕方のフードコートは学校帰りの中高生で賑わっている。「犯人は狩野恵太で決まりなのか？」

「ほぼ決まりでしょう。現場から逃走した姿が目撃されていますからね。意識が戻ったら即逮捕って流れじゃないですか」

「狩野がスアンのストーカーだったことはウラがとれてるのか？」

「バッチリですよ。防犯カメラに映りまくりです。完全なストーカーですね、あれは」

　コンビニや商店街の防犯カメラにもスアンをつけ回す狩野恵太の姿が映っていたという。狩野の妹の証言によると、狩野は帰りが遅い日が多かった。妹はインターネットカフェにいたと思っていたらしいが、実際にはスアンをつけ回していたのだ。

「ということは工場内で除草剤を混入させたのも狩野の仕業か？」

第四問：
某製菓メーカーの
異物混入事件を解決しなさい。

「そうじゃないですか。でもそっちの事件は保健所の担当ですからね。俺らはあくまでもスアン殺しの犯人を挙げるだけです」

スアンにフラれるなどしてショックを受け、狩野恵太は工場内の商品に除草剤を混入させた。そしてその問題が表面化したことに驚き、すべての責任をスアンに押しつけようと思い、彼女を自殺に見せかけて殺害した。それが現時点での筋書きだった。

「不自然な点はないのか？」

「ありませんね。状況証拠も狩野が犯人であることを物語っていますから」

「ほかに被疑者は？」

「特には」と言ったあと、前田は思い出したような顔をした。「昨日の捜査会議で報告されたんですけど、二週間くらい前にスアンの姿が目撃というか、撮影されていました」

詳しく説明してもらう。近所の住人宅の防犯カメラの映像だった。その住人は空き巣対策として二十四時間防犯カメラを回しており、その中に問題の映像が残っていたという。一台の車が路肩に停まり、運転席に男性が、助手席には女性が座っていた。二人を乗せた車は三十分ほどそこに停まったのち、女性だけが降りてその後、車は走り去った。その女性がファム・ティ・スアンだった。

「関係者に事情を訊いて回っているんですけど、同乗していた男の正体は、今も明らかになっていません。年齢は四十代から五十代くらい。顔つきから日本人男性だと思われます」

「そいつの写真、あるか？」

「ちょいとお待ちを」

前田はスマートフォンを出し、それを操作してからテーブルの上に置いた。粒子の粗い画像が映っている。運転席に座っている男の拡大写真。城島は首を傾げる。ん？　この男、どこかで見たような気がするのだが……。

記憶を辿るが、思い出せない。紙コップを摑み、コーヒーを一口飲んだ。物忘れが激しいのは老化現象の一種だろうかと自分を呪う。

「誰なんですかね、こいつ。ベトナム人相手にパパ活でもしてるんじゃ……」

パッと閃いた。城島は後ろを振り向いた。少し離れた位置に莉子が座っている。彼女はイヤホンを装着していた。実は城島のスマートフォンは録音機能をオンにしてあり、リアルタイムで莉子もこちらの話を聞いているのだ。

城島が目配せを送ると、莉子がこちらにやってきた。慌てたのは前田だった。突然現れた闖入者《ちんにゅうしゃ》に面食らっているのだ。

「おい、いきなり何だよ」

前田を無視して、城島は写真を莉子に見せた。莉子もすぐに男の正体に気づいたようで、途端に真剣な顔になった。

「この男って……」

「そうです。あいつですよ」

昨年のことだ。城島たちは元厚労省のキャリア官僚による、インサイダー取引疑惑の捜査に関与した。そのときに裏で暗躍していたのは小橋《こばし》という名前の元国会議員の秘書だった。しかし小橋は海外に逃亡した形跡があり、今もその居所は不明のままだ。前田が提示した写真に写っている男は、その小橋によく似ているのだ。

「先輩、こちらの方は……」

前田が困惑気味に莉子を見ていたので、城島は身を乗り出して早口で莉子の素性について説明した。それを聞いた前田は絶句した。

「えっ？　この方が、総理の……」

莉子と視線が合う。小橋とスアンが一緒にいたのは決して偶然ではない。点と点が結びついていくような感覚があった。徐々に事件の輪郭が浮かび上がってくるのを感じた。

「前田、頼む」と城島は頭を下げた。「悪いが、この事件の捜査責任者と話したい。顔を繋いでくれると助かるんだが」

「お、お任せください。だって総理の娘さんですもんね。俺みたいな一介の刑事が断ることなんてできませんよ」

前田がスマートフォン片手に席を立ち、少し離れた場所で電話をかけ始めた。肩に手を置かれるのを感じた。莉子だった。城島はその手を上から包むように重ねた。

昨年、城島は負傷した。運転中に追突され、さらに男に拳銃で撃たれたのだ。現行犯逮捕された男は薬物中毒者で、取り調べにおいても支離滅裂なことを言うだけだったが、彼を操っていたのが小橋だと思われた。インサイダー取引疑惑を明るみに出された腹いせに、莉子を襲ったものと推測された。そういう意味では因縁の相手と言える。

「顔、怖いわよ」

莉子が笑って言った。いつしか表情筋に力が入っていたらしい。城島は顔の力を抜いた。

フードコートには中高生たちの話し声が響き渡っており、平和な雰囲気に満ち溢れている。

*

そこは小型の託児所のような造りだった。床には柔らかいマットが敷かれ、子供用の玩具などが置かれている。莉子が中に入ると、その子が顔を上げた。スアンの娘、リンだ。

「リンちゃん、こんばんは」

「こんばんは」

リンが小さな声で言う。莉子はリンの近くに座り、彼女の様子を見守った。今、リンはテーブルの上に置いた画用紙に絵を描いている。

ここは西武蔵市内にある児童相談所だ。母親に先立たれた彼女は、事件が発生した直後は別のベトナム人女性のもとに預けられていたが、一昨日からここに移されていた。

タヌキ製菓で働く技能実習生は皆、不法入国者であることが発覚した。とはいえ、全員を即収容するわけにもいかず、出入国在留管理庁は対応に苦慮していた。リンだけは年齢を考慮し、こうして児童相談所に保護されることになった。一昨日も、そして昨日も莉子はここを訪れている。リンのことが心配だったのだ。

リンは色鉛筆をせっせと動かしている。人を描いているらしい。自分自身か。それとも亡くなったお母さんだろうか。

リンに情が移っているのを莉子は自覚していた。異国の地に一人残されてしまったこの子の境遇に同情を感じているというのもあるし、単純にこの子が可愛いというのもある。そして何よりも、今の自分の体調が何らかの影響を与えているのではないかと莉子は分析していた。子宮筋腫を患い、近日中に手術を受けなければならない。簡単な手術であり、今後も妊娠は可能だと小泉医師も太鼓判を押していたが、珍しくナーバスになっているのは否めなかった。

そんなときだ。一人の女の子が目の前に現れた。彼女は最愛の母親に先立たれてしまっていた。幼いために声を上げることさえできなかった。ただただ奔流に飲み込まれていく彼女を放っておくことなどできなかった。だからこうして莉子は毎晩、ここを訪れている。

「そうだ、リンちゃん。お菓子持ってきたよ」

莉子は手にしていた袋をテーブルの上に置いた。コンビニで買ってきた数種類の菓子が入っている。

「一緒に食べない？」

「要らない」とリンは首を横に振った。「ご飯食べたし、もう」

「そうなんだ。じゃあ明日食べて」

リンのパスポートはまだ見つかっておらず――そもそも所持していたかもわからない――フルネームも生年月日も不明のままだ。ただ、その体つきからして七、八歳だろうと思われた。小学校に通うべき年齢だが、日中、母親が働きに出ている間は自宅で過ごしていたと推測された。かなり日本語が堪能であることから、来日して二、三年は経っているのではないかと児童相談所の職員も話していた。簡単な漢字も書けるというから驚きだった。

「あ、それはリンちゃんだね」

絵が進んでいて、母親と手を繋ぐ女の子が描かれていた。ただ、その配置が気になった。左側に母親らしき女性がいて、今、リンは中央に自分の姿を描いているようだった。右側にはぽっかりとスペースが空いている。そこには誰が描かれるのか。

莉子はリンの手元を見守った。やがて右側には男性らしき姿が描かれた。もしかしてベトナム国内にいるリンの父親か。それとも別の……。

気づいたことがあり、莉子は立ち上がって通路の方に向かった。城島と一緒に三十代の女性が立っている。彼女は児童相談所の職員であり、カウンセラーでもあった。莉子は彼女に訊いた。

「リンちゃんですが、ほかにも絵を描いていましたか？」

「ええ。とてもお絵描きが好きみたいで、昼間もずっと描いていましたよ」

「それらを見せていただくことは可能でしょうか？」

「もちろんです」

女性カウンセラーは棚の方に歩いていき、画用紙の束を出した。それを受けとり、莉子は画用紙に描かれた絵をチェックする。花や動物が多いが、やはり三人で並んでいる絵が何枚かあった。いずれの絵も左が女性、真ん中が女の子、右側が男性という構図だった。

右側の男性に注目する。どの絵においても男性は水色の服を着て、頭にも同じ色の帽子を被っている。こういう色合いの作業着を莉子は最近頻繁に目にしている。そう、タヌキ製菓の制服が薄い青色だったのだ。

第四問：
某製菓メーカーの
異物混入事件を解決しなさい。

莉子はリンのもとに向かい、手にしていた画用紙をテーブルの上に置いた。そして水色の服を着た男性を指さした。

「ねえ、リンちゃん。この人、誰かな？」

「お兄ちゃん」

絵をチラリと見て、リンは短く答えた。ちょうど彼女は水色の色鉛筆を持ち、男性の服を塗っているところだった。

「お兄ちゃんって誰？　ママの友達？　同じアパートに住んでる人？」

リン母娘が住んでいたアパートはタヌキ製菓で働く技能実習生たちの寮として使用されていた。同じアパート内にスアンの恋人がいたのではないか。そう思ったのだ。しかしリンは首を横に振った。

「一緒に住んでないよ」

「リンちゃん、このお兄ちゃんの名前、知ってる？」

リンはうなずいた。莉子が待っているとリンが消え入るような声で言った。

「……ケイタ君だよ」

ケイタ君。あの狩野恵太か。

莉子はしばらくの間、画用紙の上を動くリンの手先を見つめていた。事件を解く最後のピースが見つかったかもしれない。莉子は振り返り、城島に向かって合図を送る。莉子の真意を察したらしく、城島は通路を走っていく。

「じゃあね、リンちゃん。また来るから」

莉子はリンの頭を撫でてから立ち上がる。女性カウンセラーに挨拶してから、通路を歩いて建物の外に出た。ちょうど城島の運転するプリウスが前に停まったところだった。助手席に乗ってシートベルトを締めると、プリウスは静かに走り出した。

＊

午後十一時三十分。ヒカリは都内にある警視庁の官舎に辿り着いた。鍵を開けて中に入り、小声で「ただいま」と言って靴を脱ぐ。当然、部屋は静まり返っている。

まずは寝室を覗く。息子の優がベッドの上で寝息を立てている。ベッドの端に座り、優の寝顔を見た。これはヒカリのルーティンであり、何よりの癒しだった。どんなマッサージを受けるよりも息子の寝顔を見ている方が疲れがとれるような気がする。

五分ほど寝室にいてからリビングに戻った。冷蔵庫から缶ビールを出し、一口飲んだ。捜査本部が設置された場合、本庁から派遣された捜査員は原則的に現地に宿泊することになっているが、ヒカリは多少無理してでも帰宅することにしている。

捜査は難航していた。被疑者である狩野恵太の証言がとれないためだ。ここ数日はたまに意識をとり戻すことはあるものの、事情聴取に応じられるほどの容態ではなかった。今日、医者に無理を言って筆談などで事情聴取を試みたが、徒労に終わっていた。あの分だと彼から事情を訊けるのはだいぶ先になるだろう。

事件発生当時は早期解決が期待できる案件だったはずが、ここに来て複雑な様相を呈していた。除草剤混入問題だけではなく、タヌキ製菓で働くベトナム人技能実習生の不法滞在疑惑が持ち上がったのだ。ほぼ全員が不法滞在者であることが明らかになり、出入国在留管理庁が動き出していた。警察、保健所、そして入管。関与している組織も増え、相互連携も困難なものになっていた。こんなはずじゃなかったのに。それがヒカリの本音であった。

テーブルの上のランドセルを引き寄せ、中身を確認する。明日の時間割の教科書などがきちんと入っているか、宿題はやったか、それらを隈なくチェックする。朝は時間がないので、こうして夜のうちに確認しておくのだ。

一本目の缶ビールを飲み干した。明日も早い。シャワーを浴びて寝よう。そう思って立ち上がったとき、スマートフォンに着信が入った。こんな遅くに誰？　管理官あたりか。画面には未登録の携帯番号が表示されている。

「もしもし？」

寝室の方を気にしながら声のトーンを落として電話に出た。男の声が聞こえてくる。

「一課の前田です。榎本係長ですよね。少しよろしいでしょうか？」

別の係の捜査員だ。捜査の膠着を受け、彼らも昨日からヘルプとして捜査本部に動員されていた。ヒカリと個人的な付き合いはない。

「ご用件は？」

「内密なお話があります。下まで来ていただけると有り難いのですが」

官舎の下に来ているのか。断る理由を思いつかず、ヒカリは通話を切ってから部屋を出た。エレベーターを降り、オートロックのドアから出たところに男が立っていた。前田だ。年は四十くらいで、捜査一課の刑事にしてはやや軽薄な印象だ。

「すみません、急に押しかけてしまって」

前田が詫びる。何か重大な情報を摑んだとしか思えない。しかし、それなら向こうの係長を通じて情報提供があるか、もしくは明日の捜査会議の席上で報告するはず。妙な状況であるのは変わりないが、今は時間が惜しかった。

「それで、内密な話とは？」

「俺からではありません。外部からの情報提供というか……こういう場合は顔を合わせた方が早いと思います。こちらです」

前田が歩き出す。訝しく思いながらも彼の背中を追った。官舎に面した通りに一台の車が停まっている。運転席から一人の男が降り立つのが見えた。前田が言う。

「ジャパン警備保障の城島さんです。元警視庁のＳＰで、以前は俺も可愛がってもらっていました」

名前だけは聞いたことがある。十年ほど前に発生した自明党幹事長狙撃事件の責任をとり、警視庁を去ったＳＰがいた。その警察官の名前が城島だった。

「俺はここまでですね」

前田が足を止めた。一瞬躊躇したが、ヒカリは車の方に進んだ。城島がこちらに向かって一礼したあと、後部座席のドアを開けた。乗れということか。

意を決して後部座席に乗る。奥の座席に先客がいた。スーツを着た女性だ。多分年齢は三十前後で、目鼻立ちのすっきりとした美人だった。仕事柄、多くの人と接してきたので何となく伝わってくる雰囲気というものがある。ヒカリは内心思った。きっとこの女性、仕事ができるんだろうな。

「真波莉子と申します。厚労省から依頼を受け、タヌキ製菓の異物混入問題の原因究明に取り組んでいます」

厚労省の人か。いや、依頼を受けたというからには外部の有識者あたりだろうか。ただ、彼女が身にまとっている硬質な雰囲気は民間人のそれというより、公務員的な匂いもあった。

「こちらの写真をご覧ください」

真波という女性が一枚の写真を出した。そこには男の顔が写っている。かなり昔に撮った写真を引き伸ばしたものらしい。この男って……。

「男の名前は小橋和寿《かずとし》。かつて国会議員の秘書を務めていた男です。ある刑事事件への関与が認められ、海外逃亡中の身でした」

昨日の捜査会議で報告があった。現場近くの防犯カメラを解析したところ、スアンが見知らぬ男と車に乗っている姿が映っていたというのだ。その男に面影が似ている。

「どうしてこの男の写真を……この男が事件に関与しているんですか？」

ヒカリの問いに真波莉子は答えなかった。今度は筒状に丸められたものを出す。輪ゴムを外すと、それは一枚の画用紙だった。

「ある女の子が描いた絵です」

親子だろうか。真ん中に小さな女の子が立っていた。その両脇に父親と母親が立っていた。

「榎本さん、お子さんがいらっしゃるそうですね」

不意に真波莉子が話題を変えた。ヒカリは戸惑いがちにうなずいた。

「ええ」

「お忙しい中、こうして帰宅してお子さんの寝顔を見る。榎本さんは優しい方なのでしょうね。お子さんは可愛いですか？」

「それは、まあ」

「そうですか」

一瞬、莉子は窓の外に目をやった。その横顔はどこか愁いを帯びていた。しかしすぐに彼女は真顔に戻って言った。

「榎本さん、少し長い話になりますが、お時間は大丈夫でしょうか？」

莉子の目は真剣だった。中途半端な気持ちでは対峙できないと思った。ヒカリは座り直して言った。

「大丈夫です。どういったお話でしょうか？」

ヒカリは莉子の顔を見る。いつの間にか城島が運転席に座っていた。真波莉子という謎の女性。その女性の口から、やがて言葉が発せられた。

午前九時。西武蔵署の会議室で捜査会議が始まった。まずは各捜査員からの報告がなされたが、特筆すべき点はなかった。ヒカリはいつもと同じく最前列の一番端に座っていた。

「では今日の捜査の割り振りを発表する。昨日と大きな変更はなし。強いて言えば……」

司会の男と視線が合う。彼は捜査一課の古参であり、ヒカリの部下だ。ヒカリが真っ直ぐ

第四問：
某製菓メーカーの
異物混入事件を解決しなさい。

手を挙げたのを見て、男がこちらを指でさした。

「榎本係長、何かございますか？」

ヒカリは立ち上がった。後ろを振り返って捜査員たちに向かって声を張り上げる。

「榎本です。実は昨夜、厚労省の関係者から非常に興味深い話を聞きました。事件の核心に迫る重要な話でした。是非皆さんにも聞いていただきたいと思い、特別にその方をお招きしております」

捜査員たちがざわめいた。ヒカリは構わずに言った。

「それでは真波さん、どうぞ」

会議室の後方のドアが開き、真波莉子が中に入ってくる。グレーのパンツスーツを着ており、髪は後ろで束ねられている。その清潔な印象は男臭い捜査本部の中では一層際立つ。ヒカリは司会の男からマイクを借り、それを莉子に渡した。莉子は小さくうなずいてから、捜査員の方に向き直った。

「初めまして、厚労省の真波と申します」

彼女は厳密に言えば厚労省の人間ではない。元厚労省の官僚ではあるが、現在は民間人だ。だがヒカリは彼女の正体を知っている。昨夜彼女と別れたあと、気になったのでネットで検索をかけたのだ。真波莉子というワードを検索すると、その正体はあっさりと割れた。なんと彼女は現内閣総理大臣、栗林智樹の隠し子だったのだ。

「私はタヌキ製菓の異物混入問題の原因究明チームの一員です。あれこれと調査を重ねた結果、新事実に突き当たりました。それをこれから皆さんにご報告させていただきます。これは厚労省だけではなく、警察も共有すべき情報だと思いましたので」

会議室にいる捜査員は二十人ほど。まさか目の前で話す女性が総理大臣の娘だとは誰もが思っていないはずだ。

「この一連の事件には、三つの局面がございます。フェイズ1、不法滞在者問題。フェイズ2、異物混入問題。そしてフェイズ3が偽装自殺です。法務省、厚労省、警察。所管が違う三つの事件が複雑に絡み合っているわけです。お役所的に申しますと、縦割り行政みたいなものでしょうか」

基本的にヒカリたち捜査員はベトナム人女性殺害事件の解決のために動いており、ほかの二つの問題に関してはノータッチだ。縦割り行政というワードはなかなか的を射ている。

「まずはフェイズ1の不法滞在者問題から見ていきましょう。ところで皆さん、技能実習生制度についてはご存じですか？」

多くの捜査員が首を傾げている。まるでうら若き女性教師を前にした悪ガキたちのようだった。莉子はホワイトボードの前に立ち、ペンを握った。

「技能実習生制度というのは、外国人実習生が技術や技能、知識を学びながら日本国内で働き、それを最終的には母国に戻って還元するという、国際協力を推進する制度です。ただし、現状では日本国内だけでは足りない人材を、技能実習生で補っている企業が大半です」

国際協力や人材育成という趣旨からかけ離れ、技能実習生が単なる労働力として扱われるケースが増えているのはヒカリも知っていた。低賃金、長時間労働、各種ハラスメントに嫌気がさして逃亡、犯罪に走る外国人も多いと耳にする。ヒカリ自身も何度かそうした外国人犯罪者を検挙したことがある。政府は近々制度自体の見直しも示唆している。

「技能実習には一号から三号までありまして……」

莉子がホワイトボードにペンを走らせた。そこにはこう書かれていた。

技能実習一号　在留期間一年以内（実習一年目）
技能実習二号　在留期間二年以内（実習二、三年目）
技能実習三号　在留期間二年以内（実習四、五年目）

「実習生たちは試験などに合格しながら、最長で五年間、日本で働くことができます。ただし、二号から三号への移行の際には一ヵ月以上の一時帰国が条件として求められるので、そこは高いハードルとなっているようですね」

つまり外国人技能実習生は最長でも五年、二号であれば三年で母国に帰らなければいけないのだ。そして日本での経験を活かし、母国で職に就く。それが本来の趣旨であるはずだ。

「亡くなったファム・ティ・スアンは技能実習二号で、来日二年目のベトナム人でした。しかも彼女はリンという娘さんと同居していました。そこに私は疑問を覚えたのです。そもそも子連れの技能実習生というのが問題なのですが、それ以上にリンちゃんの日本語を操る能力には目を見張るものがありました。もしかしてこの子は来日して二年以上の月日が経っているのではないか。そう思ったんです。そこで法務省に問い合わせたところ、スアンさんが不法滞在者であることが判明しました」

結果的にはスアンだけではなく、ほかの実習生も皆、不法滞在者であることが明らかになった。単純にタヌキ製菓の外国人受け入れ担当者が杜撰《ずさん》だったのではないか。捜査本部内ではそんな意見が大半を占めていた。

「これは組織的な犯罪の可能性が高い。私はそう考えて、あれこれと手を尽くしました。そしてこの写真を手に入れました」

莉子が手にしていたタブレット端末を操作した。すでに設定済みなので、ある写真が前方のモニターに表示された。捜査員たちが食い入るように写真を見ている。どこかの工場で撮られた一枚の写真。休憩中の工員たちがバドミントンに興じていた。

「ここに写っている女性です」

写真が拡大される。バドミントンをやっている工員たちの向こう側に、一人の女性が歩いているのが見えた。女性の横顔には見憶えがある。亡くなったファム・ティ・スアンだ。

「この写真が撮影されたのは三年前、場所はタヌキ製菓の千葉工場です。これが何を表しているか、おわかりでしょうか？」

そこでいったん、莉子は間を置いた。彼女はこうした演説に慣れているに違いない。所作や言葉の端々からそれが見てとれる。

「つまりタヌキ製菓では実習期間を終えた技能実習生を別の工場に移動させ、あたかも来日したばかりを装って一号として雇用していたんです。無限ループですね」

簡単にできることではない。パスポートの偽造も必要になってくるだろう。昨夜莉子が話したところによると、技能実習生は住民登録が必須であり、市役所などの窓口で手続きをおこなう必要があるそうだ。そこでパスポート等の必要書類を呈示するわけだが、それをチェックする職員は偽造パスポートを見抜けるほどの高度な知識は持ち合わせていないのでは、というのが莉子の推測だった。現在はプリンターの技術も向上し、偽造文書の質も向上しているのはヒカリも知っていた。有り得ない話ではない。

「ここまではよろしいですか？」

莉子がそう言って捜査員たちを見回す。誰もが莉子の話に聞き入っているようだ。そのとき後方のドアが開いた。一人の女性が顔を覗かせる。それを見てヒカリは小走りでドアに向かった。

＊

会議室に入ってきたのはタヌキ製菓の事務員、狩野茉優だった。莉子は彼女の方を見た。不安そうな顔つきをしている。無理もない。ここは警察署の捜査本部であり、民間人が出入りするような場所ではない。莉子にしても捜査本部の席上で話すのは初めての体験だ。

茉優のもとにヒカリが近づき、二人は後方の席に座った。それを見て莉子は再び発言する。

「続けます。現在、日本が受け入れている技能実習生のおよそ半分はベトナム人であり、その数は十七万人を超えています。ベトナム国内には日本に技能実習生を派遣する会社、送り出し会社というものがあり、ベトナムの若者たちはそこである程度の日本語や礼節などを習得したのち、日本に送り出されます。タヌキ製菓でも長年、ベトナム国内にある送り出し会社と取引を続けていたようです。その会社の名前がエースマネジメントです」

ハノイに本社がある現地法人だ。ネットで調べてみても詳細はわからなかった。ただし社長の名前だけは表記されていた。社長の名前はコシバ・シュンイチだった。

「こちらの画像をご覧ください」

莉子はタブレット端末を操作し、モニターに画像を出した。ヒカリから借りたもので、現場近くでスアンと謎の男が車の前列の座席に並んで座っている。

「運転席に座る男性をご覧ください。捜査会議でもとり上げられたようですが、この男の名前は小橋和寿。元政治家秘書で、昨年発覚した某医療ベンチャーのインサイダー取引への関与も疑われる男です。警視庁でも男の行方を追っているはずです。小橋が日本国内で使用していた偽名はコシバ・シュンイチ。そう、この男こそがエースマネジメントの社長です」

捜査員たちの反応は薄い。不法滞在していた外国人実習生と、その送り出し会社の社長。殺人に繫がる要素はないので、当然の反応だ。しかし説明には順序がある。莉子は構わず続けた。

「タヌキ製菓とエースマネジメントとの付き合いは古いです。十五年ほど前、リーマンショック後にタヌキ製菓では技能実習生の受け入れを開始していて、そのときからエースマネジメントとの付き合いが始まったと思われます。おそらく当時から、偽造パスポートによる実習生の連続雇用が横行していたものと思われます。本来ならば五年で手放すべき労働力を継続して使うことができ、しかも安価だった。タヌキ製菓側のメリットは大きいものだったのでしょう。ではいったい労働力を提供する側のエースマネジメントにはどんなメリットがあったのか。私はそこに疑問を抱きました」

突破のきっかけとなったのはタヌキ製菓で見かけた写真だ。コロナ禍前は盛大に体育祭を開くのがタヌキ製菓の恒例行事だったらしい。その写真には来賓として招かれた政治家も写っていた。その一人が牛窪恒夫。自明党の第二派閥、牛窪派のトップであり、莉子と何かと因縁のある政治家だ。今はバッジを外しているが、いまだにその影響力は大きい。

「タヌキ製菓は企業として自明党、しかも牛窪派の議員に肩入れしていたようです。実際、某社員の話によると、選挙期間中にはビラ配りのバイトに駆り出されることもあったそうです」

もちろん、選挙における投票先の選択は個人の自由であり、何人《なんぴと》たりともその意思を強制することはできない。しかし、選挙期間中に企業が社員に対して特定の政党または候補者への支援を呼びかけることは珍しいことではない。組織票なるものはこうして生まれる。

タヌキ製菓は一都三県に計五つの工場があり、総従業員数は千人弱だ。さほど大きな組織票ではないが、働いている社員の家族や親戚、取引している物流事業者や原材料の卸会社等も含めれば、その数はもっと見込めるものと思われた。

「エースマネジメントの小橋は自明党議員の秘書をやっていたことがあります。タヌキ製菓のからくりを見れば明らかな通り、ダークな手法を利用して組織票を集めることが彼に課せられた極秘の指令だったものと思われます」

その指令を送っていたのが牛窪だった。今でも小橋は彼の手先となって暗躍しているのだ。組織票を集めること自体に罪はないが、小橋の手法は度を越している。決して放っておいていい人物ではない。

「長年良好な関係にあった小橋とタヌキ製菓ですが、転機が訪れます。二年前、先代の社長が死去したことに伴い、息子さんの克則氏が経営を引き継いだことです。彼は来年度から技能実習生の雇用を停止するのではないかと社員たちの間では囁かれているようです」

日本人の若者に多くの雇用の機会を与えたい。新社長の田貫克則にしてみれば、社風を一新するための施策に違いない。が、面白くないのがエースマネジメントの小橋だ。彼は彼なりに何とかタヌキ製菓との付き合いを維持しようと努めた。が、新社長の本心は変わらなかった。

「小橋の胸中は想像できます。先代と育ててきた票田を失うことになったわけですから。そしてさらに追い打ちとなったのが今年の秋に発売された経済誌の対談記事です」

莉子はタブレット端末を操り、その記事をモニターに表示させる。タヌキ製菓本社に飾ってあった経済誌の記事だ。社長の田貫克則と若手政治家が対談していた。

「問題は田貫社長が対談している相手です。野党である『新しい風の会』の代表なんです。二人は個人的にも付き合いがあるようで、かなり懇意にしているみたいですね」

若者を中心に支持を集める新興政党。その代表と懇意に話す田貫社長。この記事は小橋の目にはどう映ったのか。想像に難くない。

「長年育ててきた組織票を丸々失うだけではなく、野党に根こそぎ奪われる心配さえあった。裏切られた。小橋がそう思っても不思議はありません。小橋の中で憎悪が生まれた瞬間でしょう。そこで彼は仕返しを思いついた。工場のラインに除草剤を混入させるという、卑劣極まる方法でタヌキ製菓への仕返しを計画しました。と言っても彼自身が手を汚すわけにはいかない。そこで選ばれたのがベトナム人技能実習生、ファム・ティ・スアンさんです」

正面のホワイトボードには事件関係者の顔写真が貼られ、プロフィールや相関関係を示す矢印などが書かれていた。莉子は中央に貼られているスアンの写真を指さした。

「スアンさんは数年前に娘さんを日本に呼び寄せています。その便宜を図ったのが小橋だったと推測されます。そのときの貸しを返してもらう意味で、彼女は小橋に選ばれたわけです。スアンさんにとって小橋は送り出し会社の社長でもあり、頭の上がらない人物だった」

もしかするともっと深い関係にあったのではないか。莉子はそう睨んでいる。スアンは子持ちの母とはいえ、見た目は十分に若くて美しい。娘を日本に呼ぶ代わりに、男女の関係を強要されていたとしても不思議はない。そこらへんの裏事情については警察が今後捜査を進めてくれるはずだ。

「小橋に脅され、スアンさんは犯行に手を染めます。工場内に除草剤を持ち込み、それを製造ライン上を流れていた商品に混入させたのです。すべての工員は入退社時に手荷物チェックを受けるようですが、ベテランの彼女はすり抜ける方法を考案済みだったはず。もちろん、除草剤を手渡したのは小橋でしょう。以上が異物混入の顚末《てんまつ》です。ここまではよろしいでしょうか？」

莉子は捜査員たちを見回した。誰もが真剣な顔でこちらを見ている。最初のうちは怪訝そうな顔つきで腕を組んでいたおじさん刑事たちも、今ではペン片手に身を乗り出している。

「さて、フェイズ1と2の説明は以上です。ようやく皆さんご注目の殺人事件、フェイズ3

に話は移ります」

＊

不思議な光景だった。捜査会議の席上で、あの真波莉子という女性が話している。その堂々とした立ち居振る舞いにはびっくりしたが、それ以上に驚かされたのが彼女が語る話の内容だ。タヌキ製菓で長年にわたりおこなわれていたベトナム人技能実習生の不正雇用。安い人件費の技能実習生を送り出してもらう見返りとして、特定政党への投票を続けていたというのだ。言われてみれば茉優自身も選挙では必ず自明党、もしくは自明党公認の候補者に投票してきた。タヌキ製菓ではそれが当然のことであり、選挙前には社内メールで連絡が来るほどだ。必ず投票所に行って○○に投票するように、と。茉優も何度か駅前でのビラ配りにボランティアで参加させられたことがある。

「フェイズ3の登場人物は主に二人。ファム・ティ・スアンさんと狩野恵太さんです」

兄の名前が呼ばれる。莉子はホワイトボードに貼ってあった二人の写真をとり、少し離れた場所に二枚並べて貼った。

「狩野恵太さんは集配部に勤務する社員です。実は彼、ＡＤＨＤでして、仕事上でもたまにトラブルを起こしてしまうこともあったようですが、気持ちのおおらかな男性でした」

子供がそのまま大人になったような男だった。よく言えば素直、悪く言えば馬鹿正直だった。多くの社員に好かれていたとは言い難いが、集配部ではそれなりにうまくやっていたと思う。五年間も同じ職場で働いているのがその証拠だ。

「そんな狩野さんですが、恋に落ちます。お相手は同じ工場内で働くベトナム人技能実習生、ファム・ティ・スアンさんです」

捜査員の間から笑い声が洩れる。恋という単語に反応したのだ。捜査本部の席上で恋バナが語られる。滅多にあることではないのかもしれない。

「スアンさんは会社には内緒にしていましたが、一児の母ですし、狩野さんのことなど相手にしなかったはずです。しかし狩野さんは諦めなかった。仕事帰りに尾行してみたり、工場内でもずっと観察してみたりと、まあ簡単に言ってしまうとストーカー行為を繰り返したわけです」

恥ずかしい。こちらを見ている捜査員などいないが、茉優は体を丸めた。

「狩野恵太はストーカーであり、異常者である。彼が犯人に違いない。そういう警察側の論理はわかるのですが、事実は小説よりも奇なりと申しましょうか、あることを契機に彼の立場は変わります」

茉優の隣には榎本という女性刑事が座っている。取り調べを受けた際、担当していた刑事だ。彼女も真剣な顔つきで莉子の話に耳を傾けている。

「狩野さんとスアンさんの間に何があったのか。それについて詳細はわかりません。今後、狩野さんが回復したら語ってくださると思うのですが、私の想像では町でからまれていたスアンさんを狩野さんが助けたとか、スアンさんが落としてしまった財布を狩野さんが拾ったとか、その手の出来事がきっかけになったのだと思います。悪人だった彼が一夜にして善人になったのです」

莉子がタブレット端末を操作すると、モニターに画像が出た。画用紙に描かれた一枚の絵だ。真ん中に女の子、その左右に両親らしき男女の姿がある。

「これはスアンさんの娘さん、リンちゃんが描いた絵です。注目していただきたいのはこちらの男性です。これは誰？　と尋ねたところ、リンちゃんは答えました。これは恵太君である、と」

三人は手を繋いでいる。これが兄なのか。茉優は思わず口を覆っていた。

ここ最近、兄は帰りが遅かった。インターネットカフェに寄っていると思っていたが、実はスアン母娘のもとに通っていたのか。にわかには信じられない話だ。

「ちょっといいですか？」

一人の刑事が手を挙げた。莉子が「どうぞ」と手で示すと男が立ち上がった。強面《こわもて》の中年刑事だ。彼が反論した。

「今の話は無理があるんじゃないですかね。私は現場周辺の聞き込みを担当したんですが、つい最近も狩野がストーカー行為を働いていることは明らかになっていますよ。具体的には事件の三日前にも、公園で隠れてスアン母娘を見つめている狩野の姿を近所の住人が目撃しています。それとスアンの娘が怖がって逃げている様子も目撃されています。これは事件の一週間ほど前ですね」

莉子は動じなかった。微笑みを浮かべたまま言った。

「公園でかくれんぼをしていたんじゃないですか。逃げていたのは鬼ごっこですね。狩野さんはリンちゃんと遊んであげていたのですよ」

おお、というどよめきが起きる。男の刑事はおでこをかいた。一本取られた、という顔つきをして刑事は椅子に座った。

「これは儚《はかな》い恋です。スアンさんは技能実習生。実習期間が終われば別の工場に移動させられるわけですから。しかし二人が思っていた以上に早く、恋の終局が二人のもとに忍び寄ります。スアンさんの仕込んだ除草剤入りお菓子が流通して、消費者の口に入るようになった。健康被害がチラホラ報告され始め、タヌキ製菓に危機が訪れます。事件の首謀者である小橋は最後の仕上げにかかります。スアンさんを殺害して口を塞ぎ、彼女にすべての罪を被せてしまうのです」

「ちょっといいですか」さきほどの強面の刑事が再び手を挙げた。「もしスアンが亡くなったら、パスポートなどから彼女が不法滞在者であることが明らかになってしまいますよね。小橋という男はそれでもよかったんでしょうか？」

「そうですね。すべてが明らかになっても構わない。そういう覚悟の上で、小橋は今回の計画を実行に移したのだと思います」

茉優は膝の上で拳を握り締めた。緊張なのか、それとも不安なのか、手の平に汗をかいていた。

「小橋という男は自分の手を汚さない男です。きっと何者かを雇ったのでしょう。おそらく事前に約束があったのか、もしくは身の危険を感じたのか、スアンさんはリンちゃんを知人のもとに預けました。そして事件当日の夜、小橋が雇った何者かがスアンさん宅を訪れ、彼女を手にかけて自殺に見せかけました。その直後のことです。狩野さんがアパートを訪れたのです。きっと彼も今日は来ないようにと彼女に言われていたはずですが、何かの勘が働いたのかもしれません。彼は鍵の開いた部屋に入り、首を吊っているスアンさんを発見したのです」

そのときの様子が目に浮かぶようだ。おっちょこちょいな兄のことだ。きっと兄は――。

「救急車を呼ばなければばならない。彼はそう思ったのでしょうが、彼のスマホは電池切れを起こしていました。電池がなくなるまでゲームをやってしまうことが多々あったと妹さんが証言してくださいました」

現場で見つかった兄のスマートフォンは電池残量がなかった。兄は自分のスマートフォンを放り出して――。

「たとえばスアンさんのスマホを使うとか、隣室に声をかけて救急車を呼んでもらうとか、方法はほかにもあります。しかし彼はＡＤＨＤで、少しあわてんぼうな方でした。彼はこう思ったんじゃないでしょうか。病院に行ってお医者さんを連れてこよう、と。そして彼は部屋を飛び出しました。そのときの物音を隣人が耳にしています」

莉子の説明は続く。スアンの発見がもっと遅れていたら、偽装自殺は成功していた可能性もあるという。明らかに自殺とわかる案件の場合、司法解剖に回されずに検視のみで自殺と断定される場合もあるというのだ。スアンの事件の場合、不審な物音――兄が慌てて出ていった際の――により第三者の存在が明らかになり、検視官が他殺を疑う決め手となった。本人は無意識だったはずだが、兄が偽装自殺を見破る根拠を作ったのだ。

「狩野さんは病院目指して走ります。とにかく早くお医者さんを連れてこなければならない。その一心で走りました」

モニターの画面にリンが描いた絵が次々と表示される。どの絵でも女の子の右側には男性が描かれていた。これは本当に兄なのか。そんな疑問が頭を掠めたが、絵を見ているうちに気づいたことがあった。

男性の左手首に青いものが巻いてあるのだ。どの絵もそうだ。あれは私が兄にあげたG-SHOCKではないか。そして茉優は確信する。あの絵に描かれているのは恵太で間違いない。そして絵の中で兄が手にしている黄色い袋。あれは兄が大好きだったじゃが山君だ。

「脇目も振らず、一心不乱に彼は走りました。そして車道に飛び出し、走ってきた車にぶつかってしまったのです。彼が走っていた先には総合病院がありました。狩野恵太さんは現場から逃亡したのではありません。スアンさんを助けたい。その一心で走っていただけなのです」

捜査員たちは静かだった。誰もが莉子の話に耳を傾けている。茉優は頬に温かいものが伝うのを感じた。いつの間にか涙が溢れていた。それを手の甲で拭いた。

モニターが暗転した。莉子がタブレット端末を脇に挟んで言った。

「いかがでしたでしょうか。これが事件の全貌です。と言っても、あくまでも私の空想に過ぎませんので、あとの捜査は本職の皆様にお任せ……」

それは突然のことだった。まるで電池が切れてしまったブリキの玩具のように、莉子の体から力が抜けるのがわかった。あっ、と思った次の瞬間、一つの影が素早く莉子のもとに向かい、倒れる直前で彼女の体を支えた。ボディガードの城島だ。

莉子は目を閉じている。気を失ってしまったらしい。捜査員たちが騒然とする中、城島が声を張り上げた。

「ジャパン警備保障の城島です。ご心配をおかけして申し訳ございません。彼女は、真波莉子は体調に不安を抱える中、問題解決のために奔走して参りました。医師の診断も受けていますし、大事には至らないと思いますのでご心配なく。彼女の努力を無駄にせず、どうか真相を究明してください。よろしくお願いします」

城島は深く頭を下げた。それからお姫様抱っこの形で彼女を抱き上げて歩き出した。捜査員たちが一人、二人と立ち上がり、拍手を始めた。やがて拍手は周囲に伝染していき、最終的には会議室全体が温かい拍手に包まれた。

茉優も立ち上がり、手を叩いた。ありがとうございました。会議室から出ていく二人を見送ってから、体の向きを変えて捜査員たちに向かって頭を下げる。どうか皆さん、兄が無実であることを証明してください。よろしくお願いします。

肩に手が置かれるのを感じた。顔を上げるとあの女性刑事が笑みを浮かべていた。取り調べのときと打って変わって、優しく、穏やかな笑みだった。

＊

その施設は品川区内の〈希望の家〉という名前の児童養護施設だった。家庭の事情により行き場を失った三歳から十八歳までの少年少女が暮らしているようだ。城島たちが着いたとき、施設内の広場では子供たちがドッジボールをして遊んでいた。

「いないわね」

莉子が広場を見回して言った。その隣では愛梨も広場を見ている。莉子と愛梨がまったく同じ格好――左手を腰に置いて右手で日光を遮るように――をしているので、城島は少し可笑しかった。

「真波さん、お待ちしておりました」

若い女性がこちらに向かって歩いてくる。首から職員であることを示す身分証をぶら下げていた。女性に案内されて施設の建物に入る。建物の奥にある食堂の一角で一人の女の子が絵を描いている。城島たち三人が中に入ってきたのを見て、女の子が顔を上げた。その顔がパッと輝く。愛梨は小走りで彼女のもとに向かった。二人は何やら話し始めた。

「どうですか？　リンちゃんの様子は」

莉子が訊くと、女性職員が答えた。

「やっぱり一人でいるのが好きみたいです。無理強いするのもあれなので、今は好きにさせています」

「お友達は？」

「たまに話す子はいますけど、ああ見えて精神年齢が高いのかもしれません。我々大人と話すことの方が多いですね」

リンがこの児童養護施設で暮らすようになり、一ヵ月が経っている。入管の調べによると、リンが来日したのは三年前、観光ビザで親戚らしきベトナム人夫婦とともに来日し、そのまま不法滞在となっていた。本名はグエン・ティ・リンといい、今年で八歳になる。本来であれば入管が管理する収容施設に入れられるはずだが、リンの場合は八歳という年齢と、母親が殺害されたばかりという境遇に配慮し、この児童養護施設に一時保護されていた。

「どの書類に記入すれば？」

「こちらになります」

女性職員から書類を渡され、莉子は近くの椅子に座ってハンドバッグからボールペンを出した。リンを外に連れ出すための書類だった。リンと愛梨は楽しそうに何やら語っている。愛梨がここに来たのは初めてではなく、通算して三度目だ。二人は打ち解けたムードだ。

事件は解決し、今では報道されることも少なくなった。タヌキ製菓は通常通り商品を出荷しているが、やはり異物混入騒動の余波は大きく、今はイメージ回復に力を入れている様子だった。狩野恵太も一般病棟に移っており、近々退院できるという話だった。タヌキ製菓で働いていた不法滞在のベトナム人たちは全員が入管の収容施設に入っていた。彼らに寛大な処置を与えるよう、莉子は法務省に訴えかけたようだが、やはりそれは難しく、彼らは順次強制送還させられるようだ。彼らも犠牲者なのかもしれないなと城島は考えていた。彼らは一様に無力であり、経営者のエゴに翻弄されただけなのだから。

懸念されていた首謀者とみられる小橋和寿についても、先週朗報が入った。潜伏先のバンコク市内で現地警察によって逮捕され、そのまま日本へ強制送還される運びとなった。現在小橋は警視庁で取り調べを受けているようだが、殺人への関与は認めていないらしい。それ

第四問：
某製菓メーカーの
異物混入事件を解決しなさい。

でも複数の容疑で起訴は可能だと警視庁の前田から報告を受けている。

「これでよろしいですか？」

莉子が記入した用紙を女性職員に手渡した。内容をチェックした女性職員がうなずいた。

「問題ないですね。午後八時までには戻ってきてください」

「わかりました」

「それで例の件ですが、本当にあの子を引きとっていただけるのですか？」

「はい」と莉子がうなずいた。「リンちゃんは私が引きとって育てます」

三週間ほど前、莉子は子宮筋腫の摘出手術を受けるため、虎ノ門にあるクリニックに入院した。手術が無事に成功したその日の夜のことだった。病室内で莉子は城島に対して言った。真司さん、実は私、リンちゃんを引きとろうと思ってるの。

まさか莉子がそんなことを考えているとは露知らず、城島は面食らった。ただ、彼女の申し出には大きな決意が込められているのはわかった。子宮筋腫は悪性ではなかったが、今回の病気が莉子に何らかの影響を与えたのは間違いなかった。病気を患ったのを機に人生観が変わったという話はよく耳にする。彼女なりに悩み抜いて出した結論であるし、それを尊重したいと考えた。城島は一つだけ条件を出した。愛梨が納得すれば、という条件だ。

莉子は退院後、愛梨を連れてこの施設を訪れ、リンと面会した。そして前回ここを訪れた帰り道、莉子は愛梨に向かって提案した。私、リンちゃんを養子にしようと思ってるんだけど、愛梨ちゃんどうかな？　愛梨は即答した。うん、いいよ。私も妹欲しかったし。

「おーい、愛梨」と城島は娘を呼んだ。「そろそろ行くぞ。リンちゃんもこっちにおいで」

「はーい」と愛梨は返事をする。リンと一緒にテーブルの上の色鉛筆などを片づけてから、二人並んでこちらに向かって歩いてくる。愛梨は薄い水色のワンピースを着ているが、リンは長袖のシャツに下はハーフパンツという格好だ。よそ行きのファッションとは言い難い。

「お父さん、リンちゃんとYouTube観ていい？」

「ああ。車に乗ったらな」

すぐに養子縁組の手続きをとりたいところだったが、リンは不法滞在の外国人であり、養子縁組を成立させるハードルは高いようだった。莉子が知り合いの弁護士に依頼し、その人を通じてあれこれ手続きをしている最中らしい。

「おいおい、走るんじゃない」

車まで競走するつもりなのか、愛梨とリンが並んで走り出してしまう。転びやしないかハラハラしながらその様子を見守る。隣を見ると、莉子が目を細めて二人の娘の背中を見守っていた。


「よく来たね、莉子。愛梨ちゃん、こんにちは、元気だったかい？」

栗林が部屋に入ってくる。城島は立ち上がって背筋を伸ばした。相手は一国の首相なのだ。何度会っても緊張するし、粗相があってはならない。

総理公邸内にある応接間だ。今日は土曜日で公務もないため、久し振りに食事でも一緒にどうかと誘われたのだ。栗林は愛梨の隣に座るリンを見て、少し怪訝そうな顔をした。

「ん？　その子は誰だい？」

第四問：
某製菓メーカーの
異物混入事件を解決しなさい。

「リンちゃんよ」と莉子が答えた。「ちょっとよんどころない事情があって、今うちで面倒をみてるの。リンちゃん、この人は私のお父さんよ」

「リンです。よろしくお願いします」

愛梨と色違いのワンピースを着たリンが立ち上がり、ペコリと頭を下げた。

「皆さん、いらっしゃい。おや？　その子は誰かしら？」

栗林の妻、朋美とその娘、梓が続いて応接間に入ってくる。これで全員集合したことになる。栗林が上機嫌で手を叩いた。給仕係がやってきて、グラスにシャンパーニュを注いでいく。子供二人はオレンジジュースだった。

「莉子さん」と斜め向かいに座る梓が言った。「こないだ合コンで東大卒のキャリア官僚と会ったの。総務省だったかな。年齢は三十歳くらい。イケメンだからとりあえず付き合ってもいいかなと思ってるんだけど」

「あとで名前教えて。情報集めてみるから。決めるのはそれからでも遅くないわ」

「うん、そうする」

「莉子さん」と今度は朋美が莉子に話しかけた。「幹事長の奥様からアフタヌーンティーに誘われたの。よかったら莉子さんも来ない？」

「スケジュールを調整します」

女性三人が会話を楽しんでいる中、給仕係が前菜を運んできた。真鯛のカルパッチョだった。給仕係が去るのを待ってから、莉子が真向かいに座る父に向かって言った。

「お父さん、話があるの」

「何だい？　莉子。愛梨ちゃんの進学の話かな。裏口入学したいのだったら相談に乗るよ」

「違うわ、そうじゃない。実はね、私、城島さんと結婚してるの」

一瞬、場の空気が固まった。城島は息を呑んで事態の推移を見守った。今日すべてを父に話す。莉子から事前には聞かされていたが、それでも緊張した。栗林は口に含んでいたシャンパーニュを噴き出し、ゴホゴホとむせながら言った。

「……おい、莉子。いきなり何を言い出すんだい？　冗談はほどほどにしてくれないか」

「冗談じゃないわ。籍を入れる予定はないけど、私たちは結婚してるの」

城島は背中を丸めた。たしかに自分は四十過ぎの子持ちの元ＳＰ。東大卒の元キャリア官僚の相手としては相応しくないことくらい承知している。愛梨とリンは特に気にする様子もなく、子供用に作られたお子様ランチに夢中だった。

「あれ？」と栗林が左右を見る。「朋ちゃんも梓もそんなに驚かないんだね。私は思わず息が詰まりそうになったというのに」

梓が前菜を食べながら答えた。

「だって私もママも薄々気づいてたから。莉子さんと城島さんの様子を見ればわかるわよ。見抜けないお父さんが鈍過ぎるの。総理失格よ」

「本当よ」と朋美もあとに続く。「私だって気づいていたわよ。莉子ちゃんには城島さんくらい包容力がある人の方がいいと思うわ。私、大賛成よ」

城島は少し安堵した。莉子がシャンパーニュを一口飲んでから、すかさず二つめの爆弾を投下する。

「それと、このリンちゃんを養子に迎えようと思ってるの。愛梨ちゃんも妹を欲しがってたみたいだし」

さすがに今度は朋美と梓も驚いたようだ。食事をする手を止めて、リンの顔をまじまじと見ている。リンは少し恥ずかしそうに俯いている。

「ということは」栗林が目を大きく見開き、愛梨とリンの顔を交互に見ながら言った。「この二人は、私の孫ということになるんだろうか」

「まあね。ただし戸籍上の繋がりはないけど」

「この子たちが……私の孫なのか……」感慨深げに孫二人を見て、栗林は首を振った。「いやあ、何というか……めでたいと言うべきかな。いっぺんに孫が二人もできてしまったわけだからな。おい、ペトリュスを開けようじゃないか」

栗林が手を叩いて給仕係を呼び、赤ワインを用意させる。意外と気持ちの切り替えが早かった。いや、もしかして単純に孫が欲しかったのかもしれない。

さあ乾杯というタイミングで一人の男が部屋に入ってきた。栗林の秘書だ。男が栗林の耳に顔を寄せ、何やら話す。栗林の顔色がみるみるうちに曇っていく。莉子が訊いた。

「お父さん、どうしたの？」

「どうもこうもないよ、まったくこんなときに」

秘書から説明を受ける。昨日、自明党の若手議員四人が都内のメイド喫茶を訪れた。そこでメイドから接客を受けている様子——パフェを食べさせてもらったり膝枕をしてもらったり——がＳＮＳを通じて拡散し、炎上しているという。すでにマスコミも騒ぎ出していて、ネットにも記事がアップされているそうだ。

「困ったことをしてくれたものだよ。また私の支持率が下がってしまうじゃないか」

嘆く栗林を無視して、莉子は秘書に指示を飛ばした。

「すぐに問題を起こした四人の議員を自明党本部に呼び出してください。できれば夕方には謝罪会見を開きたいです。関係各所に連絡を」

莉子が膝の上のナプキンをとり、立ち上がった。城島は愛梨とリンに向かって言った。

「二人ともごめんな。お父さんたち、仕事になってしまったよ。ここで大人しくしてるんだよ。あとで迎えに来るから」

「はーい」と二人は声を揃えた。城島は立ち上がり、莉子の背中を追って部屋を出た。廊下の向こうから別の秘書が走ってくる。莉子が彼を呼び止めた。

「どうしました？」

「メイド喫茶の件です。実は接客していたメイドの一人が公民党の幹部の娘だそうです」

「何ですって」

公民党は自明党と連立政権を組んでいる政党だ。事態がさらにややこしくなってきたのを感じたが、きっと彼女のことだ。問題を解決するために頭をフル回転させているに違いない。

「とにかく行きましょう」

彼女が歩き出す。城島は妻であり、二児の母でもあるミス・パーフェクトの背中を追った。

**第四問**:某製菓メーカーの異物混入事件を解決しなさい。

## 解答例

スパイを仕立て上げ、
異物混入事件を起こした工場に
潜入させる。

柔軟かつ斬新な発想で、
縦割り行政にも似た
事件の構図を明らかにする。

時には息抜きも必要。
体は大切に。

本書は書き下ろしです。

**横関 大** よこぜき・だい
一九七五年静岡県生まれ。武蔵大学人文学部卒業。
二〇一〇年『再会』で第五十六回江戸川乱歩賞を受賞しデビュー。
二二年『忍者に結婚は難しい』で第十回静岡書店大賞を受賞。
映像化され話題となった『ルパンの娘』などのルパンシリーズ、
本シリーズ『ミス・パーフェクトが行く!』『闘え! ミス・パーフェクト』のほか、
『グッバイ・ヒーロー』『チェインギャングは忘れない』『沈黙のエール』
『彼女たちの犯罪』『メロスの翼』『誘拐ジャパン』など著書多数。

# ミス・パーフェクトの憂鬱

2025年4月20日　第1刷発行

著　者　横関 大
発行人　見城 徹
編集人　森下康樹
編集者　宮城晶子
発行所　株式会社 幻冬舎
〒151-0051 東京都渋谷区千駄ヶ谷4-9-7
電話:03(5411)6211(編集)　03(5411)6222(営業)
公式HP:https://www.gentosha.co.jp/

印刷・製本所　株式会社 光邦

検印廃止

ISBN978-4-344-04417-3 C0093